OLAF MÜLLER

Endstation Rursee

RURSEE IN FLAMMEN Louise Buchsbaum, eine ehemalige Sparkassenangestellte, liegt tot im Pferdestall in Aachen auf dem CHIO-Gelände. Mauz, die Katze der Lektorin Annette Stenten, wird im Herzen von Aachen entführt und Verleger Dr. Hartenstein unter Druck gesetzt. Kommissar Fett und Kollegin Conti ermitteln zunächst im »Out of Africa in Aachen Museum«, beim Geldadel in der Zülpicher Börde und in Simmerath. Weitere Spuren führen nach Obermaubach, Einruhr, Lüttich und zur RWTH Aachen. Sogar das zerstörte Ruderboot der RWTH auf dem Rursee bei Woffelsbach ist von Bedeutung. Und dann passiert etwas in Lüttich bei Kommissarin Chantal Kalumba: Jemand erpresst die Stadt mit einem Anschlag auf den Festakt zum 120. Geburtstag von Georges Simenon. Die Jagd nach dem skrupellosen Täter führt die Ermittler zum Rursee. Als dort eine Schiffskatastrophe droht, greift Kommissar Fett zum letzten Mittel.

© privat

Olaf Müller wurde 1959 in Düren geboren. Er ist gelernter Buchhändler und studierte Germanistik sowie Komparatistik an der RWTH in Aachen. Seit 2007 leitet er den Kulturbetrieb der Stadt Aachen. Sprachreisen führten ihn oft nach Frankreich, Italien, Spanien sowie Polen und Austauschprojekte in Aachens Partnerstädte Arlington (USA), Kostroma (Russland) und Reims (Frankreich). Als junger Segelflieger erlebte er die Eifel aus der Luft, als Wanderer heute vom Boden. »Endstation Rursee« ist sein achter Kriminalroman im Gmeiner-Verlag.

OLAF MÜLLER

Endstation Rursee

KRIMINALROMAN

GMEINER

Personen und Handlung sind frei erfunden.
Ähnlichkeiten mit lebenden oder toten Personen
sind rein zufällig und nicht beabsichtigt.

Immer informiert

Spannung pur – mit unserem Newsletter informieren wir Sie
regelmäßig über Wissenswertes aus unserer Bücherwelt.

Gefällt mir!

Facebook: @Gmeiner.Verlag
Instagram: @gmeinerverlag

Besuchen Sie uns im Internet:
www.gmeiner-verlag.de

© 2024 – Gmeiner-Verlag GmbH
Im Ehnried 5, 88605 Meßkirch
Telefon 0 75 75 / 20 95 - 0
info@gmeiner-verlag.de
Alle Rechte vorbehalten
1. Auflage 2024

Lektorat: Claudia Senghaas, Kirchardt
Herstellung: Mirjam Hecht
Umschlaggestaltung: U.O.R.G. Lutz Eberle, Stuttgart
unter Verwendung eines Fotos von: © Gaby Recker / stock.adobe.com
Druck: GGP Media GmbH, Pößneck
Printed in Germany
ISBN 978-3-8392-0586-0

»... der Schlangenbiss des literarischen Ehrgeizes hinter-
läßt oft tiefe, unheilbare Wunden, ...«

Aus:
Fjodor M. Dostojewskij,
»Das Gut Stepantschikowo und seine Bewohner«

Im Februar und März 2023 wurde im belgischen Lüttich, der Geburtsstadt von Georges Simenon (1903–1989), an seinen 120. Geburtstag erinnert. Fast hätten die Feierlichkeiten zu Ehren des größten Kriminalschriftstellers des 20. Jahrhunderts nicht stattfinden können, denn eine unerhörte Begebenheit bedrohte im Frühjahr 2022 die Organisation des Festaktes.

1

DER SAHNEHERING

Fett knöpfte den aparten Stoffmantel mit Fischgrätmuster zu, den er seit 15 Jahren in der sogenannten Übergangszeit trug und der am Bauch etwas spannte. Werde noch zu Maigret, nur ohne Pfeife, dachte er. Pfeife geht nicht, kaltes Bier ist überhaupt nicht mein Fall, Sandwiches schon eher, vielleicht ein Calvados, ach, was soll es. Ich bleibe bei Crémant.

Übergangszeit, eines dieser Wörter seiner Mutter. In der Erinnerung gab es ständig eine Übergangszeit, die besondere Kleidungsstücke forderte. Beim Herrenausstatter, den gab es in den 60er-Jahren noch, wurde stets ein schreckliches Kleidungsstück für die Übergangszeit gewünscht. Da stand der Junge, betrachtete sich im Spiegel, gefiel sich überhaupt nicht, und Mutter bestimmte. Es passe, da wachse er noch rein. Das könne er noch lange auftragen. Seine Klassenkameraden steckten in hautengen *Levis*-Jeans, er kam mit der Hose für die Übergangszeit.

Es regnete Anfang April 2022. Es regnete wie so oft in Aachen, in ganz Aachen: in Richterich, in Laurensberg, in Haaren, in Eilendorf, in Forst Driescher Hof, in Rothe Erde, in Kornelimünster, im Südviertel und auf der Hörn. Auch am Dom regnete es. Die Heiligen und

Bischöfe an der Außenwand des Chorgewölbes standen bedröppelt da. Sie schauten leidender als sonst auf hastende Gläubige, Ungläubige, Studenten, Touristen, Passanten, Liebespaare. Dicke Tropfen prasselten auf die Erde, Kronentropfen, so nannte sie Fett. Sie schlugen auf und spritzten für eine Sekunde wie eine Krone auseinander. Es regnete Kronentropfen aus grauschwarzen Wolken, die über dem Talkessel von Aachen hingen, sich zusammenklumpten, in die Höhe schossen, verwirbelten und in Sekundenschnelle neue Wolkengebilde erzeugten. Was war das? Ein Sturm? Ein Orkan? War es das Jüngste Gericht, die Rache der Natur? Dichter, immer dichter wurde der Regen, die Straßen verschwanden, kleine Bäche flossen die Trierer Straße hinunter. Sie drängten in die Innenstadt, den Kaiserplatz, den Theaterplatz, den Elisenbrunnen, den Willy-Brandt-Platz. Es war der Regen vor dem langen Sommer der großen Trockenheit.

Fett eilte zu seinem Wagen, der in der Straße Gasborn vor einer dubiosen Spelunke oder Muckibude parkte. Jedenfalls roch es vor dem Laden penetrant nach Männerschweiß und Wasserdampf. Im *Promenaden-Eck* wurde gelüftet. Alle Türen und Fenster waren trotz des Regens geöffnet. Auf Barhockern döste Stammkundschaft, diskutierte das Wetter, die Trainersituation bei *Alemannia Aachen*, süppelte ein *Warsteiner*. Fett hastete aus der Wohnung seiner Kollegin Daniela Conti, der schönen Daniela, wie Kollegen sagten, dem italienischen Luder, wie eifersüchtige Kolleginnen raunten. Sein Regenschirm lag im Auto. Mit einem letzten Crémant hatten Conti und Fett diesen verregneten Abend beendet, nach einem langen Tag ohne Tote. Fett stand auf der Straßenseite mit den Wohnungen für die Synagoge, hörte russische Wortfetzen aus einem gekippten Fenster, irgendwas mit »Karascho« und »Spasiba«. Auf der anderen Straßenseite hing ein übergewichtiger Mops auf dem Fensterbrett. Daneben Frauchen, das dem Mops ähnelte.

»Der Sahnehering ist hier besonders gut. Der Preis ist einmalig. Dafür bekommt man den noch nicht einmal im Sauerland. Ich komme nämlich aus dem Sauerland. Ja, das stimmt. Wirklich gut. Aus dem Sauerland. Ja, ja.«

Fett dachte an den absurden Monolog in der *Kantine für jedermann* am Theaterplatz. Mittags hatte er dort mit Conti gegessen. Er den Sauerbraten mit Rotkohl und Knödeln, Conti den vegetarischen Wok-Teller mit Gemüse aus Einruhr, der Heimat des Kochs. Ein Akademiker mit schnarrender Stimme, graugelben Haaren und überdimensionierter Brille dozierte über den Sahnehering, Gericht Nummer drei; ein Postbote mit Schweißperlen auf der Stirn und Schwitzflecken auf den Brillengläsern schaufelte tief über den Teller gebeugt den Grünkohl vom Vortag in sich hinein, zersäbelte die Mettwurst, heftig mit dem Kopf zum Sahnehering-Lobgesang nickend, sodass beim letzten »Ja! Ja!« des Schnarrhahns das postalische Kassengestell zum Tauchvorgang in den Grünkohl startete. Platsch!

Sahnehering, Sauerland, Volkskantine – Fett irritierte dieses Gemisch in seinem Schädel und dazu noch der Regen. Was für ein blöder Tag. Contis Stimmung war auch nicht besser. Schlechter Wochenanfang, dachte er. Er schlug den Mantelkragen hoch, trat in eine Pfütze, suchte den Autoschlüssel. Das Schloss seines Peugeots 404 klemmte, er musste den Schlüssel ins Türschloss peitschen, die Tür ging auf. Er ließ sich auf den Sitz fallen, stöhnte, startete den Motor, schaltete mit der Handschaltung am Lenkrad in den ersten Gang. Die alten Scheibenwischer arbeiteten im Akkord, quietschten auf der Scheibe wie Mäuse auf der Flucht. Fett fand einen Parkplatz vor der Hochschulbibliothek. Der Abend verschwand so, wie der Tag verschwunden war: grau.

2
KASTRATIONSÄNGSTE

»Sie haben das Z-Wort gesagt. Sie haben sogar ›Milch-mädchenrechnung‹ in den Mund genommen! Das bestä-tigen Zeuginnenaussagen. Was sagen Sie dazu, Kommissar Fett?«

Er schwitzte wie im orientalischen Bad der *Carolus-Therme*. Das Gender-Tribunal der Aachener Polizei bestand aus drei strengen Sozialpädagoginnen, die ihre Bachelorarbeit über Judith Butler als Kollektiv verfasst hatten. Sie trugen Overalls wie die Aufseher in der südkoreanischen *Netflix* Serie *Squid Game*. Es war kein Spiel. Sie waren allzuständig, nur dem Ministerium für Gendergerechtigkeit verantwortlich. Sonderermittlerinnen, fliegende Tribunale für die Polizeipräsidien; gefürchtet, berüchtigt, gefährlich, unbestechlich, geschlechtslos und ohne Humor; keine lächelte. Ihre Augen durchbohrten Fett, das Gendermonster, den Abweichler, den Renegaten, den Ungläubigen.

»Gestehen Sie endlich! Dann wird die Strafe glimpflicher ausfallen.« Die Vorsitzende trug ein schwarzes Brillengestell – so groß, dass locker zwei Köpfe dahinter passen würden. Die rosaroten Handschellen schnitten in Fetts Handgelenk.

»An einer Degradierung kommen Sie nicht vorbei, Angeklagter Fett. Wenn Sie nicht gestehen, dann Höchststrafe: Sexualtherapie. Sie werden nur noch Pflanzen mögen. Dazu bekommen Sie einen Chip injiziert, der Ihre Sprache überwacht wird. Alles, was Sie sagen, wird sofort auf Gendergerechtigkeit geprüft, und bei Missachtung müssen Sie die Genderverordnungen von Köln, Aachen und Hannover auswendig aufsagen. Vorwärts und rückwärts. Also: letzte Chance. Gestehen Sie! Streifendienst in den Außenbezirken, vielleicht Hundestaffel. Das ist die Alternative zur Therapie.«

Therapie? Die wollen mich sterilisieren. Fett schrie auf: »Nein! Nie mehr Zigeunerschnitzel! Nie mehr Winnetou!«

Er wachte Dienstagmorgen schweißüberströmt auf. Wieder der Genderalbtraum. Ihn verfolgten die Rechtschaffenen, Wohlgesinnten, Guten, Hyperkorrekten, die Humorlosen, die Sozialpädagoginnen, die am Tag der Gewalt gegen Frauen den Dom orange anstrahlten, nicht aber die Moschee. Er duschte lange und rasierte sich noch länger. Die Nächte waren die Genderhölle. Im Präsidium hörte man von Hinz und Kunz den geraunten Satz: »Das darf man ja nicht mehr sagen.« Danach prustete jemand über den Radio-Eriwan-Witz mit Stellung und Arbeit.

Frage an Radio Eriwan: »Mein Mann ist ständig auf der Suche nach neuen Stellungen. Was soll ich nur machen?« Antwort: »Sie müssen ihm klarmachen, dass er sich lieber Arbeit suchen soll.«

Fett war zu alt. Mit Anfang 60 hatte er genug erlebt mit den verschiedenen Innenministern in NRW: Unter

dem sanften Herbert Schnoor war Fett in den Polizei-
dienst eingetreten; dessen Devise: Deeskalation. Während die Kollegen in den Niederlanden und Belgien
zupackten, wurde in NRW kommuniziert. Die Clans
lachten sich schlapp. Egal ob Ingomann von den Libe-
ralen oder Jäger von den Sozis – sie redeten zu viel und
waren der Aufgabe, so dachte Fett, nicht gewachsen.
Der scharfe Herbert von den Christdemokraten gab
Gas und stärkte den Polizisten den Rücken. Warum er
in der Hochwasserkatastrophe des Sommers 2021 keinen Krisenstab einberufen hatte, blieb sein Geheimnis.
Wieder der Genderalbtraum, wieder die Sprachpolizei
aus der Innenrevision. Wann kommt der Kipp-Punkt,
wann werden die Menschen wach? Wann hört die Bevor-
mundung auf? Fett schleppte sich in die Küche.

3
DER SCHNELLE TESLA

»Hallohelene!« Ohne Pause zwischen den Wörtern grüßte Frau Noll, Bäckereifachverkäuferin der alten Schule, die wackelnde Seniorin. Helene nickte stumm, dann sagte sie laut, bestimmt und fast befehlend: »Tu mir drei Quarkbällchen!« Die Verkäuferin glitt wie auf Schlittschuhen hinter der Theke zur Quarkbällchenauslage. Fett nahm fünf Brötchen, die waren stets im Angebot. Fünf knusprige Brötchen für den *Speck tradizionale*, so stand es auf der Packung aus dem Discounter. Tradition geht immer, dachte Fett, als er den Schinkenspeck auf das Brötchen legte, um ein herzhaftes zweites Frühstück zu verputzen – nach dem Marmeladentoast um 6 Uhr. Dienstag war Homeoffice angesagt, Mittwoch würde er ins Präsidium fahren. Der Peugeot 404 stand verlassen mit Anwohnerparkausweis in einer Parkbucht der Hochschulbibliothek und blickte auf das menschenleere Reallabor am Templergraben. Nieselregen fiel in Schwaden aus dem grauen Himmel. Homeoffice – auch so ein Käse. Der Zugang zu den Akten im PC klappte nie, kein Gespräch in der Teeküche, keine Kantine. Homeoffice mochte er nicht. Anweisung von Kosslowski. Um Ansteckungen zu vermeiden. Man müsse einsatzfähig bleiben. Heute war Fett dran. Ohne Gespräche keine

Ideen, keine anderen Sichtweisen, keine Herausforderung, mal die andere Seite des Falls zu betrachten. Vielleicht ist Homeoffice für die Kollegen mit Kindern angenehm oder für den Personalrat oder den Innendienst. Er mochte kein Homeoffice. Er würde es nie mögen.

Chantal Kalumba rief gegen 10.45 Uhr an. Die Leiterin der Föderalen Polizei in Lüttich war seit Jahren mehr als nur eine Kollegin, sie war eine Freundin aus einem anderen Leben, Eltern aus dem Kongo, erste schwarze Dienststellenleiterin in Ostbelgien, unbestechlich, humorvoll und aufgeklärt feministisch und ohne Gendergedöns. Hatte sie nicht nötig. Unvergesslich das Wochenende in Paris mit ihr. Ein Wochenende mit Lachen, Spaziergängen, Rotwein, Centre Pompidou, Nachdenklichkeit und Umarmungen.

»Michel, wir haben ein Problem.« Chantal Kalumba blickte aus ihrem Büro in der Rue Saint-Léonard in Lüttich auf die Maas und nannte ihn stets »Michel« und nicht Michael.

»Nur eines? Das trifft sich gut. Ich habe gerade keines und nehme es dir ab. Klein, mittel oder groß?« Fett blickte auf den Marienturm des Aachener Rathauses.

»Groß.«

»Deine Einwortsätze sind so spannend wie du.«

»Was wäre das Leben ohne Spannung?« Sie lächelte. Mit Fett konnte sie ein wenig flirten. Der war noch nicht sprachlich kastriert.

»Hoppla, ein Sechswortsatz. Das Leben ohne Spannung wäre ruhig, man könnte angeln, spazieren. Ein Leben für Radfahrer und Menschen, die die Grünflächen in der Innenstadt mit Petersilie bepflanzen und sich auf Liegestühlen aus Paletten vor das Theater legen.«

»Oh, da kommt der deutsche Kommissar mit seinen Anspielungen. Jetzt muss ich aufpassen. Michel, Michel, lass uns lieber über mein Problem sprechen.« Sie lachte und blickte auf einen mit Kohle beladenen Schubverband, der sich flussaufwärts kämpfte. Ein Bootsjunge zog einen Eimer mit Wasser aus der Maas, kippte ihn über die Lauffläche und begann zu schrubben.

»Dein Problem ist mein Problem, ma chère. Stand schon in der Bibel.«

»Alors, Pastor Fett. Wir haben eine seltsame Häufung von Meldungen.«

»Meldungen sind gut. Was ist daran seltsam?«

»Die Menge, der Inhalt, Michel.« Sie blätterte in der Statistik auf ihrem Schreibtisch.

»Menge, Inhalt?«

»Seit einem Monat steigen die Zahlen täglich an. Es ist die Mischung: Überfall, Bombenalarm, Verkehrsunfall, Einbruch, Stromausfall in einer Bank, Erpressung der Eisenbahn. Die Statistik ist eindeutig: Zahl und Vielfalt in so kurzer Zeit hatten wir noch nie. Und keine Spur.«

»Wer meldet die Fälle? Wie erfahrt ihr davon?«

»Mal per Telefon, dann per Mail, per SMS, per *Facebook*, *Instagram*.«

»Fand das alles statt oder sind russische Trolle am Werk?«

»Keine Explosionen. Nach der Erpressung meldet sich niemand, Ampelschaltungen und Stromausfall ja. Leichte Verkehrsunfälle provoziert durch abmontierte

Verkehrszeichen. Von russischen Trollen keine Spur. Es begann allerdings nach dem Angriff Russlands auf die Ukraine. Das ist auffällig.«

»Keine Kameraaufzeichnungen? Keine Zeugen? Keine Motive?«

»Absolut nichts. Ich rufe an, um dich zu warnen, und weil ich deine Hilfe brauche.«

»Ich kann nichts, was du nicht auch kannst. Warnen ist gut. Wir kaufen unser WLAN bei *Saturn*. Ehe wir die Formulare für den Auftrag ausgefüllt haben, sind die bestellten Geräte veraltet.« Er sprach aus Erfahrung. Zwar waren durch den Angriff Russlands plötzlich die Landesverteidigung und die innere Sicherheit als Themen für die Politik nach oben geschossen, aber die Beschaffung dauerte und dauerte. Noch keine Zeitenwende in Sicht.

»Ich hoffe, das deutsche System wird nicht kontrolliert. Wir glauben, dass uns jemand in die Karten schaut, alles weiß, alles kann.« Chantal Kalumba klang besorgt.

»Computernerds, die sich einhacken, oder ausländische Dienste?«

»Wir tappen im Dunkeln. Gestern erschien ein aufgeregter Handelsvertreter aus Lüttich im Polizeipräsidium. Er war mit seinem Tesla auf der Autobahn unterwegs in Richtung Verviers. Plötzlich erschien die Maske aus der *Netflix*-Serie *Casa de Papel – Haus des Geldes* auf seinem Bildschirm. Diese stilisierte Salvador-Dalí-Maske. Wenn er nicht innerhalb von 15 Minuten 10.000 Euro auf ein Konto in Panama überweise, würde sein Wagen auf Maximalgeschwindigkeit beschleunigen und die Bremsfunktion deaktiviert. Tatsächlich beschleunigte sein Tesla für zehn Sekunden automatisch auf 200. Der Vertreter hielt in der nächsten Parkbucht an und hat sofort überwiesen. Danach verschwand die Meldung von seinem Screen. Unsere Spezialisten arbeiten dran. Bis jetzt ohne Erfolg. Tesla sagt, das sei unmöglich.«

»Ich suche den führenden Kopf der Informatik an der RWTH Aachen für dich, Chantal. Die werden dir helfen. Ich kümmere mich. Ansonsten frage ich mal in einem Leistungskurs Informatik.« Merkwürdige Geschichte, dachte Fett. Typisch für Lüttich. Irgendwie überspannt. Mit *Casa de Papel* konnte er gar nichts anfangen. Er schaute in der Mediathek alte Folgen von *Der Kommissar* und *Tatort* mit Zollfahnder Kressin.

»Merci, Michel. Für das Kümmern und überhaupt. Salut. Du hast einen Wunsch frei.« Das war ihr so rausgerutscht. Oder doch absichtlich? Es kribbelte in ihrem Bauch. Mit einem charmanten Mann war sie lange nicht mehr im Restaurant gewesen. Der letzte, ein Manager der *Banque Nationale*, sprach nur von Zahlen, Inflation, vegetarischer Ernährung, persönlichen Fitnesstrainern, Kurzurlauben einmal pro Monat, Stress am Flugplatz und seiner Lieblingsbionade. Der Abend endete mit geistiger Stagnation. Gutes Essen, schlechte Konversation. Adieu, vegetarischer Bankmanager. Mit Fett konnte sie lachen.

»Also, bestimmte Wünsche wirst du nicht erfüllen, aber wenn 2023 der 120. Geburtstag von Georges Simenon in Lüttich gefeiert wird, wäre ich gerne dabei.«

»Ah, Kommissar Maigret aus Aachen. Das lässt sich machen. Kein Problem, mein Lieber. Du wirst ein

Ehrengast sein. Ich wusste, dass du Simenon liest, aber nicht, dass du ihn verehrst.«

»Seit meiner Jugend. Bevor wir uns kannten, war ich schon in der Kirche Saint-Pholien auf Outremeuse, wo *Der Gehängte von Saint-Pholien* spielt.«

»Alors, dann musst du Ehrengast werden, solange du nicht auf den Spuren des Casanovas Simenon wandelst.«

»Du sprichst von den 10.000 Frauen, mit denen er angegeben hat?«

»Gut informiert. Es können auch 9.000 gewesen sein. Heute würde er so einen Spruch nicht überleben.«

»Da sag ich besser nichts zu. Du weißt, ich wollte früher Mönch im Kloster Mariawald werden. Beten, arbeiten, Erbsensuppe essen und schweigen. Das wäre es gewesen.«

»Bruder Fett und die Erbsensuppe! Assez, genug. Sonst sterbe ich durch Lachanfall. Aber bis 2024 warte ich nicht auf dich. Das ist dir klar!« Sie lächelte hinüber nach Outremeuse, während vor ihrem Büro Inspektor Mimoune mit einem Dossier und verdrießlichem Gesicht wartete.

»Dann wünsche ich mir einen Bummel mit dir durch Lüttich. Wir starten in der *Librairie Pax*, dann die Passagen, das Kino *Churchill*, all die Nebenstraßen und Hot Dog in der Rue de la Cité. Wenn wir es noch schaffen, steigen wir die Montagne de Bueren empor zur Zitadelle, grüßen mit einem kalten Crémant deine Stadt Lüttich.«

»Très bien. Darüber lässt sich reden. Wir telefonieren und machen einen Termin aus. Bis bald. Salut!« Sie lächelte noch, als sie Mimoune mit den Akten sah. Auf den Vorschlag von Fett wäre der Bankfuzzi nie gekommen. Er schwafelte von einem selbst gebauten Boot bei Knokke, von Elektroautos und grünen Aktien. Bis sie sich beim letzten Gespräch mit ihm entschuldigte. Sie müsse noch einen Serienkiller verhören, der es auf Fondsmanager abgesehen hatte. Ihm fiel das Ciabatta mit Ingwerpesto auf die Hose.

4
DIE SACHE MIT DEM PFERD

Fetts Handy klingelte erneut. Daniela Conti, sein italienischer Schatten. Tote Frau im Reitstall auf dem *CHIO*-Gelände, dem Reitturniermekka in der Aachener Soers.

Louise Buchsbaum, 59, lag verkrümmt unter einem Haufen Stroh in einer Pferdebox. Pferdepfleger Oliver Pohle, von Kollegen »Oli the Horse« genannt, hatte sie gegen 10.30 Uhr entdeckt, als er frisches Stroh brachte für die gepflegten Pferde. Ruprecht Augustin, millionenschwerer Liebhaber des Reitsports, hatte sie dort vorübergehend untergebracht, weil sein Gestüt durch die Hochwasserkatastrophe im Sommer 2021 zerstört worden war. Der Neubau lag in den letzten Zügen. Seine Pferde sollten gut durch den Winter und das Frühjahr kommen. Darum hatte Ruprecht regelrecht nachhaltig an den Reitsportverein gespendet und durfte die heiligen Stallungen der heiligen Soers mit dem noch heiligeren Rasen benutzen. Nun lag eine unheilige Tote unter dem Stroh. Louise Buchsbaum war alles andere als eine Betschwester gewesen, eher lebenslustig und nun mausetot. Jedenfalls ergaben das die ersten Abfragen von Daniela Conti. Louise, kinderlos, nach drei Ehen wieder Single, war zuletzt als Tischdame von Albert van

Epen bei der publikumsreduzierten Aufzeichnung des Tierordens für Iris Berben im Eurogress in der Öffentlichkeit erschienen. Das Spektakel war besser bekannt als *Orden wider den tierischen Ernst*, wobei es zumeist so humorfrei zuging wie bei den Exerzitien taubstummer Kardinäle in Castel Gandolfo. Kurzum: Conti war vorbereitet, als Fett mit seinem Peugeot 404 und dem zu eng sitzenden Fischgrätmustermantel von der Krefelder Straßen bei Nieselregen in die Soers bretterte und von salutierenden Platzwächtern in Richtung Stallungen dirigiert wurde. Dort standen: Kriminaltechnik mit Kollegin Elke Unsleber, wie immer leuchtende Sommersprossen, Doktor Schunkert als Rechtsmediziner, Staatsanwältin Cordula Regauer, auf Filmtipps und Lebenshilfe von Fett abonniert, sowie zur Tatortsicherung Kommissar Zlob, genannt »Kilimandscharo« aufgrund obskurer Verbindungen nach Afrika, und Kommissarin Sommer, eher Konkurrenz für Conti. Sommer winkte Fett mit einem Lächeln in die Stallung, die nach Pferd roch. Wonach auch sonst?

»Was haben wir, Frau Conti?«

»Eine Tote, viele Pferde, Stroh.« Conti, Anfang 40, arbeitete seit 2019 mit Fett im KK 11, der Mordkommission des Aachener Polizeipräsidiums. Sie hatte die Karriereleiter in umgekehrter Richtung genommen: BKA, LKA, Mordkommission Düsseldorf und dann Versetzung nach Aachen. Irgendwas mit untenrum hatte ihre Karriere verpfuscht. Gerüchte waberten über die Flure des Präsidiums. Wo sie auftauchte, da seufzten die Männer und zischelten die Frauen.

»Danke, meine Augen sind noch ganz in Ordnung. Mein Geruchssinn ebenfalls. Das war es also mit Homeoffice. Dann erzählen Sie mal.«

»Louise Buchsbaum, 59, ledig, vermutlich erdrosselt, bekleidet, keine Anzeichen einer Sexualstraftat, keine Angehörigen. Zeugen null. Oli the Horse, dieser Oliver Pohle, hat sie gefunden. Er versorgt die Zossen des Millionärs Ruprecht Augustin, ist mit dem Bus heute Morgen gekommen. Die Pferde erhalten vormittags frisches Stroh. Da hat er sie gefunden. Die Ställe sind nicht abgeschlossen, das Tor zum Gelände wird ab 6 Uhr für Mieter, Reiter, Beschäftigte geöffnet. Wir befragen alle, die hier rumlaufen. Der Doktor meint, Fundort ist nicht Tatort. Die Leiche sei hier abgelegt worden. Die Markenhandtasche von *Hermès* lag mit den Ausweispapieren neben ihr im Stroh. Tatort sei irgendwo anders. Sollen wir zu ihrer Wohnung fahren?«

Fett mochte Pferde nicht, keinen Pferdesport. Die Tiere waren ihm zu groß. Der Geruch kotiger Juchtenstiefel, des verfaulenden Strohs, der schwitzenden Pferde, der Reithosen – alles mochte er nicht. Auch nicht die Dressur und das Springreiten. Er bedauerte die Pferde und fragte sich, warum gegen Tiere im Zirkus auch von den grün wählenden Zahnarztgattinnen sofort protestiert wurde, aber der Sprung über Mauern, Stangen, Wassergräben unter Applaus eben dieser Tierschützerinnen den Pferden zugemutet wurde. Er verstand es nicht. Fett warf einen Blick auf Louise Buchsbaum. Schlank, Pagenschnitt, volle Lippen, feine Hände. Sie trug schwarze Jeans und eine dunkelblaue Jacke, eine hellblaue Bluse. Eine goldene Kette und zwei wertvolle Ringe zierten ihre Hand. Eine Frau im besten Alter. Warum? Wer? Wie? Wo? Wann? Die Fragen pendelten durch Fetts Gehirn. Verbunden mit dem trüben Wetter, dem Angriff Russlands auf die Ukraine, dem Durcheinander der Corona-Maßnahmen braute sich eine gedankliche Unlust zusammen, die er nur mit starkem Kaffee bekämpfen konnte.

»Gibt es hier Kaffee?«

»Aus meiner Thermoskanne«, murmelte die neben der Toten im Stroh umherkriechende Kollegin Unsleber.

»Bio mit braunem Zucker oder richtiger Kaffee?«

»Selbst angepflanzt im Mergelland und heute Morgen geröstet«, keilte Elke Unsleber zurück. »Becher in meinem Koffer. Espressobohnen vom heiligen *ALDI*.«

»Sehr gut, ich schlage Sie zur Beförderung vor.« Fett trank einen Kaffee, und seine Laune verbesserte sich; nicht schlecht, die Unsleber-Mischung.

»Na, Herr Fett, schicker Mantel. Schon einen Verdacht?« Staatsanwältin Cordula Regauer stöckelte in Pumps vorsichtig durchs Stroh und sprang über Pferdeäpfel.

»Danke für den Mantel. Immer einen Verdacht. Kann ihn aber noch nicht in Worte kleiden. Kennen Sie doch, liebe Frau Regauer. Aparte Schuhe. Hier etwas deplatziert.« Fett ließ den Unsleber-Kaffee durch die Kehle fließen, lächelte die attraktive Staatsanwältin an.

»Sie kennen doch bestimmt das Opfer, ist Ihre Gesellschaftsklasse, Frau Staatsanwältin«, er sprach mit Blick auf Louise Buchsbaum, damit er das Funkeln in den

Augen der indignierten Staatsanwältin nicht sehen musste.

»Stimmt. Kommt nicht aus Ihrem Ambiente, Herr Fett, fuhr sicher keinen alten Peugeot und spielte auch nicht Minigolf. Vielleicht hatte sie hier Pferde untergebracht. Ich reite übrigens nicht. Wissen Sie doch. Eher Mountainbike.«

»Erwürgt, vermutlich Montagabend zwischen 20 und 22 Uhr. Keine Spuren von Gegenwehr erkennbar.« Doktor Schunkert sprach stets ungefragt. Er wollte zurück an den Seziertisch, in seinen kühlen Keller zu seinen Toten.

»Woher wissen wir, dass es Louise Buchsbaum ist? – Herr Fett, ich rede mit Ihnen.« Regauer wurde ungehalten.

»Fragen Sie die Conti. Ich schau mich mal um. Passen Sie auf beim Mountainbikefahren. Wäre schade um Sie. Sehr.« Fett ließ die kopfschüttelnde Staatsanwältin stehen und lief zum Ausgang der Halle, wo Kommissar Zlob, genannt Kilimandscharo, Kollegin Sommer mit Anekdoten aus der Promenadenstraße unterhielt.

»Der Porno-Paul kam jeden Morgen mit den Einnahmen seiner Peep-Show aus der Antoniusstraße vorbei, war in der Regel hackezu und knallte eines Morgens volle Kanne gegen den Passantenstopper von Halal-Ali. Wie in Zeitlupe kippte er in das Schaufenster von dem Ali. Wir saßen vor der Synagoge im Bulli, ich sag noch, das ist doch der Porno-Paul, da fliegen 1.000 Scherben auf die Promenade, und der Halal-Fleischlieferant von dem Ali macht eine satte Vollbremsung, dass dem alle Halal-Koteletts im Kühlwagen durcheinanderwirbeln.

Jedenfalls sah der Porno-Paul ziemlich zerschnitten aus. Der musste ins Klinikum, und der Ali veranstaltete Halalkotelett-Fensterverkauf.«

Fett hörte das gelangweilte Lachen von Kommissarin Sommer, während sie verstohlen zu Fett blickte und den Mantel musterte. Wie war die Leiche transportiert worden? Wie war Louise nach dem Mord ins Stroh gebracht worden und vor allem warum? Warum hierher? Oder sollte sie hier gefunden werden? Fett schaute sich um. Conti redete auf Regauer ein, Schunkert und Unsleber packten ihre Sachen. Die grauen Herren mit dem noch graueren Stahlsarg verschwanden im Stall. Das wird anstrengend, dachte Fett. Reitturniergelände, *CHIO*, tote Frau aus besseren Kreisen. Conti kam zu ihm.

»Regauer muss zurück ins Justizzentrum. War die schon immer so zickig?« Conti steckte einen Notizblock in ihre Lederjacke.

»Erst seit Sie hier sind.«

»Soll das ein Kompliment sein?« Sie blickte ihn aufmerksam an.

»Ja.«

»Hatten Sie mal was mit ihr?« Conti lächelte maliziös.

»Beinahe.« Fett zerdrückte den leeren Kaffeepappbecher und schaute sich nach einem Mülleimer um.

»Aber?«

»Kein Aber. Besser so.« Er schmiss den Becher gezielt in Richtung Mülleimer. Punktlandung. Wenigstens etwas funktionierte heute Morgen.

»Sie hat Sie abblitzen lassen.«

»Die Zeit war nicht reif. Wird das ein Verhör?«

»Oh, fehlte ein Erntehelfer, weil die Zeit noch nicht reif war?«

»Kommen Sie zur Sache oder schreiben Sie für das *Goldene Blatt*?«

»Mögen Sie keine Tiere?« Ich wechsle mal das Thema, dachte Conti.

»Was hat das mit dem Fall zu tun?«

»Ich mein ja nur. Die Pferde haben das gespürt.«

»Wenigstens spüren die was. Sie bald auch, wenn Sie nicht loslegen. Ich spüre nur Contis Verhörmethode und eine undefinierbare Neugier an meiner Vergangenheit. Darüber mehr beim nächsten Pizzaessen in der Promenadenstraße.«

»Die Buchsbaum wurde mit Handtasche hier abgelegt, der Personalausweis war drin. Handy ist verschwunden. Vielleicht bei ihr in der Wohnung am Neumarkt. Sollten wir mal hin. Ich informiere die Kriminaltechnik, die können dort weitermachen.«

»Ja, ja«, sagte Fett gedankenverloren. Er dachte an den fürchterlichsten Urlaub, den er je mit seinen Eltern gemacht hatte. Ferien auf einem Ponyhof bei Gerolstein in der Eifel. Die Backfischmädchen hatten nur Augen für die Zossen. Er war mitten in der Pubertät und musste auf einem alten Klepper irgendwelche Runden drehen. Der Swimmingpool bestand aus einem Planschbecken, die Mücken stachen ständig. Frust, nur Frust. Nie mehr Pferde, das hatte er sich als Jugendlicher geschworen. Nur noch Mädchen, die auf frisierte Kleinkrafträder der Marken *Kreidler*, *Hercules* oder *Zündapp* standen. *Kreidler* am besten. So kam es dann auch, nachdem er seine *Kreidler* durch Verkürzung des Auspuffs schneller gemacht hatte.

Wenig später blickte Fett aus Louise Buchsbaums Wohnzimmer auf den *Insulaner*, die Kultkneipe vom Neumarkt. Vor seinem geistigen Auge sah er den Teller mit der Riesenbockwurst, Pommes, Senf und Salatgarnitur, für den die Kneipe bekannt war. Conti streifte durch die Zimmer, musterte den Kleiderschrank, gefüllt mit Designerkostümen. Fett wunderte sich über die Coffee-Table-Books: Garten, Island, Helmut Newton, Zumba. Kollegen der Kriminaltechnik packten alles zusammen. Den Computer von Louise Buchsbaum nahmen sie mit. Fett staunt über die Acrylmöbel, die Bilder an den Wänden, die einladende Küche. Fast eine Musterwohnung im Frankenberger Viertel, wo Lastenfahrräder das Straßenbild prägten; Prenzlauer Berg von Aachen, dachte Fett.

»Sieht nicht nach Raubmord aus. Hier ist sie nicht umgebracht worden.« Conti kam aus der Designerküche mit Kaffeevollautomat und italienischen Markenbohnen.

»Hatte sie einen Beruf, wer war sie?« Fett sprach in Richtung *Insulaner*, blickte auf die Regentropfen, die an der Fensterscheibe hinabliefen.

»Bank, sie war Bankkauffrau, leitende Mitarbeiterin bei der Sparkasse Aachen, verantwortlich für das Privatkundengeschäft, ist früher ausgestiegen. Auf dem Girokonto und den Sparbüchern liegt genug Geld. Sie wollte vielleicht leben, das Leben genießen. Und landete bei den Pferden.« Einerseits sehnte sich Conti nach etwas mehr Komfort, andererseits irritierte sie die sterile Musterwohnung ohne Topfpflanzen, Katzenstreu,

Aschenbecher, geöffnete Rotweinflaschen. Wo war hier das Leben?

»Lassen Sie die Nachbarn befragen. Irgendjemand muss sie gesehen haben, bevor sie gestern ihren Mörder traf. Die Tür ist nicht aufgebrochen. Wo war sie, hatte sie einen Freund? Wie lange war sie schon raus aus der Sparkasse?«

»Sie ist seit über fünf Jahren Frührentnerin. Hoppla, hier liegt noch das Ticket für die *Ordensverleihung wider den tierischen Ernst* an Iris Berben.« Conti wedelte mit dem Eintrittsticket. »In ihrem Kalender steht ›Albert‹ unter dem Datum. Laut Adressbuch Albert van Epen.«

»Alter Nadelfabrikant. Taucht immer mal wieder in der Tageszeitung auf und beschwört die goldenen Zeiten der Industrialisierung, des Pferdesports, beklagt die Visionslosigkeit der Politik. Außerdem in einer erzkatholischen Sekte. Der verdient eine gehörlose Tischdame.« Fett musterte die Eintrittskarte. »Ist ein paar Tage her mit der Ordensverleihung. Und das Ticket bewahrte sie auf?«

»Sozialneid?« Conti wusste, dass Fett nicht aus einem großbürgerlichen Elternhaus stammte. So wie sie.

»Quatsch. Die Herrschaften aus der VIP-Klasse der *Titanic* haben noch nicht den Eisberg bemerkt. Albert van Epen ist auch so einer. Übrigens muss ich noch von Chantal Kalumba berichten.«

»Ah, die Perle Afrikas.« Da wurde Conti hellhörig. Irgendein Geheimnis verbarg ihr Chef.

»Noch so eine Bemerkung, und ich verpetze Sie beim Gendertribunal. Typische Bemerkung einer eifersüchtigen weißen Europäerin. Kommt ins Handbuch der Klischee-Sammlung. Besser, ich melde Sie direkt bei der Gleichstellungsbeauftragten. Da kommen Sie nicht mehr raus. Das sage ich Ihnen. Fünf Jahre Bezirkspolizistin in Rothe Erde und dann Streife am Kaiserplatz. Viel Vergnügen. Ich sammle dafür Pluspunkte.«

»Sorry, sorry. Alles gut, alles gut. Aber was hat der Anruf der aparten Kollegin Kalumba mit unserem Fall zu tun?«

»Nichts. Sie hat einen oder mehrere mysteriöse Fälle und bat mich um Hilfe.« Warum musste ich auch Conti informieren? Fett ärgerte sich. Immer Zickerei bei den Frauen.

»Das machen Sie doch gerne, Chef.«

»Warum nicht? Sie hilft uns.« Er zuckte mit den Schultern. Da musste er jetzt durch.

»Ihnen hilft sie.«

»Uns.«

»Ihnen.«

»Schon gut. Sie braucht einen Informatiker der RWTH Aachen zur Unterstützung.«

»Da gibt es viele.«

»Was Sie nicht sagen.«

»Erzählen Sie mir in der *Volkskantine* davon. Hier finden wir nichts. Louise war sehr ordentlich, kein Durcheinander. Weiß der Teufel, wer das alles erben wird. Vielleicht findet die Kriminaltechnik etwas.«

Reispfanne Shanghai süß-sauer und Schnitzel Wiener Art mit Fritten und Salatbeilage standen auf dem Speiseplan. Die Aufteilung war klar: Conti Shanghai und Fett

Wien. Gestärkt und leicht komatös betraten sie das Büro. Nun stand Albert van Epen auf ihrer Liste. Ein Anruf verzögerte die Abfahrt. Er war für Fett. Conti fuhr ihren PC hoch und suchte auf der Webseite der RWTH die Lehrstühle für Informatik.

5

DIE HEILIGE SOERS

»Herr Fett, jemand von den Pferden für Sie.« Frau Hof, mit Vorfreude auf Pilates am Abend, erwischte Fett vor der Fahrt zu Albert van Epen.

»Wer?«

»Hab ich nicht verstanden. Irgendwas mit dem Schio und den Pferden. Geschäftsstelle oder so.« Manchmal verstand sie schlecht, hörte nicht genau zu, dachte an die Yogamatte oder erschrak über den herrischen Ton am anderen Ende der Leitung.

»Vielleicht wollen Sie uns eine neue Reiterstaffel spendieren. Sie wissen doch, dass einige Kollegen durch die Abschaffung dauerhaft traumatisiert wurden. Also, stellen Sie durch. – Fett, Mordkommission.«

»Gernot Busch, Geschäftsführer vom *CHIO*, Herr Fett, was ist da los in der Soers?« Ein Herrenreiter-Unterton, ungehalten wie jemand, der eine lästige Fliege loswerden möchte, die hartnäckig um den Hundekot am Schuh schwirrt. Die Stimme klang nach einem agilen Endvierziger, vielleicht Mitte 50. Von einer neuen Reiterstaffel war nicht die Rede. Worte wie nach Gutsherrenart – *Unox*-Suppe, kam Fett in den Sinn.

»Freut mich, Herr Busch. Was wissen Sie denn?«

»Ja, eine tote Frau in der Box. Das sagen mir die Mitarbeiter. Viel Polizei heute Morgen, und jetzt ist alles abgesperrt am Stall von Herrn Augustin.« Schnell gesagt, fast ohne Luft zu holen. Jemand, der es eilig hat, sich keine Zeit nimmt in der Mittagspause, rasch, rasch, das muss geklärt werden, keine Vorspeise, kein Dessert, sofort den Hauptgang und dazwischen auf zwei Handys tippen.

»Dann wissen Sie alles, Herr Busch. Bitte verstehen Sie, dass ich momentan keine weiteren Informationen herausgeben darf. Ermittlungstaktische Gründe.« Fett sprach im Ton eines *Tatort*-Kommissars; eher Borowski als Batic.

»Das kann ich nicht verstehen. Verstehen Sie mich! Der Countdown für das Reitturnier Ende Juni läuft. Letztes Jahr, das war eine kleine Corona-Nummer. Davor das Jahr alles abgesagt. Jetzt liegt zwei Monate vor Beginn des Turniers eine Tote im Reitstall. Das ist nicht gut. Wenn das die Reiter hören und die Sponsoren, da kommt Unruhe auf. Ich zweifle, ob Sie das verstehen, ob Ihnen die Folgen bewusst sind.«

Unruhe, dachte Fett. Da kommt Unruhe auf. Bei Mord kommt immer Unruhe auf. Das bringt Mord mit sich. Natürlich bin ich zu dumm, um das zu verstehen. Ein einfacher Kommissar von der Mordkommission, was versteht der schon von Springreiten, Dressur, Voltigieren, Gespannfahren in der heiligen Soers. Der hat vielleicht mal bei der Tierschau vom *Zirkus Krone* auf einem Pony gesessen.

»Sehen Sie, Herr Busch, ich reite zwar nicht, aber ich kann das verstehen. Ja, ich kann das sogar sehr, sehr gut verstehen. Aber erstens habe ich die Leiche dort nicht abgelegt, zweitens handelt es sich um ein Kapitalverbrechen, deshalb sprechen Sie mit der Mordkommission, und drittens vermisse ich eine Frage von Ihnen.« Stille am anderen Ende. Fett zählte die Sekunden: eher fünf als drei Sekunden.

»Eine Frage? Was für eine Frage wollen Sie denn hören? Wann können wir wieder in den Stall?« Gernot Busch, von Kindesbeinen an mit Pferden aufgewachsen, erfolgreicher Unternehmer, mochte keine Störungen in Betriebsabläufen. Weder in seinem Betrieb für Softwarelösungen noch beim Reitturnier. Alles musste wie am Schnürchen laufen. Nun kommt dieser Kriminalheini mit einer Frage, einer Frage, die er angeblich erwartet hat. Richtig vorbereitet war Busch nicht darauf. Dabei hatte er sämtliche Führungsseminare in Schloss Bensberg mit Erfolg absolviert: »Kommunizieren. Leicht gemacht« und »Wie fragt der Chef?«. Er war gelobt worden und musste an der Bar etliche Runden schmeißen. Eine Vorzeige-Führungskraft, so hatte ihn der Seminarleiter Jean Schreiber genannt: betont hatte er *Vorzeigekraft*. Primus nannten ihn die Kollegen, der Großmetzger aus Ibbenbüren, der Bäckereiketteninhaber aus Lüdenscheid, der Reifengroßhändler aus Erftstadt und die aparte Alleininhaberin einer Rollladenfabrik aus Mechernich.

Fett riss ihn aus seinen Gedanken: »Ich warte auf folgende Frage: Wie können wir Ihnen helfen, lieber Herr Fett? Darauf, Herr Busch, warte ich. Aber vielleicht erwarte ich zu viel. Es geht ja um viel Geld, nicht wahr.«

»Lieber Herr Fett, das ist doch selbstverständlich, dass wir helfen. Diese Frage erübrigt sich. Aber Geld, Geld, nun ja, wir haben Verpflichtungen, wollen ausbauen, erweitern in Richtung altes Polizeipräsidium. Das Turnier ist mehr als irgendein Fußballspiel unserer regionalen Gurkentruppe. Das ist Tradition und Innovation, ein Stück Aachen, Weltklasse aus Aachen, Atmosphäre, Gipfeltreffen, wenn Sie so wollen: das Davos des Reitsports, die exzellente Symbiose von Mensch und Tier. Wenn also der Mord – oder sagen wir mal so, hat es irgendwas mit dem Reitturnier zu tun?«

Fett ging nicht mehr auf die eben erwähnte Selbstverständlichkeit ein. »Wir ermitteln in alle Richtungen. Dafür brauche ich die Unterlagen über die Vermietung dieses Stalls an Ruprecht Augustin. Wer hat den Vertrag unterzeichnet, zu welchen Konditionen?«

»Bekommen Sie alles. Ein Freundschaftsdienst unter Pferdefreunden. Sein Hof ist beim Hochwasser abgesoffen. Er zahlt und spendet auch. Darum die Hilfeleistung. Ich möchte Sie nur dafür sensibilisieren, dass die Soers nicht irgendein beliebiger Sportplatz ist, ein Abreitgelände, ein Gestüt oder so. Wir sind das sportliche Aushängeschild der Region, von Nordrhein-Westfalen, mit Gästen aus der ganzen Welt, mit Live-Übertragung in zahlreiche europäische Fernsehkanäle, mit herausragenden VIP-Gästen und mit tausenden Aachenern, die seit ihrer Kindheit zum Turnierplatz pilgern. Was für Maastricht die *TEFAF*, das ist für Aachen der *CHIO*. Aber unser *CHIO* ist nicht exklusiv, sondern inklusiv: für jedermann, für die ganze Familie, mit Angeboten für jeden Geldbeutel und mit einer einmaligen Atmosphäre und einem einmaligen Ambiente.« Busch beherrschte die Vermarktung perfekt: Emotion, Tradition, Innovation. Die kritischen Fragen der Tierschützer nahm er zur Kenntnis. Darauf würde zu passender Zeit eine Antwort erfolgen.

»Herr Busch, ich verstehe das. Ich kenne das Reitturnier, auch wenn ich selbst eine Distanz zu Pferden habe. Glauben Sie mir, wir werden keine Gerüchte in die Welt setzen oder Spekulationen über einen Zusammenhang mit dem Reitturnier. Arbeiten Sie weiter. In wenigen Tagen werden wir den Fundort freigeben. Wir machen unsere Arbeit, Sie machen Ihre Arbeit. Und wenn Sie etwas kommentieren müssen, dann wäre es gut, dass Sie die vertrauensvolle Zusammenarbeit mit der Polizeibehörde erwähnen würden.« Fett streckte ihm durch den Hörer die Hand aus. Er hatte kein Interesse an einer Skandalisierung. Das würde seinen Job nur unnötig erschweren und ihm Anrufe vom Polizeipräsidenten, vom Innenministerium und der Staatskanzlei einhandeln.

»Herr Fett, angesichts der Wellen, die diese Tote schlagen könnte, werde ich mir erlauben, mit dem Polizeipräsidenten Kontakt aufzunehmen.«

Fett hatte diesen Hinweis früher erwartet. Bestimmte Herrschaften müssen immer eine Ebene höher gehen, fühlen sich auf den Schlips getreten, können nicht mit der Sachebene kommunizieren. Polizeipräsident, Oberbürgermeisterin, Ministerpräsident, Bundeskanzler, Papst. So sah die Beschwerdekette aus.

»Machen Sie, was Sie nicht lassen können. Der Polizeipräsident hat zwar die Hände voll mit Karlspreis, Lützerath und organisierter Kriminalität, aber er wird Sie bestimmt empfangen. Ich muss zu einer weiteren Vernehmung. Oder haben Sie noch etwas Sachdienliches mitzuteilen? Ein Pferd als Mörder schließen wir übrigens aus.«

»Ich gebe Ihnen meine Nummer. Für alle Fälle. Und auch die von unserer Pressestelle. Kein Pferd. Das ist gut. Sehr, sehr gut.« Gernot Busch, gierig wartend auf den Ehrendoktor der RWTH Aachen oder den Professoren-Titel der Fachhochschule Aachen, zumindest auf das Bundesverdienstkreuz, ratterte Telefonnummer und E-Mail-Adresse runter.

»Danke, schaden kann es nicht. Unsere Öffentlichkeitsarbeit hat zwar den Kontakt, aber doppelt hält besser.«

Fett notierte die Daten, dann legten beide auf.

»Ich wusste es.« Fett drehte sich zu Conti. »Sie haben Angst davor, dass der Mord in Zusammenhang mit dem Reitturnier steht.«

»Mehr als natürlich. Versetzen Sie sich in deren Lage. Wir sollten die Möglichkeit nicht ausblenden«, sagte sie leicht erschöpft, mümmelte eine Biobanane, griff zur Lederjacke und dem Schlüssel für den Dienstwagen. »Auf geht's zu Albert van Epen.«

6
MISSIONARE IM KOCHTOPF

Albert van Epen, schlanker Endsiebziger, trug ein dunkelblaues Einstecktuch auf hellem Sakko, eine vergoldete Brille und einen geschätzt zwei Kilo schweren Siegelring am linken Ringfinger. Sein gelblich schütteres Haar war geölt, zur Seite gescheitelt, die Altersflecken seiner Hände korrespondierten mit den Flecken auf seiner Stirn. Conti und Fett suchten ihn in seinem Büro auf, denn Albert van Epen ließ die Finger nicht aus dem Garngeschäft, das er Sohn und Tochter nach längeren Streitigkeiten übermacht hatte. Sehr zur Freude der beiden wusste Albert erstens alles besser, zweitens bestimmte er über das Personal und drittens bereitete er die Hälfte der Büroräume zum Umbau in ein Museum vor. Albert van Epen besaß aus diversen Reisen nach Afrika eine umfangreiche Sammlung von volkskulturellen Alltagsgegenständen, die nach eigener Einschätzung wertvoll, nach Ansicht von Ethnologen Schrott war: Nairobi-Airport-Kunst. Doch Albert erwarb sie gegen harte Dollar in den 70er-Jahren von einem selbsternannten Museumsdirektor aus Kenia und glaubte an den Mann, die Kochtöpfe, die Pfeile, die Messer, die Teller und die Sitzmöbel, die in China gefertigt und mit dem Lehm afrikanischer Regenwälder geadelt worden waren. Das kommende Museum war Albert van Epens Nachlass, sein Vermächtnis an die Nachwelt. Im Grunde stellte er sich auf eine Stufe mit Professor Grzimek, der sich allerdings afrikanischen Tieren gewidmet hatte. Die Diskussionen über Kolonialismus und Postkolonialismus erreichten Albert van Epen nicht. Die Forderungen nach Rückgabe der Kunstobjekte irritierten ihn. Er wollte die gefälschten Kessel, Kochtöpfe und Sitzmöbel der Öffentlichkeit im Dreiländereck präsentieren, um eine Brücke zwischen dem globalen Süden und dem herzlosen Norden zu bauen; um die Welt, wie er sagte, ein Stück weit besser zu machen. Brückenbauer, ja er sah sich als Brückenbauer und natürlich als Stern am Himmel völkerkundlicher Museen, obwohl der Himmel grau geworden war und die Museen sich täglich ein Stück mehr leerten. Der Rücktransport sogenannter Raubkunst nach Afrika brummte. Kaum dort angekommen, fanden manche Objekte blitzschnell den Weg zurück in den Westen, allerdings nicht in die Museen, sondern in Verkaufsräume von Galerien oder Kojen auf Kunstmessen.

»Alles Kunst. Volkskunst natürlich, aber das hier bleibt übrig, wenn in Afrika alles vor die Hunde geht. Hier, sehen Sie diesen grandiosen Kessel, ein Erbstück aus dem 18. Jahrhundert.« Mit Nachdruck und Verve in der Stimme schritt Albert van Epen aufrechten Ganges durch sein Büro und die angrenzenden Räume, zeigte auf Miniaturen, die entfernt an Handwerkszeug aus einem Sextoy-Shop erinnerten, und schließlich auf einen enormen Kessel. »Alles echt, alles echt!«, betonte Albert van

Epen und erinnerte Fett an die Ausrufer auf der Anna-kirmes: »Jedes Los gewinnt! Kommen Sie ran hier!«

»Waren da Missionare drin?« Conti konnte sich die Frage nicht verkneifen, immerhin bot der Kessel Platz für einen schmalen Erwachsenen.

»Zu klein für dickbäuchige Missionare«, brummte Fett. »Sie stellen vielleicht Fragen. Kommt von der Bio-banane. War die auch aus Afrika?«, fragte er leise.

»Ja, ja, viel zu klein. Außerdem war dieser Stamm extrem friedliebend und ernährte sich von Pflanzen. Direktor Simba Mukasa hat mir alles berichtet. Eine sagenhafte Geschichte, die ich den Besuchern meines Museums erzählen werde.« Van Epen strahlte und hatte längst vergessen, dass er zwei Kommissare der Aachener Mordkommission durch sein zukünftiges »Out of Africa in Aachen«-Museum führte. Für die Eröffnung erwartete er mindestens die Bundesaußenministerin, besser noch den UN-Generalsekretär.

»Louise Buchsbaum. Wann haben Sie sie zuletzt gesehen?«

»Louise Buchsbaum? Letzte Woche, glaube ich. Wir waren verabredet im Suermondt-Ludwig-Museum. Ich wollte ihr den Unterschied zwischen den dortigen Werken afrikanischen Kunsthandwerks und meiner Samm-lung zeigen. Eine Schulklasse hat es verhindert. Sie waren zu laut. Der Wächter musste einschreiten. Wir haben dann einen Kaffee im *Quellenhof* getrunken. Dort tra-fen wir auch Ruprecht Augustin, den Pferdeliebhaber.« Albert van Epen war so von sich eingenommen, wie alte Patriarchen von sich eingenommen sind.

»Danach nicht mehr?«, wollte Fett wissen.

»Nein, nein.«

»War sie verändert?«

»Louise – kein bisschen. Verändert, nein, sie war gut gelaunt. Sie war sehr guter Dinge. Sie hatte eine Idee zu einem Kriminalroman. Sie wollte einen Kriminalroman schreiben über Raubkunst aus Afrika. Ich sollte die Leiche sein.« Albert van Epen lachte das Lachen eines alten Zirkuselefanten, der zu viel Wasser getrunken hatte. Er stammte aus einer anderen Zeit, einer Zeit, als noch Apartheid in Südafrika herrschte und der weiße Mann das Sagen hatte.

»Wie kam sie darauf, einen Krimi zu schreiben?«

»Tja, gute Frage, was sagte Louise noch? Sie wollte das schon immer, oder so. Wir waren dann rasch wieder bei den Pfeilen, Kochtöpfen und der afrikanischen Kultur.«

»Hatte sie Feinde?« Conti störte den rachitischen Elefanten, der von Traurigkeit keine Spur zeigte und der nie Interesse an Louise Buchsbaums Traum von einem Krimi gezeigt hatte.

»Feinde, Louise? Drei Ehemänner. Keine Kinder mit den dreien. Vielleicht. Ich weiß es nicht. Bei manchen afrikanischen Stämmen …«

»Stopp! Es geht um Mord und nicht um Kannibalismus.« Fett hob den Zeigefinger.

Albert van Epen schluckte und schaute verstört auf den Kochtopf. Kannibalismus, so ein Quatsch, dachte er. Die beiden verstehen gar nichts, Zeitverschwendung, verbeamtete Banausen, die werde ich nie in meinem Museum sehen. Wahrscheinlich Polizeisport-Kegelklub.

»Bei der Ordensverleihung sitzen doch viele Leute an einem Tisch. Mit wem saßen Sie zusammen?«

»Bei der Ordensverleihung?«, murmelte Albert van Epen. Er war aus dem Film gerutscht und musste sich sortieren. Kegelklub, bestimmt Kegelklub, Mallorca, All-inclusive-Urlaub in Antalya und Minigolf. Was hatten sie ihn gefragt? Wer saß am Tisch? »Wer saß da bei uns am Tisch? Man saß nicht so eng. Alles mit Abstand wegen Corona. Da saßen links von uns das Ehepaar Wynands und rechts von uns Helga Haperscheidt mit ihrem Mann.«

»Sie kennen die Ehepaare?«

»Flüchtig. Wynands spielt Golf und besaß vor Jahren eine Lackiererei. Helga Haperscheidt kam durch Louise hinzu. Sie kannten sich von früher, glaube ich. Ganz nett. Der Mann ist Tierarzt – oder ist er Urologe?« Albert van Epen kam durcheinander. Das Gespräch dauerte ihm zu lange. Er war erschöpft. Der Mord, der Mord. Und dann der Kochtopf, die Missionare, Minigolf und diese beiden Ignoranten.

»Wenn ich noch etwas zu Afrika sagen darf und all den Forderungen nach Rückgabe …« Weiter kam er nicht.

»Herr van Epen, die afrikanischen Stämme sind mir völlig egal. Auch Ihre Kochtöpfe aus Kamerun oder Burkina Faso. Louise Buchsbaum wurde erdrosselt im kotigen Stroh von Ruprecht Augustins Stall gefunden. Ihnen macht es nichts aus. Sie labern uns den Kopf voll mit Ihrem Afrika-Zeug. Senden Sie es zurück. Geben Sie es denen, die Ihnen dieses wertvolle Sammlungs-gut verkauft haben. Das ist der Zeitgeist und die Politik der Bundesregierung. Vielleicht helfen Sie dabei, ein Museum in Afrika zu bauen. Wir prüfen Ihr Alibi. Behindern Sie uns nicht mit Laberei. Die Adresse von Wynands und Haperscheidt brauchen wir.«

Albert van Epen zuckte zusammen, griff zu seinem Adressbüchlein aus feinstem Ziegenleder und notierte die Namen auf einen Zettel. Die Adresse von Helga Haperscheidt kannte er nicht.

»Ihr Ton gefällt mir gar nicht, Herr Kommissar. Und eine Einladung zur Eröffnung meines Museums werden Sie nicht erhalten.«

»Und uns interessiert Ihre Schatzkammer nicht, Herr Großwildjäger. Ein weiteres Klischee-Museum über Afrika. Fehlt nur noch die Überschrift ›Willkommen auf dem schwarzen Kontinent‹. Wo waren Sie gestern Abend von 18 bis 22 Uhr?«

»Mit meiner Frau habe ich einen Film über Kunst und Kultur in Nigeria angeschaut. Fragen Sie sie ruhig.«

»Wie viele Kredite haben Sie von der Sparkasse Aachen erhalten?« Conti überraschte Fett und Albert van Epen mit der Frage.

»Kredite? Kredite, die üblichen. Wir finanzieren unsere Rohstoffe vor.«

»Und für das Afrika-Museum?«

»Nun ja. Anschubfinanzierung. Das Licht, die Vitrinen, die Wände. Das muss attraktiv sein. Die Klimaanlage. Genau. Wir hatten keine Klimaanlage.«

»Die Summe, Herr van Epen.«

»400.«

»Tausend.« Conti blickte zu Fett.

»Wer hat mit Ihnen verhandelt?«

»Louise. Louise Buchsbaum war schon immer unsere Ansprechpartnerin bei der Sparkasse Aachen.«

»Und als Belohnung dann gemeinsam zur Tierordensverleihung an Frau Berben.« Fett ging einen Schritt näher auf Albert van Epen zu.

»Wir waren befreundet. Sie war ja im Ruhestand. Louise, nicht Frau Berben.«

Fett gab Conti ein Zeichen. Sie ließen Albert van Epen stehen, der immer noch an das Bild der Missionare im Kochtopf dachte. Sein Reaktionsvermögen war merklich gedämpft, sein Denkvermögen ebenfalls. Na, wenigstens hab' ich rechtzeitig die Kredite erhalten, dachte er und blickte liebevoll auf den Kochtopf.

Zurück im Präsidium lag die Liste der letzten Anrufe von Louise Buchsbaums Handy auf dem Tisch.

»Louise Buchsbaum hat am Montagnachmittag einen Anruf aus einer Telefonzelle in Simmerath erhalten. Danach keine Anrufe mehr. Vorher Freundinnen, Auskunft, Kosmetiksalon, Hausarzt. Alles ohne Belang.« Conti überlegte, wo Simmerath lag.

»Wer benutzt denn Telefonzellen?« Fett schaute aus seinem Büro auf die Autowaschanlage mit dem klingenden Namen *Niagara*. »Wo sind die drei Ehemänner abgeblieben?«

»Einer züchtet Schafe in Australien, der andere ruht sich auf dem Westfriedhof aus, und, Moment mal, der erste Ex, ein Jakob Olligschläger, lebt auf einem Bauernhof in Bürvenich. Biobauer mit Hofladen.«

»Bürvenich?«

»Ja, Bürvenich. Liegt im Kreis Euskirchen bei Schwerfen, Floisdorf, Wollersheim. Wollersheim gehört zum Kreis Düren. Alles in der Zülpicher Börde.«

»Schon 17 Uhr. Morgen früh suchen wir den auf. Und markieren Sie genau die Telefonzelle in Simmerath. Rufen Sie die Bezirkssheriffs dort an. Da gibt es den Kollegen Heuwer. Der soll prüfen, ob die Telefonzelle regelmäßig von einer bestimmten Person benutzt wird, ob es Auffälligkeiten gibt. Heuwer in Simmerath.«

Conti machte Stichworte, nickte kurz. Heuwer in Simmerath, woher kennt Fett denn den schon wieder? Dieser Mann war ihr ein Rätsel.

Fett telefonierte mit der Personalabteilung der Sparkasse Aachen. Datenschutz, Legitimation, Rückruf beim Vorstand; es dauerte. Dann erhielt er die Information. Louise Buchsbaum hatte mehrfach die Kreditlinien überzogen. Zwar sei alles zurückgeflossen, aber sie wurde abgemahnt. Danach setzte sie sich zur Ruhe. Im Mittelpunkt habe stets Albert van Epen mit seinem Museum gestanden. Doch der besaß ein Alibi.

7

KRAREMANNSTAG
UND DER KRIMI

Hugo Heuwer war Kommissar. Nach langen Jahren im mittleren Dienst schaffte er es kurz vor der Pensionsreife in den gehobenen Dienst, wo er bis zum Ende seiner Laufbahn bleiben sollte. Er war das Gesicht von Simmerath, das heißt der Polizeiinspektion 2, Bezirksdienst Süd, Simmerath. Junge Kolleginnen und Kollegen kamen und gingen. Er blieb in Simmerath wie die Betonhöcker der Panzersperren des Westwalls. Geboren in Kalterherberg, getauft an einem kalten Wintertag im dortigen Eifeldom, kam er mit den Jahreszeiten der Nordeifel klar, radelte im Sommer beschwingt auf der Vennbahntrasse, obwohl er die fauchenden Dampfloks mit angehängten Personenwagen vermisste, die vor Jahren mit Touristen durch seine Nordeifel dampften. Mit dem neuen Bürgermeister verstand er sich ausgezeichnet. Ihr gemeinsames Hobby, diverse Grillexperimente auf *Weber*-Grill, schuf Gesprächsanlässe weit über das Dienstliche hinaus.

Im Winter 2020/21 musste Heuwer für den Gemeinderat den Kopf hinhalten. Corona führte dazu, dass die Eifel regelrecht gestürmt wurde. »Tourismus-Tsunami-Alarm!« – so lautete die Panikformel. »Tausende Schneetouristen im Anmarsch, und keine *Dixie*-Klos« – der Albtraum der Nordeifel, manche munkelten von einer zweiten »Hölle im Hürtgenwald«. Heuwer forderte die Einsatzhundertschaft aus Aachen an, was im Präsidium zu Kopfschütteln führte. Fast wäre Heuwer zum Amtsarzt zitiert worden, aber die Politik stellte sich schützend hinter seine Forderung, denn die Völkerwanderung aus der Köln-Aachener Bucht in die Schnee-Eifel war nicht zu übersehen, die Hinterlassenschaft auch nicht. In den Leserbriefspalten tobte der Kampf um die Tsunamiwarnung. Besonders die Kölner Touristen waren stinksauer und verwiesen auf die Pinkelei der Eifelgäste am 11.11. direkt am Kölner Dom. »Die Eifeler pinkeln uns den Dom weg, und wir dürfen noch nicht einmal mit den Pänz Schnee schnuppern« – so der Tenor. Der Streit schmolz mit den warmen Temperaturen dahin, Corona kam hinzu, alles war wieder gut.

Den neuen Auftrag aus Aachen nahm Heuwer gerne an, um aus dem stickigen Büro herauszukommen. Den Kollegen Fett kannte er aus verschiedenen Ermittlungen in der Nordeifel. Der trat in seinen Augen korrekt auf, nicht so arrogant wie junge Schnösel aus dem höheren Dienst, die mit einem goldenen Stern auf der Schulter bereits von Allwissenheit gezeichnet waren.

Der Nieselregen hatte nachgelassen. Heuwer verabschiedete sich am Mittwochvormittag beim Dienststellenleiter Karl Grimm bis zum frühen Nachmittag, um alle Geschäfte entlang der Hauptstraße und des

Markts abzuklappern. Als er die Stelle erreichte, wo die Telefonzelle stand, stand dort keine Telefonzelle mehr, sondern eine Toilettenbox. Heuwer fuhr irritiert über seine Stirn. Ob es mit den fehlenden *Dixie*-Klos im Winter zusammenhing? Er traute seinen Augen nicht. Da stand doch bis gestern noch eine Telefonzelle! Zwei Arbeiter justierten die Sanitärbox, die der Lkw-Fahrer mit dem Kran einpendelte. Sie schrien gegen den brummenden Motor des Lkws und den Verkehr an.

»Noch mal hoch! Hoch!« Die Box schaukelte einige Zentimeter über dem Erdboden.

»Jetzt runter! Runter, sag ich!«

Sanft setzte das Teil auf. Heuwer schaute wie ein kleiner Junge auf die Spielzeugeisenbahn im Weihnachtsschaufenster vom *Modelleisenbahngeschäft Hünerbein* am Aachener Markt.

»Wo ist denn die Telefonzelle?«, brüllte er.

Ein Arbeiter zeigte auf die Ladefläche des Lkws. Da lag sie.

»Die werden zu Bücherschränken umgebaut. Dat Ding jeht nach Kalterherbersch.«

Bücherschränke, na so was, dachte Heuwer, nickte verständnisvoll und machte sich auf den Weg zu den Geschäften. Mittags pausierte er mit Jägergemüse und Bratwurst im *Eifelkrug*.

»Mach mir noch einen *Jägermeister*, Cilli.« Heuwer fühlte, wie nach hausgemachter Rinderkraftbrühe mit Eistich, biologischem Jägergemüse aus Bodenhaltung, Hirschbratwurst von Rotwild aus der Eifel und Schokoladenpudding von *Doktor Oetker* aus Bielefeld eine wohlige Müdigkeit seinen Körper ergriff. Endlich mal keine Schinkenstullen von Astrid, seiner lieben Ehefrau, die in der Verwaltung des Simmerather Krankenhauses für die Buchhaltung verantwortlich war. Astrid meinte es nur gut, beschränkte jedoch die Butterbrotvariationen auf gekochten Schinken, rohen Schinken und Salami. Cilli brachte das randvolle Glas mit *Jägermeister* und dazu noch ein Pils auf Kosten des Hauses; man kannte und man schätzte sich. Schweißperlen bildeten sich auf Heuwers Stirn, der unter einem kapitalen Hirschkopf mit einem sensationellen Geweih saß, Sense und Dreschflegel am Ende des Lokals vor Augen, die einerseits an das letzte Stündlein, andererseits an die harte Arbeit in der Landwirtschaft von Preußisch Sibirien erinnerten.

»Hugo, auf dein Wohl. Kommst zu selten rein.« Die gebräunte Cilli lächelte mit ihrem unwiderstehlichen Cilli-Lächeln, lebenserfahren, Gastronomiefachfrau in der fünften Generation, ein Ehemann auf dem Friedhof, der neue in der Küche.

»Astrid macht mir Stullen, der Chef mümmelt irgendeinen Bulgursalat, den ihm seine bessere Hälfte mitgibt. Abends futtern bei Muttern. In meinem Alter kann ich nicht auch noch deinen Mittagstisch verputzen. Wie heißt das Ding mit dem Body-Gedöns? Jedenfalls werd' ich zu muskulös. Der neue Chef ist so ein spindeldürrer Gesundheitsapostel. Rast mit dem Rad von Vossenack nach Simonskall runter, läuft Marathon und spielt Tennis.«

»Versteht ihr euch?«

»Der kommt nicht aus der Eifel. Sauerländer. Grimm heißt er, der Name sagt alles. Der bleibt nicht lange. Stöhnt über Einbrüche, Mopeddiebstähle und gesprengte Geldautomaten. Ich sag dir, der ist bald weg. Wohnt in Aachen und pendelt jeden Tag. Nur Hugo bleibt auf ewig in Simmerath. Prost, Cilli.« Der *Jägermeister* rauschte durch die Kehle, das *Bitburger* floss hinterher. Hugo Heuwer fühlte sich wohl in seiner Heimat. Hier verstand er die Menschen, hier wurde er verstanden.

»Wen suchst du überhaupt?«

»Geheim, Cilli, alles geheim. Aber wenn du an der Telefonzelle am Markt hinten, bei den Bussen, was bemerkt hast, dann dem lieben Hugo alles sagen.« Er flüsterte, obwohl sonst niemand im Speiseraum saß, nur Lenzens Will an der Theke, aber der redete ausschließlich mit sich selbst und seinem Bierglas über Lottozahlen und Fußballergebnisse aus der Kreisliga.

»Telefonzelle am Markt. Ist da eine?«

»Schon erledigt, Cilli. Alles gut. Vergiss es. Die ist auch weg.« Heuwer lockerte die Dienstkrawatte, öffnete den obersten Knopf des Diensthemdes. Die Hemden sind zu eng oder mein Hals zu dick, dachte Hugo Heuwer.

»Noch einen Pudding, Hugo? Bevor er über bleibt. Hausgemacht von meinem Erwin.« Cilli wunderte sich über die Frage nach der Telefonzelle, aber der Hugo, der war schon immer so, etwas umständlich, aber ein herzensguter Kerl.

»Weil du es bist, Cilli, weil du es bist. Der schmeckt wie der aus Bielefeld von *Doktor Oetker*.« Heuwer leckte den Löffel ab, lächelte, und Cilli lächelte ebenfalls. Den Erwin mochte er nicht. Zugereist aus Roetgen, hatte sich breitgemacht im *Eifelkrug* und Cilli, die Fegerin, abgestaubt. War ein kleiner Skandal Anfang der 80er-Jahre in Simmerath.

Der Puddingnachschlag wirkte abtörnend auf Heuwers Konzentration. Er zahlte sein Mittagessen, lobte überschwänglich die Qualität und zwinkerte Cilli zu. Cilli lächelte zurück. Ach, der Hugo; wäre ein anderes Leben mit dem geworden. Hätte Cilli nicht den *Eifelkrug* geerbt, wer weiß, was aus ihr geworden wäre. Und der Erwin war ein guter Koch, auf den ließ sie nichts kommen. Der unterstützte sie beim Lockdown und organisierte Essen auf Rädern in Simmerath. Aber so ein Eifelkommissar, dem hätte sie jeden Tag was Frisches aufgetischt. Na ja, die Astrid. War schon damals was Besseres.

Heuwer wankte schwer atmend in die Filiale der *Buchhandlung Backhaus*, grüßte unterwegs nach links und rechts wie der Karnevalsprinz, schließlich kannte er in Simmerath alle. Der Nieselregen hatte nachgelassen. Die hohe Luftfeuchtigkeit machte zu schaffen.

»Tag zusammen, Heuwer, Polizei Simmerath.«

»Oh, die Polizei. Navi ausgefallen? Neue Karten über die Eifel oder suchen Sie einen Kriminalroman?« Eric Burgbrander, von Geburt an Buchhändler, nun in den besten Jahren, eingeschworener Thomas Bernhard-Leser, lächelte den ermatteten Heuwer entwaff-

nend an. Seine Kollegin Martina sortierte die Kunden-
bestellungen ein.

»Navi funktioniert, Krimi, das wäre was«, stöhnend
nahm Heuwer die Schirmmütze ab, er fuhr sich über die
Stirn. Buchhandlung, war ich lange nicht mehr, dachte
er. Wann hab' ich mal einen Krimi gelesen? Eifel-Krimi,
Tatort, Mordeifel – all diese Wörter schossen in Millise-
kunden durch sein Heuwer-Gehirn.

»Es geht um …«, er setzte an, blickte auf den Bücher-
tisch und fuhr fort: »Was empfehlen Sie mir, junger Mann?«

Eine Steilvorlage für Eric Burgbrander. »Danke für
den jungen Mann. Ich tippe auf Klassiker, Herr Kommissar. Vielleicht ein Simenon oder Raymond Chandler.
Das könnte was für Sie sein. Nicht diese neumodischen
Schocker aus Skandinavien.«

»Simenon?«

»Kommissar Maigret.«

»Ah, den kenne ich. Mit Heinz Rühmann.«

»Auch. Noch etliche andere. Mir gefiel Jean Gabin.
Die Krimis sind gerade neu übersetzt.« Er zeigte wie
ein Conférencier auf die ausgelegte Neuware druckfri-
scher Krimis.

»Der da, der wäre was. Astrid wollte schon immer
in die Provence.« Auf dem Tisch lag *Maigret und der
Treidler der Providence*, Heuwer sah nicht mehr gut, er
las Provence und zeigte auf den Titel.

»Kann ich empfehlen, Herr Kommissar. Immerzu.
Simenon müsste Pflichtlektüre für Sie sein.« Buchhänd-
ler Burgbrander zeigte auf die neuen Ausgaben, doch
Heuwer winkte ab.

»Der Alltag sieht anders aus. Telefonzelle am Markt. Kennen Sie die?«

»Steht da unten eine Telefonzelle?« Der Buchhändler zeigte in Richtung Markt.

»Ja, genau. Ist Ihnen da jemand aufgefallen?«

»Nein, nichts aufgefallen. Nichts und niemand. Ich wusste gar nicht, dass da eine steht. Worum geht es?«

»Ermittlungsgeheimnis. Darf ich nicht sagen. Den Maigret mit der Provence, den nehm' ich mit. Ich lese ihn zuerst, dann Astrid. Brauchen Sie nicht als Geschenk einzupacken.« Heuwer schaute sich in der gut sortierten Buchhandlung um. Kaffeeduft kam aus dem Raum hinter der Kassentheke. Ich sollte öfters mal hier reinschauen, dachte er. Sogar Bücher diverser Grillmeister. Er nahm den Titel *Grillen ohne Ende* in die Hand und blieb beim Rezept für ein mariniertes Nackensteak hängen.

»Macht zwölf Euro. Das Grillbuch ist hervorragend, es sei denn, Sie sind vegetarischer Grillmeister.«

»Vegetarisch?« Heuwer schaute verdutzt. »Seh' ich so aus?«

»Ehrlich gesagt, nein.«

»Na also.«

»Das nehm' ich auch mit. Kein Geschenk.«

»Macht noch 20 Euro. Sie sehen, Grillen schlägt Kommissar Maigret. Preislich.«

»Ja, ja«, murmelte Heuwer und kramte seine Geldbörse hervor. Er dachte an das nächste Vergleichsgrillen der Grillgemeinschaft *Heißer Rost Sömmert e.V.*, einem Freundeskreis von Ureinwohnern, die seit Jahren im Sommer Grillwettbewerbe veranstalteten. Zuletzt gegen die *Zukunftswerkstatt Kalterherberg e. V.* Hatten die Kalterherberger knapp gewonnen; geschmacklich, nicht in der Kategorie Geschwindigkeit.

Buchhändler Burgbrander stand vor der Ladentür und schaute dem alten Polizisten lange nach, der mit Simenon und *Grillen ohne Ende* von Geschäft zu Geschäft ging, um seine Fragen zu stellen. An der Telefonzelle war ihm niemand aufgefallen. Oder doch? Nein, er hatte nichts bemerkt. Er konnte sich nur schwach an die Telefonzelle erinnern. Merkwürdige Kunden? Nein, auch keine merkwürdigen Kunden. Alles Stammkunden. Sogar der Krimifan, der seit Herbst 2021 alle Neuübersetzungen von Simenon kaufte.

Heuwer stromerte mit einer Papiertragetasche und den beiden Büchern zurück in Richtung Polizeistation. Er blickte versonnen auf die Plakate für den Kraremannstag 2022, dieses Simmerather Hochamt. Simmerath, im Volksmund »Sömmert« genannt, punktete touristisch mit dieser Mischung aus Markt, Kirmes, Verkaufsschau. Heuwer würde den Verkehr lenken und Streit schlichten, wenn der Gerstensaft bei schönem Wetter zu sehr den Kopf junger Männer benebelt. Die Telefonzelle verschwand aus seinem Kurzzeitgedächtnis, schließlich war sie ja just heute demontiert worden. Er rief die Bilder der vergangenen Jahre ab, und irgendwie freute sich Kommissar Heuwer auf den Kraremannstag 2022. Als er an seinem Schreibtisch saß, fiel ihm ein, warum er diesen Kontrollgang gemacht hatte. Er rief Conti an und meldete Fehlanzeige. Sein Vorgesetzter aus dem

Sauerland war bereits auf dem Weg nach Aachen, wo seine Freundin mit dem E-Mountain-Bike auf ihn wartete. Eine Spritztour durch den Aachener Wald stand auf dem Programm.

8
ALLES BIO

Der Anruf beim Ehepaar Wynands half Fett und Conti nicht weiter. Wynands verbrachten mehrere Wochen in ihrem exklusiven Chalet bei Sankt Moritz. Helga Haperscheidt und ihr Ehemann, in der Tat ein Veterinärmediziner, sonnten sich für ein paar Tage auf Mallorca, sie wollten zu Beginn der Osterferien zurückkehren, dann, wenn der Ansturm auf das 17. Bundesland beginnen würde. So juckelten Conti und Fett am Mittwochvormittag nach Bürvenich in die Zülpicher Börde zum Biohof von Jakob Olligschläger. Im Internet firmierte der Hofladen unter *Jacques Biohof-Laden*. Sie fuhren von Aachen aus über die A4 und nahmen dann bei Kerpen die A61 zur A1. Von dort aus über die Abfahrt Satzvey, wo sie im Anschluss auf mehrere Baustellen rund um den Ort Schwerfen stießen, die das Navi nicht angezeigt hatte. Schließlich landeten sie in Floisdorf, bogen an Sankt Pankratius rechts ab und hielten gegen 10 Uhr am *Bäckerei-Café Habrich*, wo agile Senioren aus der Voreifel sich mit einem Gabelfrühstück stärkten. Überall parkten E-Bikes, Kleinwagen und Motorräder. Fast alle Tische drinnen und draußen waren besetzt. Die freundliche Kellnerin kannte die meisten Gäste, sie fand für jeden ein liebes Wort und fragte lächelnd: »Wie immer?«

Der lachende Bäcker in Bäckerhose trug frische Brötchen und Bleche mit Teilchen aus der Backstube in den Verkaufsraum. Hier wurde noch selbst geknetet, selbst gebacken und liebevoll bedient. Die Fahrer der Motorräder mit Beiwagen trugen T-Shirts von *Eifelbikern für Kids e.V.* Sie fachsimpelten über Straßenbeläge, Sperrungen, Ölverlust und Blitzer.

»Ich brauch' einen Kaffee. Unbedingt.« Fett blickte zu Conti, die nicht genau wusste, wo sie sich gerade befanden. Die Fahrt durch die flache Köln-Aachener Bucht, der Blick auf das sanft ansteigende Mittelgebirge hinter der Zülpicher Börde, die Traktoren mit den Gülleanhängern auf den Landstraßen, der beißende Geruch von Mist auf frisch gedüngten Feldern – das alles war zu viel für den frühen Mittwochmorgen. Sie ließ sich auf einen der freien Plastikstühle unter den Sonnenschirmen fallen und nahm die Karte zur Hand, setzte zur Tarnung ihre Sonnenbrille auf. Sie brauchten ihren Impfstatus nicht mehr zu zeigen. Karl Lauterbach, der Gesundheitsminister, hatte ein fulminantes Chaos angerichtet. Niemand kannte sich mehr aus. Jetzt war alles egal. Der Kaffee war stark, die Brötchen knackig, die Kuchenauslage sah verführerisch aus.

»Alles ganz normal. Ein schönes Landcafé, Senioren, die ihren Lebensabend genießen, dazu Motorradfahrer und Radfahrer. Stört nur der Krieg in der Ukraine.« Fett fing wieder mit der Lage der Nation an.

»Der Angriff von Russland auf die souveräne Ukraine«, präzisierte Conti. »Geschichte wiederholt sich also doch. Nur mit umgekehrten Vorzeichen.«

»Was meinen Sie damit?«

»Das, was die Deutschen im Zweiten Weltkrieg in der Ukraine angerichtet haben, vollziehen nun die russischen Brüder an der Ukraine: Völkermord, Tötung der Zivilbevölkerung, Brandschatzung, Schändung.«

»Was sollen wir tun?«, fragte Fett ernst und blickte dabei zur Madonnenfigur in einer künstlichen Steinhöhle gegenüber vom Café.

»Kaffee trinken und Kuchen essen.« Conti haute es einfach raus.

»Zynismus am Morgen? Wem hilft das denn?«

»Wir schicken Schröder nach Moskau zu seinem lupenreinen Demokraten.«

»Und sonst? Er war doch schon da. Genosse Gerhard hat nichts erreicht. Er war eine nützliche Marionette und steht nun nackt da.«

Radfahrer schossen aus Richtung Eicks den Berg herunter und folgten der Straße nach Bürvenich. Ein *UPS*-Lieferwagen kurvte um die Madonna, ein Kleintransporter hielt vor der Bäckerei: frische Eier für das Café.

»Der Papst könnte an die Front reisen. Aber er hat das Wort Russland bisher nicht in den Mund genommen.« Conti nervte diese Diskussion am frühen Morgen.

»Der Papst bereitet die Ostermesse vor und ist sprachlos, weil seine Schäfchen wegrennen. Warum auch nicht? Wenn das Kölner Erzbistum die Spielschulden eines Priesters von über einer Million aus dem Fonds für Missbrauchsopfer zahlt und den obersten Sternsingerpriester deckt, der auch unter Missbrauchsverdacht steht. Der ist zwar schon im Himmel bei seinem Chef, aber auf Erden soll sein Bild unbefleckt bleiben.«

»Alles recht?« Die Bedienung lächelte. Fett bestellte noch einen Kaffee, Conti ein Mineralwasser. Sie schwiegen, hingen ihren Gedanken nach. Nichts war mehr so wie am 23. Februar 2022, dem Tag vor dem russischen Angriff.

»Die Arbeit holt uns ein. Wir müssen nach Bürvenich. Ich zahle.« Fett ging zur Theke, lobte die Getränke, rundete den Betrag großzügig auf und blickte auf die vielen Meisterurkunden über der Brotauslage.

»Kennen Sie *Jacques Biohof-Laden* in Bürvenich?«

»Der von dem Olligschläger? Ja, kenn ich. Da vorne Am Tötschberg rechts runter Richtung Bürvenich. Wenn Sie reinkommen auf der Stephanusstraße links in Richtung Kirche. Direkt dahinter rechts. Können Sie nicht übersehen. Da steht immer so ein blau-weiß-rotes Plastikschaf vor der Einfahrt. Der hat leckere Sachen. Alles Bio. Wir bekommen von dem die Erdbeeren Ende April für unsere Erdbeerschnitten.«

»Danke.« Fett sah die Erdbeerschnitten vor seinem geistigen Auge. Vive la France in Bürvenich. Die Zülpicher Börde bot Überraschungen, hervorragenden Kaffee und eine ausgezeichnete inhabergeführte Bäckerei. Ob der Tag so weitergehen würde?

9
AMBITIONEN, FRUST UND KÄSE

Das blau-weiß-rote Schaf stand vor der Einfahrt zu *Jacques Biohof-Laden* in Bürvenich. Fett und Conti kamen aus Floisdorf, bogen in die menschenleere Stephanusstraße, sahen nur das Plastik-Schaf vor dem Hof. Als sie den Hofladen betraten, bimmelte eine altertümliche Türglocke. Sie empfing ein Duftgemisch aus Käse, Kräutern, Holz, Gewürzen und Obst. Aus einem Raum hinter der Ladentheke rief eine Frau: »Komme sofort!«

Es kam Marion Olligschläger, Mitte 50, schlank, lange braune Haare, wache Augen, frische Wangen, Verkaufsschürze mit der Aufschrift »Jacques Biohof-Laden. Alles bio.«

»Was darf es sein?«

»Frau Olligschläger?« Fett bemerkte ihre hochdeutsche Aussprache. Keine Mundart aus der Börde.

»Ja.«

»Fett und Conti, Kripo Aachen. Wir haben ein paar Fragen an Ihren Mann.« Er zeigte seinen Dienstausweis, Conti nickte nur.

»Warum?«

»Das möchten wir ihm gerne sagen. Seien Sie unbesorgt. Routine.«

»Jakob sitzt über der Buchhaltung. Einen Moment.«

Das lächelnde Gesicht wich einem besorgten Gesicht. Marion Olligschläger, geborene Bonni, ging zu ihrem Mann und murmelte etwas von zwei Polizisten aus Aachen.

»Hol sie rein. Im Laden braucht das niemand mitzubekommen«, sagte Jakob Olligschläger und speicherte die Datei, in der er einen Antrag zur Subventionierung von Rapsanbau bearbeitete. Marion Olligschläger führte Fett und Conti ins Büro. Ihr besorgter Blick begleitete beide. Sie ließ sie mit ihrem Mann alleine und ging zurück in den Laden, in dem die Glocke wieder bimmelte.

»Bitte nehmen Sie Platz.« Jakob Olligschläger reichte zunächst Conti die Hand, dann Fett. Ein fester Händedruck des Mannes Mitte 60, der volles Haar hatte, gebräunt war von der Sonne im Monat März und mit sauberen Jeans, Turnschuhen und einem blauen Hemd über der Buchhaltung saß. Ein moderner Bauer, dachte Fett. Von wegen grüne Joppe, Stiefel, Flickenhemd.

»Um was geht es?«

»Louise Buchsbaum, Ihre ehemalige Ehefrau.«

»Louise? Lange her. Hat sie was angestellt?« Als ob sie über ein Kind reden würden, das wieder Blödsinn angestellt hatte. Eine Unsicherheit schwang in seiner Frage mit. Conti registrierte es sofort. Fett schaute sich im Raum um.

»Sie wurde tot aufgefunden.«

»Ach!« Jakob Olligschläger blickte erstaunt und rieb sich mit der rechten Hand die Wange. »Nur für die Mitteilung sind Sie nicht aus Aachen gekommen.«

Noch mehr Unsicherheit, Verlegenheit, Conti bemerkte das Zucken um die Augen, das Reiben des Daumens am Zeigefinger.

»Wo waren Sie Montagabend von 18 bis 24 Uhr?« Fett wollte direkt das Alibi prüfen.

»Hier. Wo sonst?« Nun schwang bereits Empörung mit.

»Wer kann das bezeugen?«

»Meine Frau, Leo, unser jüngster Sohn, der hing noch vor der Spielkonsole, als ich zu Bett ging. Außerdem unsere Milchkühe und die Hühner. Hier rennen nachts Füchse rum. Da kontrolliere ich abends immer den Stall. Zudem kommen aus der Eifel Wölfe näher. Was ist mit Louise passiert?«

»Sie wurde am Dienstagmorgen tot in einer Pferdebox in der Soers in Aachen gefunden. Hatten Sie noch Kontakt?«

»Nein. Wir hatten alles geregelt. Unsere Ehe war ein Irrtum. Haben wir schnell festgestellt. Kann passieren.«

»Wann haben Sie Louise das letzte Mal gesehen?«

»Lange her. Ich glaube, sie hat mir zur Geburt unserer Söhne gratuliert. Sie wollte keine Kinder. Das war auch ein Problem zwischen uns. Gesehen habe ich sie nicht. Sie schrieb nur eine Karte.«

»Hatte sie Feinde?«

»Louise? Keine Ahnung. Damals nicht. Wir waren jung, hatten das Studium beendet.«

»Wo haben Sie sich kennengelernt?«

»An der RWTH Aachen. Wir haben beide Romanistik studiert. Sie wollte in die Wissenschaft, ich wollte Lehrer werden.«

»Sie ging zur Sparkasse.«

»Ja, sie hat damals dort gejobbt. Dann Presseabteilung, Marketing, Öffentlichkeitsarbeit, Zusatzausbildung und dann irgendwas mit Krediten. Mir gefiel das nicht. Wir hatten Streit. Ich steckte in der Lehrerausbildung, aber das war nichts für mich. Zu viel Pädagogik, zu wenig Sprache.«

»Und jetzt?«

»Ich lernte Marion in der Zülpicher Buchhandlung *Reinhards Lesewald* kennen. Als ich die Referendarzeit in Mechernich abbrach, half ich dort eine Zeit lang aus. Sie kaufte Bücher über Landwirtschaft und Bioanbau. Ihr gehört der Bauernhof. Die Familie Bonni lebt seit Generationen hier in der Zülpicher Börde. Ich habe umgeschult. Sie werden es nicht glauben, die Romanistik fehlt mir nicht. Ich arbeite mit den Händen, sehe, was ich jeden Tag schaffe, wir haben gesunde Kinder, die hier in Bürvenich in der Natur aufwachsen. Wir können nach Bonn und Köln fahren, haben Zülpich vor der Tür, und die Zülpicher Börde hat stets besseres Wetter als die Eifel oder Aachen.«

»Warum Jacques?«

»Macht sich besser für die Kunden aus der Großstadt. Ein Hauch Gott in Frankreich. Wir führen französischen Biokäse, Ökowein, Walnüsse und verschiedene Konfitüren. Durch meine Sprachkenntnisse habe ich Kontakt zu Kollegen in der Champagne, der Auvergne und der Provence. Das finden Sie so nicht im Internet oder in den Großstädten.« Jakob Olligschläger war bei seinem Thema. Weg von Louise, vom Tod, vom Mord.

»Wollte Louise Buchsbaum nichts mit ihrem Studium anfangen?«

»Louise hat ihre Magisterarbeit über Georges Simenon geschrieben. Sie musste darum kämpfen, denn die Krimis und Romane von Simenon wurden von den Professoren in Aachen nur mit spitzen Fingern angepackt. Bahnhofskrimis, Massenware, Unterhaltungsliteratur eines Serienschreibers. In Lüttich war das anders. Schließlich stammt Simenon aus Lüttich. Dort wurde geforscht, gesammelt, recherchiert. Louise wollte ihre Abschlussarbeit als Buch veröffentlichen, doch die deutschen Verlage winkten ab. Sie war frustriert und redete davon, selbst mal einen Krimi zu schreiben. Als wir zusammen waren, hat sie damit nicht angefangen. Wir waren ja auch nur zwei Jahre verheiratet. Mir gingen das Bankgelaber und ihr Frust sehr auf die Nerven und dann der Stress mit der Schule.«

»Sie blieb in Aachen?«

»Ja. Sie hatte den Job bei der Sparkasse. Bald lernte sie Ehemann Nummer zwei kennen. Aber mehr weiß ich auch nicht. Ich bin glücklich hier, das ist alles aus einem anderen Leben. – Wie wurde sie umgebracht?«

»Sie wurde erwürgt und in einem Pferdestall unter Stroh versteckt.«

»Schrecklich. Bitte informieren Sie mich, wann die Beerdigung ist. Vielleicht komme ich nach Aachen. Ich muss es mir überlegen.« Er würde nicht zur Beerdigung fahren, das stand für ihn fest. Dieses Leben war vorbei. Kein Blick zurück.

Conti und Fett dankten ihm. Conti schaute sich zum Abschied ein wenig im Hofladen um, sie kaufte verschiedene Käsesorten, frische Walnüsse, Honig aus der Provence und eine Flasche Biorotwein aus Bordeaux. Marion Olligschläger blickte sie an der Kasse skeptisch an.

»Ihr Mann, was hat er am Montagabend gemacht?«

»Jakob war hier, Kassenabschluss, hat nach den Kühen geschaut, den Hühnerstall gesichert und mit Leo für die Biologieklausur gelernt. Warum wollen Sie das wissen?«

»Nur Routine. Er wird Ihnen alles erzählen. Hängt mit seiner ersten Ehefrau zusammen. Jedenfalls danken wir Ihnen. Sie haben einen schönen Hofladen. Schade, dass Aachen nicht um die Ecke liegt.« Conti nahm die Papiertüte mit den Einkäufen, Fett stand in der Tür und dachte darüber nach, dass er als Kind oft auf dem Bauernhof von Verwandten war. Er mochte den Geruch der Tiere, von Mais, frisch gemähtem Gras, die Motorengeräusche verschiedener Trecker, darunter alte *Hanomag* und *Lanz Bulldog*.

Marion Olligschläger lächelte wieder und verdrängte den Hinweis auf Louise Buchsbaum, die erste Ehefrau von Jakob, über die sie nicht viel wusste, nur so viel, dass sie immer unglücklich war, denn Berühmtheit als Autorin hatte sie nicht erreicht; allerdings drei Ehemänner.

10

EIN ANSCHLAG AUF
DIE LEBENSZEIT

Fett und Conti trafen frustriert im Präsidium neben der *Niagara*-Autowaschanlage ein. Der Ausflug nach Bürvenich hatte ihr Bild von Louise Buchsbaum vielfarbiger gestaltet, aber Fehlanzeige bei Motiven, Verdächtigen, Spuren.

»Sie trug ihren Schmuck, die Handtasche lag im Stroh, keine Spur von Gegenwehr. Es müssen doch Hinweise auf den Tatort in der Kriminaltechnik zu finden sein! Sie wurde nicht in der Soers ermordet, sondern extra dort versteckt. Klar, dass man sie finden würde. Warum? Wo ist der Tatort? Sprechen Sie mit Elke Unsleber von der Kriminaltechnik. Schuhe, Hose, Bluse, Fingernägel; irgendeine Spur muss zu finden sein.«

Conti verdrehte die Augen. Elke Unsleber arbeitete rund um die Uhr an den gesprengten Geldautomaten. Nun Sonderwünsche von Fett.

»Ich bespreche den Fall mit Frau Regauer. Die Staatsanwaltschaft soll wissen, wo wir stehen. Die Presse fragt dauernd nach. Da wird die Staatsanwaltschaft schnell nervös.«

Cordula Regauer brütete über Akten, blickte hin und wieder auf den Bildschirm ihres Computers. Fett überraschte sie. Keine Voranmeldung, er brachte eine Schachtel *Leonidas*-Pralinen als kleine Versöhnungsgeste für all die Streitereien und Wortgefechte der letzten Wochen mit. Cordula Regauer sprach sich für eine vorbehaltlose Unterstützung der Ukraine aus, Fett zögerte, riet dazu, die Einladung zur EU-Mitgliedschaft zu überdenken, schließlich könne von einer sauberen Gewaltentrennung und strikter Bekämpfung der Korruption nicht die Rede sein. So beharkten sie sich seit dem 24. Februar 2022, dem Tag des Angriffs von Russland auf die Ukraine mit Argumenten. Keiner von beiden bezweifelte das Recht auf Selbstverteidigung.

»Versöhnungsgeschenk aus Belgien.« Fett legte die Schachtel mit Pralinen, in Geschenkpapier verpackt, auf den größten Aktenstapel.

»Hoffentlich nicht diese Nussmischung.«

»Nur weiße Pralinen, so weiß wie Ihre Seele, Frau Staatsanwältin.« Fett säuselte und dachte, dass Cordula Regauer mal wieder äußerst attraktiv in diesem Kabuff herumhockte.

»Soll ich Ihnen wieder alle Ermittlungen alleine überlassen, Ihnen und Ihrem italienischen Schatten?«

»Wenn Sie mich schon fragen: ja, gerne.« Den italienischen Schatten überhörte er.

»Sie haben also nichts im Fall Buchsbaum.«

»Kann man so sagen.«

»Wow, keine Ausreden, keine Fluchten?«

»Nein, keine Fluchten.« Fett blickte kurz aus dem Fenster in den Innenhof des Justizzentrums am Adalbertsteinweg. Die Architektur beängstigte ihn. Festungsbau, Vauban, schoss ihm durch den Kopf, die Festung in Jülich, die Zitadelle in Lüttich, Sedan.

»Schon müde oder sehen Sie draußen Täter?«

Er riss sich zusammen, schließlich war da immer noch eine lange Sehnsucht in ihm, auch wenn ihn Cordula Regauer ziemlich klar, kalt und rasch hatte abblitzen lassen. Fett stieß immer mehrfach mit seiner langen Nase gegen Türen, bevor er die Glasscheibe bemerkte, die Undurchlässigkeit oder die absolut andere Herkunft der Frau, die ihn gerade interessierte. Cordula Regauer interessierte ihn, weil sie anders war, aufgeweckt, neugierig, hellwach, an Kunst und Kultur interessiert und blitzgescheit. Dazu noch schlagfertig, sodass mancher Richter die Augen zusammenzog, wenn sie mit ihrem sprachlichen Florett den Verteidiger an die Wand presste.

»Die Ausführungen des Herrn Verteidigers sind ein Anschlag auf die Lebenszeit des hohen Gerichts, der Schöffen und der anwesenden Öffentlichkeit. Ich verlange ein Ordnungsgeld wegen Beleidigung meines Intellekts, Herr Richter!«

Fett hatte ihre Worte im Ohr und konnte sie zitieren. Richter Klöser biss sich auf die Unterlippe, um einen Lachanfall zu vermeiden. Der Verteidiger von Inkasso-Günter, Claas Nettebach, der mit pseudoenglischem Wortgeklingel um sich geworfen hatte, schnappte nach Luft, griff an die silberne Anwaltskrawatte, denn die Schweißperlen auf der Stirn, der Blick von Inkasso-Günter und der wie ein Florett ausgestreckte Zeigefinger von Cordula Regauer schlugen auf seinen mit Rührei und einer Prise Rauschmittel gefüllten Magen. Der alte

Bordeaux wirkte nach, die Zigarillo begehrte auf, kurz: Er rief »Luft! Luft!« und zeigte auf das Fenster. Klöser winkte einem Justizwachtmeister, um Frischluft aus dem Innenhof der Festung hereinzulassen.

»Erde an Fett, bitte melden!«

»Frau Regauer, wir machen das, bekommen wir hin, geht klar.«

»Jetzt reden Sie wie in einem Roman von Eckhard Henscheid. Haben Sie was genommen? Crémant zum Frühstück?«

»Eben nicht. Das wird es sein.«

»Und die Tote?«

»Weiter tot. Da stimmt was nicht. Der Fall ist mysteriös, geheimnisvoll. Sie lebte alleine, bekam einen Anruf aus einer Telefonzelle in Simmerath. Dann verliert sich ihre Spur, und sie wird tot in der Pferdebox gefunden. Wir werten alle Kameras rund um die Soers aus. Bis jetzt kein Treffer. In ihrem Umfeld keine Besonderheiten, finanziellen Unregelmäßigkeiten, obskuren Männerbekanntschaften. Wir haben keine Spuren von Gegenwehr. Als ob sie den Mörder gekannt hätte.«

»Bleiben Sie dran. Sie sind der richtige Mann. Und wenn Ihnen diese Conti helfen kann, dann in Gottes Namen.«

»Sie kann. Sie ist gut. Sehr gut.«

»Na ja. Ihr Faible für schwarze Lederjacken und blaue Jeans ist bekannt. Mehr sage ich nicht.«

»Tragen Sie ja auch ab und zu.«

»Eben. Passen Sie auf. Sonst verlieren Sie den nüchternen Blick, mein Lieber.« Sie schaute auf die Akten.

Ein sicheres Zeichen, dass für sie die Unterhaltung beendet war.

»Dann bis bald, sagt Ihr Lieber.« Fett musste den Ball aufgreifen.

Regauer schüttelte leicht den Kopf über diesen Eigenbrötler, den sie irgendwie mochte. Aber nur irgendwie.

Fett warf einen letzten Blick in den Innenhof. Der ganze Beton dieses Baus schlug ihm auf den Magen, da summte bereits das Telefon der Staatsanwältin, zunächst das Handy, dann der Tischapparat.

Auf den Gang zur Cafeteria verzichtete Fett. Nur wenige Justizangestellte glitten über die Gänge, wehten die Treppen hinunter. Fast hätte er die Bewegungsabläufe für modernes Tanztheater gehalten, wie er es beim *Schrittmacher Tanzfestival* in der Fabrikhalle Strang zuletzt 2019 gesehen hatte.

Er suchte seinen Peugeot 404. Den Parkplatz hatte er vergessen. Irgendwo am Ostfriedhof. Wir haben nichts, dachte er. Gar nichts. Nur eine Frau im besten Alter, die vom Diesseits ins Jenseits gebracht worden war. Zu früh, zu spektakulär, zu gefühllos – im Stroh der Pferdebox. Ob der Peugeot seine Stimmung ahnte? Er startete sofort, und Fett fuhr zurück ins Präsidium, räumte den Schreibtisch auf und verabschiedete sich in einen Fernsehabend mit einer Leberkäskrimikomödie.

11

DER SCHÜRZENJÄGER
VOM STEPPENBERG

Annette Stenten lebte für Bücher, verschlang sie, stapelte sie in Doppelreihe in ihren Regalen, putzte ihre Brille von der Größe einer ostfriesischen Teetasse akkurat, wenn sie ein Manuskript bearbeitete. Rote Filzstifte, Bleistifte, Leuchtmarker – alles lag griffbereit neben dem Text. Ihre Katzen tummelten sich unterdessen im Körbchen, schnurrten um Annettes Füße, schließlich schliefen Bärchen, Mauz und Schimanski auf dem Flokati den Katzenschlaf. Annette tilgte derweil »sozusagen«, »eben«, »genau«, »unterwegs«, »wohl«, »eigentlich«, »ein Stück weit«, »ein Zeichen setzen«, »einmal mehr« aus den Manuskripten kommender Bestsellerautoren – männlich und weiblich – aus Oberforstbach, Richterich, Haaren, Laurensberg. Manchmal verirrte sich ein Manuskript aus der Nordeifel, aus Mulartshütte, Roetgen oder Hasenfeld auf ihren Schreibtisch. Auch dort lebten Damen, von Langeweile und Geltungssucht geplagt, die von einer zweiten Karriere als Rosamunde Pilcher aus Kalterherberg träumten. Ganz schlimm waren die 1.000 Seiten dicken Wälzer gebildeter Herren. Oft Akademiker, die mit einer nie versagenden Disziplin Stunde um Stunde in die Tasten hauten. Sie schilderten ihre nervenzerreißenden Abenteuer bei der Wahl zum Dekan, ihre furchteinflößende Erfahrung beim Angeln an der Kall, ihre genialen Ideen zur Rettung der mitteleuropäischen Innenstädte und vor allem der Seele Europas. Sie hauten es in einem sprachlichen Dauerdurchfall in die Tasten der Computer, vergaßen Rasur und Frühstück, Dusche und Rasenmäher. Korrektur und Kürzung waren Fremdwörter für sie. Jedes Wort eine Goldmünze, die der Nachwelt auf ewig erhalten bleiben sollte. Annette fand die Seele Europas nirgendwo, die Seele wurde ihr immer obskurer, irgendwann ertappte sie sich dabei, dass sie von der »Säge Europas« sprach. Annette Stenten arbeitete mithin am literarischen Münzkabinett im Aachener Talkessel. Sie lektorierte für mehrere Verlagshäuser, darunter seriöse und solche, die ihre Autoren um Druckkostenzuschuss baten, was auf ein selbstfinanziertes Buch hinauslief, das selten den Weg in den Buchhandel fand, dafür mit Sicherheit palettenweise in den Keller des Autors. Für weitere zehn Jahre brauchte die Autorin aus Laurensberg dann keine Geschenke für Hochzeit, Geburtstag oder Geburt zu erwerben. Jeder wurde mit ihrem Erguss bedacht, sodass eine erkleckliche Zahl literarischer Wichtelgeschenke stets im Bildungsbürgertum auf den Kaffeetischen lag und im Umlauf war. Titel wie *Alemannia geht nie unter*, *Die Innenstadt von morgen*, *Die Seele Europas*, *Der Schürzenjäger vom Steppenberg* oder *War Karl der Große Sachse?* rotierten durch ambitionierte Lesekreise, purzelten von Teetischen oder dienten als Stütze für wackelnde Nachttischlampen. Ob es am Leben im Aachener Talkessel lag? Annette Stenten fragte sich immer wieder, woher dieser literarische Eifer stammte. Besaßen all die Pilchers, Fitzeks und Simmels aus Aachen kein Haus in Domburg, Middelburg, Knokke? Woher kam diese Mitteilungsfreude? Ihr sollte es recht sein. Seit dem Studium in den 80er-Jahren lebte sie vom Lektorat – und ihre Katzen ebenfalls.

Sie war Mitte der 80er-Jahre eine der letzten Studentinnen, bevor die Geisteswissenschaften vom Fieber der Postcolonial und Gender Studies erfasst wurden. Weg mit dem weißen Kanon! Schluss mit Goethe, Shakespeare und Molière! Wir müssen die Literaturen der Kolonisierten studieren, die unterdrückten Stimmen Afrikas, Asiens und Lateinamerikas. Fort mit Karl May! Winnetou muss sterben! Sofortige Geschlechtsumwandlung von Rotkäppchen und Jim Knopf! Wir Europäer tragen die Schuld am Kapitalismus, am Patriarchat, an der Misere in Afrika, an der Unterdrückung. Wehe, wenn ein Musiker aus Gelsenkirchen Dreadlocks trägt! Das ist kulturelle Aneignung! Der Zusammenhalt der Gesellschaft geriet aus den Fugen. Plötzlich zählten Hautfarbe, Geschlecht, verletzte Gefühle und Religion mehr als die Qualität der Argumente. Vernunft, Wahrheit, Erkenntnisstreben und wissenschaftliche Redlichkeit wurden mit ideologischem Furor beiseitegeschoben. Wir bekennen uns schuldig für alle Übel dieser Welt, wir alten weißen Männer und Frauen. Die Atmosphäre an der Hochschule wurde giftig, überall Schranken, Barrieren. Der freie Austausch von Ideen geriet ins Hintertreffen. Über allem thronte die Gleichstellungsbeauftragte mit ihrem Gendersprache-Gesetzbuch.

Annette Stenten, die gerne spanischsprachige Literatur übersetzt hatte, sah sich plötzlich mit dem Vorwurf konfrontiert, dass sie, als weiße mitteleuropäische Übersetzerin, keine spanische Literatur dunkelhäutiger Autorinnen aus Südamerika übersetzen dürfe. Sie könne sich nicht in deren Haut versetzen, sie sei ja eine privilegierte weiße Frau. Das saß. Die Tatsache, dass sie bereits Übersetzerpreise erhalten hatte, zählte nicht mehr. Qualität und Leistung wurden Hautfarbe und Herkunft untergeordnet. Fluchtartig trat sie den Weg in die Selbstständigkeit an. Temporäre Lebensabschnittsgefährten kamen und gingen, stöhnten entweder mittelfristig über eine Katzenallergie oder TV-Entzug, denn Annette Stenten liebte und brauchte Ruhe für ihre Arbeit als Lektorin. Sie besaß kein Zeitungsabonnement und keinen Fernseher mehr.

Am Donnerstagmorgen kehrte Mauz nicht zurück vom Streifzug durch den Elisengarten. Annette Stenten blickte um 7.30 Uhr aus ihrer Apartmentwohnung in der Hartmannstraße auf den Park, putzte zweimal die Hornbrille, öffnete das Fenster und rief »Mauz, Mauz, Mauz!«. Es hatte sich ausgemauzt. Keine Katze nirgends. Bärchen und Schimanski teilten sich die *Whiskas*-Ration von Mauz und streckten sich lang im Körbchen. Annette Stenten verzweifelte. Mauz, Mauz pochte es in ihrem Kopf. Das Krimi-Manuskript über den transsexuellen Freibadmörder vom Hangeweiher geriet in Vergessenheit, obwohl Verleger Doktor Friedrich G. Hartenstein gerade heute ihre Beurteilung lesen wollte; möglicherweise eine neue Lokalkrimi-Serie mit geschiedenem Kommissar außer Dienst, einer lesbischen Privatdetektivin, einem türkischen Assistenten und einem drogensüchtigen Königspudel. Friedrich G. Hartenstein, Inhaber des *Hardstone-Verlags* mit Sitz am Steppenberg, witterte den Durchbruch, und Annette Stenten suchte Mauz. Sie war verzweifelt, raste die Treppenstufen des Altbaus neben der Metzgerei Gerhards hinunter, irrte verwirrt durch den Elisengarten, der um diese Uhrzeit nur von der arbeitenden und noch nicht der trinkenden Bevölkerung belebt war. Der Stadtbetrieb harkte Beete, Sparkassenmitarbeiter eilten zur Filiale am Münsterplatz, ein Cambio-Elektrotransporter kam aus Richtung *Buchhandlung Schmetz*. Getränketransporter und Lastenfahrradkuriere kurvten zum Restaurant *Elisenbrunnen* und zum Eiscafé am *Haus der Kohle*, eine Kehrmaschine sorgte für morgendliche Beschallung und Sauberkeit.

»Mauz, Mauz!« Zum Glück querte keine Ärztin vom Alexianer Krankenhaus den Park, sonst wäre es für Annette Stenten eng geworden. Notaufnahme in der Psychiatrie. Mit verheulten Augen wankte sie zurück ins Treppenhaus, während nebenan Schweinehälften auf den Schultern muskulöser Schlächter den Weg zur Weiterverarbeitung nahmen. Ein Zettel ragte aus Annettes Briefkasten. »Mauz geht es gut. Sie hören von mir.« Ein Keulenschlag von der Größe einer Rinderhälfte traf Annette Stenten. Mauz entführt! Sie dachte an all die Katzenkrimis, an Lösegeld, an Bärchen und Schimanski, an die Polizei, einen Privatdetektiv, an ihr Girokonto. Die Gedanken flogen hin und her. Ihr wurde schwindelig.

Kaum war sie atemlos, mit feuchten Augen und total verwirrt in ihrer Wohnung angelangt, immer noch

IKEA-Basis-Sortiment, nur ein paar Accessoires stammten von Designern, klingelte ihr Telefon.

»Der Katze geht es gut. Noch!« Ein männliche Stimme, hochdeutsch, feine Aussprache.

»Kann ich sie sprechen?«, fragte sie naiv, was am anderen Ende der Leitung zu einem Stirnrunzeln und der Frage führte, ob sie noch alle Tassen im Schrank habe.

»Ähm, spinnen Sie oder was? Hier, hören Sie, wie der Tiger schnurrt. Noch schnurrt er. Sie hören von mir.«

Das Gespräch war nicht nach Plan gelaufen, sowohl bei Annette als auch beim Anrufer. An wen sollte sie sich wenden? Der Entführer hatte den Einsatz der Polizei nicht verboten, so wie es in jedem Manuskript aus der Feder Willibald Sistermanns gefordert wurde. Sistermann ließ in seinen Aachener Serienkrimis ständig Personen des öffentlichen Lebens entführen: den Bischof, den Dompropst, den Rektor der RWTH Aachen und sogar Eis-Delzepich, die Legende des Ostviertels, wurde in Sistermanns Krimi *Eis her oder es knallt!* von einem Insassen des Alexianer Krankenhauses entführt und bei Gut Hebscheid in einem Pferdestall versteckt. Der Krimi ging gut aus, Delzepich verkaufte weiter Eis, der Entführer wurde vom Pferd getreten und humpelte danach – natürlich im Krimi – durch die Forensik in Düren.

Was sollte Annette Stenten nun unternehmen? Was wollte der Erpresser von ihr? Warum sie, warum Mauz? Fragen über Fragen. Sie wählte die Nummer von Sandra, ihrer Freundin aus den Zeiten des Studiums, die Französisch und Geschichte am Stiftischen Gymnasium in Düren unterrichtete.

»Mon Dieu! Um Himmels willen! Du musst sofort die Polizei anrufen. Das nimmt überhand. Erst kürzlich wurde der Dackel einer Kollegin beim Gassigehen entführt. Sie hat nur fünf Minuten auf den Hangeweiher geschaut, und zack, da war der Purzel weg. Die Täter haben sie beim Nachhauseweg beobachtet und einen Zettel hinterlassen. 500 Euro musste Kirsten bezahlen, um Purzel zurückzubekommen. 500 Euro! Und der sah aus!«

Das beruhigte Annette Stenten kaum. Polizei, ich muss die Polizei anrufen. Sie dankte der lieben Sandra trotz der besorgniserregenden Aussichten und rief die 110 an. Man bat sie in die Kasernenstraße, um dort eine Anzeige aufzugeben. Sie nahm den Weg über den Münsterplatz und die Annastraße zur Kasernenstraße. Das freundliche »Hallo, Frau Stenten!« des Kioskbesitzers Lauven, der japanischen Touristen das Aussehen von Karl dem Großen erklärte, obwohl es keine Abbildung von Karl gab, hörte sie nicht. Sie hörte nur das Schnurren von Mauz im Telefon. Viel Hoffnung auf eine Großfahndung konnte ihr Kommissar Manfred Lennartz nicht machen. »Liebe Frau Stenten, wir haben ja auch ein paar andere Fälle: Drogen, gesprengte Geldautomaten, illegale Autorennen, Wohnmobildiebstahl, Hanfplantagen und einen Weihbischof, der eine Seniorin geprellt hat.«

Annette Stenten fiel es schwer, trotz ihrer Leseerfahrung mit Serienkillern, mordenden Priestern, vergifteten Sportlern, frittierten Fischbudenbesitzern, toten Bademeistern und kaltblütigen Killer-Professoren Verständnis aufzubringen. Sie war in der Wirklichkeit des

Verbrechens angekommen, und eine unbekannte Macht überwältigte ihre Gefühle und Gedanken. Das Manuskript mit dem transsexuellen Serienmörder vom Hangeweiher musste warten. Alles kam so, wie der freundliche Beamte es bereits am Telefon erwähnt hatte: keine Priorität für Mauz, sie müsse warten. Wenn sich die Erpresser wieder melden, sofort die Polizei benachrichtigen. Die Anzeige wurde aufgenommen und verschwand im Dateiordner NW: nicht wichtig.

Verheult und völlig desorientiert wankte Annette Stenten zurück durch die Annastraße, bemerkte keine Passanten, keine Auslagen, kein freundliches »Hallo!« der Geschäftsleute. Dauernd klingelten bollernde Lastenradlenkerinnen, deren Scheibenbremsen dank des Zick-Zack-Wankens von Annette Stenten glühten. Der Schock war zu groß, um klare Gedanken zu fassen. Annette konnte sich keinen Reim darauf machen. Vielleicht eine Verwechslung? Was konnte man bei Annette Stenten holen? Nichts, nichts, nichts. Sie passierte die *Buchhandlung Schmetz* am Dom. Im Schaufenster: Katzenbücher! Annette Stenten rannte heulend los.

12
DER SCHÖNE DOKTOR

Doktor Friedrich G. Hartenstein war ein schöner Mann. Groß und stattlich flanierte er samstags am Vormittag in Aachen über Münsterplatz, Markt und Hartmannstraße; graue Mähne, blaue Augen, aufrechter Gang, Designersakko, *Armani*-Jeans. Im Fach Kommunikationswissenschaften an der RWTH Aachen hatte er seine Doktorarbeit geschrieben. Der Titel: *Der achtsame Bürgerdialog auf Augenhöhe in Zeiten des Reallabors.* Die Hoffnung auf eine Stelle als Pressesprecher in einer deutschen Großstadt war untergegangen wie die *Alemannia* nach dem Stadionneubau. Friedrich, seiner selbst seit Geburt stets gewiss, entdeckte das lukrative Geschäftsfeld des Verlagswesens. Er druckte, wofür Autoren ihn bezahlten. Das war sein Basisgeschäftsfeld im Verlagszweig *Hardstone Exklusiv*. Im traditionellen Verlagssegment *Hardstone Tradition* publizierte er Regionalkrimis, Heimatgeschichtliches, Steuerratgeber und alles fürs Pferd. Letzteres stellte er auf dem Reitturnier in Aachen aus, dem *CHIO*. Hartenstein hatte in den 8oer-Jahren mit mäßigem Erfolg Germanistik, Romanistik und Kunstgeschichte studiert. Er drohte, ein ewiger Student zu werden. Doch da war seine strenge Mutter Katrin vor. Der Besen, wie sie von ihren Freundinnen genannt wurde, drohte mit Geld- und Liebesentzug, wenn er nicht innerhalb von drei Jahren als Doktor Friedrich an der Kaffeetafel von Barbara Delheid auftauche. Friedrich wurde kalt und warm. Was tun? In der Germanistik und Romanistik taumelte er umher wie ein betrunkener Eisbär. Ihm graute vor dem Gedanken, Kafka oder Balzac, Böll oder Houellebecq bearbeiten zu müssen. Dank seiner genialen Fähigkeit, immer den einfachsten Weg zu finden, landete er mit dem erwähnten Thema in der Kommunikationswissenschaft und betrat quasi Neuland. Sein Charme tat ein Übriges. Friedrich G. Hartenstein wusste die Dozentinnen zu nehmen. Die Erbschaft seiner Patentante Cäcilie eröffnete ihm die Möglichkeit, mit einem schwarzen Porsche 911 Targa – Modell Christian Lindner – vorzufahren, um die jeweilige Lehrkraft auf einer Spritztour in die Eifel positiv auf seine mündliche Prüfung einzustimmen. Dementsprechend flutschte sein Examen, wie er zu sagen pflegte. Seine Doktorarbeit wurde in einem Aachener Wissenschaftsverlag gedruckt. Friedrich zahlte kräftig, um einen Leineneinband für sein Elaborat zu erhalten, das dann sang- und klanglos in den Katakomben von 32 deutschen Hochschulbibliotheken verschwand oder als gefürchtetes Geburtstagsgeschenk ab und an von Hand zu Hand gereicht wurde. Einen Vorteil hatte dieser Doktorquark. Friedrich sah die Geschäftsidee seines Lebens. Wer möchte nicht gedruckt auf dem Kaffeetisch liegen? »Coffee Table Books – die Renner, Hardstone der Verlag des Vertrauens, Lektorat: Doktor Friedrich G. Hartenstein.« So inserierte er seit über 35 Jahren in renommierten Wochenzeitungen und ab und an in der Freitagsbeilage *Prisma*. Der Rubel rollte, wie er seiner Ehefrau Gabriele, von ihm liebevoll Gabilein gerufen, zu sagen pflegte.

Erstaunt stand er am Donnerstagnachmittag vor seinem schwarzen Mercedes E-Klasse Kombi mit Sylt-Aufkleber. Beide Hinterreifen waren platt wie ein Lyrikband aus seinem Verlag. Er vergaß die Nachfrage zur Qualität des Manuskripts über den transsexuellen Serienmörder vom Hangeweiher.

»Gabilein! Gabilein! Was soll das? Wer war das? Verdammt noch mal. Ich muss zum Tennisklub, die Jungs warten.« Friedrich G. Hartenstein blickte gebannt auf den tiefer gelegten Kombi.

Gabi war genervt. Immer was anderes. Nie gab er Ruhe. Gleich kommen die Mädels, der Prosecco steht kalt, die Oliven liegen in der Schale, Pflaumen im Speckmantel im Kühlschrank, Roastbeef auf Ciabatta mit Pesto aus Ligurien steht auf dem Tisch. Jetzt hat Fritzimann wieder ein Problem. Er hat immer nur Probleme. Fritzimann und sein bescheuerter Verlag sind das Problem. Gabi kippte nach. Noch ein Glas zur Probe. Das hält keine Frau aus mit dem Mann. Wenigstens stimmt die Kohle.

»Ja, Schatzilein, was gibt es?«

»Der Wagen ist platt.«

»Dann musst du aufpumpen.«

»Mit der Luftpumpe, oder was?« Nichts in der Birne, Sakrament. Wenn es eng wird, dann stürzt sie immer ab.

Wahrscheinlich kommen gleich die lustigen Weiber zum Steppenberg. Abends kann ich wieder die Flaschen wegräumen und die Spülmaschine anwerfen. Immer dasselbe. Sie trinkt zu viel. Kommt davon. Und ich Idiot sagte noch, dass Gabilein nicht arbeiten brauche. Mit Kunstgeschichte könnte sie eh nur in Museen und Galerien abhängen. Der Fritzimann schafft die Kohle ran. Wenigstens kann ich mich auf die Katzen-Stenten verlassen. *ADAC*, ich ruf den *ADAC* an.

Friedrich G. Hartenstein rief den *ADAC* an und sagte seine Teilnahme am Tennisspiel ab. Just als er das Handy in die Tasche steckte, sah er den Zettel vor dem rechten Hinterreifen. Nanu, dachte Fritzimann. Eine Manuskriptseite?

»DAS IST DER ANFANG«

Ein Computerausdruck. Was ist der Anfang, was soll das? Fritz G. Hartenstein dachte an einen Scherz, doch seine Synapsen waren plötzlich hellwach. Eine Drohung! Polizei, Rechtsanwalt, Fingerabdrücke. Quatsch, alles Quatsch. Ruhe bewahren. Vielleicht ist das blöde Blatt vom Wind vor den Reifen geweht worden. Er faltete es und steckte es ein. Da kam schon der *ADAC*-Wagen und hinter demselben der Mini Cooper von Eva Fleischmann, das BMW-Coupé der schnellen Nicole und der rote Porsche Cayenne von Ingrid. Also doch wieder Damentreff. Hoffentlich parken die mich nicht zu. Denn die Autos bleiben bis morgen stehen. Ach, Ingrid, die fährt immer. Auch nach einer Flasche Asti. Wurde noch nie erwischt.

»Gestochen. Da hat einer reingestochen, Herr Hartenstein.«

»Kann nicht sein.«

»Ihr Problem. Ich sag nur: Messerstich. Nichts mit Scherben, Nägeln oder Schrauben.« Paul Krause kannte sich aus. Messer ist Messer. Wenn er es nicht glaubt, sein Problem. Typischer Bürofuzzi.

»Und jetzt?«

»Abschleppdienst und ab zur Werkstatt. Zwei neue Schluppen aufziehen. Rest regelt die Versicherung.« Paul Krause dachte an sein Leberwurstbrötchen, er war seit 6 Uhr auf den Beinen, die Mittagspause hatte ihm ein Auffahrunfall am Karlsgraben versemmelt.

Fritzimann kochte und winkte zugleich den Mädels. Die Ingrid sieht immer noch verdammt gut aus. Mannomann.

»Ach, Ingrid. Kannst du mir vielleicht helfen?«

Mit einem Wangenkuss begrüßte er die schwarze Ingrid, die ihn seit Jahren faszinierte, berührte sie zärtlich am Oberarm und schilderte ihr sein Malheur.

»Fritzi, für dich.« Sie hielt ihm den Schlüssel für den roten Porsche Cayenne hin und flüsterte: »Du kannst mich ja heute Abend nach Hause bringen. Günter ist auf einem Immobilienkongress.« Augenzwinkernd verabschiedete sie sich und rannte Eva und Nicole hinterher, die bereits in der Haustür von Gabilein mit einer leichten Fahne begrüßt wurden.

You make my day, dachte Fritzimann, gab Paul Krause den Schlüssel vom Mercedes und verschwand mit Tennistasche und rotem Porsche in Richtung *Tennisklub Kurhaus* im Stadtpark. Als er dort ankam, fiel ihm die Stenten ein. Sie wollte doch eine Rückmel-

dung zu dem Manuskript vom transsexuellen Freibadmörder geben. Da ist Musik drin, der Stoff ist gut, der
Autor willig. Das wird ein Renner: divers, genderge-
recht, inklusiv, ein Hauch Kolonialismus- und Kapita-
lismuskritik und dazu Vorkasse: 10.000 Euro, und das
Ding geht in den Druck. Der sitzt schon an Fortsetzun-
gen und auf dem Erbe seiner Großmutter: Papieradel
aus Düren. Der zahlt für jeden Krimi. Mit ein wenig
Publicity kriegen wir 1.000 Stück für 14,90 Euro ver-
scherbelt.

»Hallo, Frau Stenten, Frau Stenten, hören Sie mich?
Was ist los? Was macht der Krimi? Wie, nicht beendet? Warum, Frau Stenten, das kenne ich nicht von
Ihnen. Was? Mauz? Wer ist Mauz? Ihr Freund? Was?
Ihre Katze. Die Katze ist weg. Das passiert schon mal.
Katze sucht Kater, wie Bauer sucht Frau. Sie wissen
doch. Fortpflanzung und so. Aber der Krimi, der ist
wichtig. Wie? Entführt? Wollen Sie mich veräppeln,
oder was? Mauz entführt? Drohbrief? Anruf?« Plötzlich wurde Friedrich G. Hartenstein blass. »Gut. Nein,
nicht gut. Sie waren schon bei der Polizei. Gut gemacht,
Frau Stenten. Nein, nein. Kann ich verstehen. Ja, Mauz,
ja, ja. Alles gut, alles gut. Nein, ich bin nicht böse. Es
reicht auch am Montag. Ja, ja. Und grüßen Sie Mauz,
Quatsch, die anderen beiden, ja, Schimanski und das
Meerschweinchen. Wie? Kein Meerschweinchen. Bärchen. Stimmt. Bärchen. Wir hören uns. Die Hoffnung
nicht aufgeben. Kommt bestimmt zurück. Ja, ja. Auf
Wiederhören.«

Mauz entführt und Erpressung? Seine Reifen platt.

Muss ich mir Sorgen machen, fragte sich Doktor Friedrich G. Hartenstein. Nein, sagte er sich, als er die Jungs sah. Und doch blieb etwas übrig. Sein siebter Sinn und die Vorfreude auf Ingrid.

13
ZAMBU ODER ZUMBA?

Während sich am Donnerstag über Annette Stenten und Friedrich G. Hartenstein Unheil zusammenbraute, organisierten Fett und Conti die Befragung der Nachbarn am Neumarkt und die Prüfung der Kameraaufzeichnungen rund um das Turniergelände an der Krefelder Straße in Aachen. Fett trommelte die Kollegen des KK 11 zusammen. Frau Hof, die gute Seele des Sekretariats, sorgte für Kaffee, nicht ohne auf ihre Rückenschmerzen vom letzten Pilateskurs hinzuweisen. Anwesend waren neben Daniela Conti die Kriminalkommissare Jochen Bartholomy, dessen Vorfahren irgendwann aus Schlesien ins Ruhrgebiet ausgewandert waren, Klaus Soiron, geboren in Aachen und mit fast allen Aachenern verwandt, die Kriminaloberkommissarinnen Marion Laufenberg, großer Name in der Industriegeschichte des Dreiländerecks, auch mit dem *Öcher Schängche* verbunden, und Michelle Jansen, zugewandert aus der Zülpicher Börde und Jahrgangsbeste im Ausbildungsteil Diensthundewesen in Schloss Holte-Stukenbrock.

»Der Todeszeitpunkt war laut Obduktion Montagabend. Dienstagvormittag wurde sie im Stall gefunden. Fundort war nicht Tatort. Folglich wurde sie in den Stall transportiert. Alle Fahrzeuge, die von Montag 17 Uhr bis Dienstagmorgen 10.30 Uhr auf das Gelände gefahren sind, müssen überprüft werden. Das machen Bartholomy und Laufenberg. Alle Fahrzeuge: Taxen, Lieferwagen, Pferdetransporter, Gebäudereinigung, Stadtwerke, Gärtner. Checken Sie die Fahrer, die Aufträge, Ankunft, Abfahrt, Transportgut. Auffälligkeiten sofort melden. Uns läuft die Zeit davon. Die Telefonlisten prüfen Soiron und Jansen. Mit wem hat sie in der letzten Woche telefoniert? Conti und ich befragen die Nachbarn und knüpfen uns Ruprecht Augustin vor. Vielleicht lag sie mit Absicht in seinem Stall.«

»Ein Anruf aus Lüttich, Herr Fett. Die Frau Kulamba.« Hof zeigte auf Fetts Apparat.

»Kalumba. Merken Sie sich das, Frau Hof. Sie machen ja auch Zumba und nicht Zambu.«

Fett hörte aufmerksam zu, denn Chantal Kalumba informierte ihn über einen Drohanruf, der am späten Mittwochnachmittag beim Bürgermeister von Lüttich eingegangen war. Jemand drohte mit einem Anschlag bei den Feierlichkeiten zum 120. Geburtstag von Georges Simenon im Februar und März 2023. Der Anrufer habe eine verzerrte Stimme gehabt, recht gut Französisch gesprochen, aber die Sprachanalysten der belgischen Polizei seien sicher, dass er deutscher Herkunft sei. Kleine Abweichungen von der Norm seien der Beweis. Ostbelgien scheide aus, weil die Person dialektfrei gesprochen habe. Er habe keine Forderung genannt, die komme noch.

»Chantal, wir stecken mitten in Ermittlungen zu einem Mord. Kann das nicht vom LKA in Düsseldorf übernommen werden?«

»Natürlich, Michel, könnte. Aber die Leitung ist lange. Das Ersuchen geht den Behördengang, und wir müssen alle Planungen für die Geburtstagsfeier stoppen, wenn die Bedrohung kein Witz ist.«

»Vielleicht ist es ein Witz. Die radikal feministischen Gruppen verzeihen Simenon nie seinen Frauenverbrauch. Da kennen die kein Pardon bei alten weißen Männern, auch wenn sie tot sind. Ich würde mir aber darüber keine Sorgen machen. Plant ihr eure Feier mit Ansprachen, Bronzeplakette, Lesemarathon, Verfilmungen und einer Buchmesse. Du wirst sehen, das alles wird ein großes Lesefest. Die paar Demonstrantinnen bringen euch noch mehr Aufmerksamkeit, und ich werde auch anwesend sein. Kommissar Fett beschützt Georges Simenon und Chantal Kalumba.«

»Es war eine Männerstimme.«

»Dann war es eben ein feministischer Altlinker, der sich mit den Emanzen verbündet hat. Warum sonst sollte es jemand auf Simenon abgesehen haben? Warte ab, ob er sich nochmals meldet. Der fordert bestimmt die öffentliche Bekanntmachung eines Pamphlets für Gleichberechtigung und Gendersprache. Wahrscheinlich sollen alle Bücher überarbeitet werden.«

»Mach dich nur lustig. Wenn jemand euren *Karlspreis* bedroht, dann bist du nicht mehr so gelassen. Salut.« Verschnupft legte Chantal Kalumba auf.

Fett ärgerte sich über seine herablassende Art. Chantal hätte nie angerufen, wenn es so wäre, wie er es sah. Aber das Jubiläum lag noch in weiter Ferne, und der Vorsprung des Mörders von Louise Buchsbaum wurde immer größer. Fett kehrte zurück zu Conti, die anderen waren bereits unterwegs.

»Wichtig?«

»Nein, Chantal sieht Gespenster. Ein Drohanruf wegen Simenon.«

»Was genau?«

»Das Jubiläum im Frühjahr 2023. Simenons 120. Geburtstag. Jemand stört sich dran.«

»Und dann ruft sie hier an?«

»War jemand mit deutschem Akzent. Ist nicht so wichtig.« Fett war sauer auf sich. Er schickte eine SMS an Chantal: »Sorry«

»Herr Fett, Frau Conti, ich habe Kosslowski in der Leitung.« Frau Hof zeigte auf den Hörer, Fett nickte und hob ab.

»Herr Fett, Sie müssen Conti ab Ostern für den Sicherheitsstab *Karlspreis 2022* entbehren. Geht nicht anders.« Kriminalrat Kosslowski kam direkt zur Sache.

»Ostern ist bald. Wir ermitteln im Mordfall Buchsbaum.«

»Ich weiß. Muss aber sein. Die Verleihung des *Karlspreises* an die drei belarussischen Aktivistinnen Maria Kalesnikava, Swetlana Tichanowskaja und Veronica Tsepkalo erfordert besondere Vorkehrungen. Der Angriffskrieg von Russland auf die Ukraine hat die Situation verschärft. Belarus steht auf der Seite von Russland. Frau Baerbock wird die Laudatio halten. Die Bundestagspräsidentin wird auch teilnehmen. Sie verstehen?«

»Dann haben wir nur noch wenige Tage für die gemeinsamen Ermittlungen.«

»So ist es.«

Fett spürte aufkommende Kopfschmerzen. Er informierte Daniela Conti.

»Uns bleibt noch eine Woche bis Ostern. Schönes Osterei. Ich mache gerne beim *Karlspreis* mit, aber Mord hat Vorrang. Ein Kurztrip über Ostern wäre auch nicht verkehrt.« Sie sprach mehr zu sich als zu Fett, dem sie den Druck ansah.

»Kriegen wir hin. Wird schon klappen. Allerdings muss Chantal Kalumba auf uns warten.« Er nahm zwei *Aspirin* aus der Sakkotasche, warf sie ein und trank einen Schluck Wasser. Wird irgendwie gehen, dachte er.

»Ist einfach zu viel. Lützerath, Automatensprengungen, Friedensdemos, Rauschgiftkontrollen, Clankriminalität und dann die ganzen Missbrauchsfälle. Wir haben bereits Kollegen nach Köln abgegeben. Jetzt kommt der *Karlspreis* noch oben drauf. So ist es eben in Aachen, Frau Conti. Sie wollten ja ins Dreiländereck.«

»Ja, wollte ich. Und ich bin gerne hier.«

»Na dann. Auf zu Ruprecht Augustin, dem Pferdeliebhaber.«

»Wo wohnt er?«

»Moment, der hat seinen Gutshof auch in der Nähe von Zülpich, in Linzenich, liegt nicht weit weg von Bürvenich. Der Hof stand letztes Jahr unter Wasser, weil Rotbach und Mühlenbach alles überschwemmt hatten.«

»Ist doch merkwürdig. Ruprecht Augustin kommt aus dem Kreis Euskirchen und Olligschläger auch.«

»Merkwürdig schon, muss aber nichts heißen.«

14

DIE BRAVEN LEUTE IN DER ZÜLPICHER BÖRDE

Bevor sie nach Linzenich aufbrachen, rief Fett den Kollegen Edgar Etheber in Euskirchen an.

»Ruprecht Augustin. Der hat Kohle. Alter Landadel, dem gehören zahlreiche Felder, Wiesen und Wälder. Er verpachtet und macht in Reiterei. Seinen Hof hat es im Juli 2021 schwer getroffen. Der kennt alle, die im Kreis Euskirchen was zu sagen haben. Ohne ihn läuft nichts, wenn es um Bauland, Gewerbeansiedlung, Sponsoring geht.«

»Besten Dank. Das wird ja vergnüglich.«

Wieder fuhren Fett und Conti in die Zülpicher Börde. Diesmal führte sie der Weg nicht über Floisdorf.

Ruprecht Augustin, dessen Initialen RA in überdimensionierter Form das schmiedeeiserne Eingangstor zum Anwesen zierten, kam mit kräftigen Schritten und Qualitätsstiefeln auf Fett und Conti zu. Die 80 Jahre sah man ihm nicht an. Die Barbourjacke saß wie angegossen.

»Was wollen Sie hier?«, bellte er wie sein eigener Hofhund in Richtung der Kommissare.

»Pferde unterstellen.« Fett blickte in die grauen Augen des alten Herrn.

»Da sind Sie falsch! Versuchen Sie es in Floisdorf, die sind vom Hochwasser verschont geblieben.« Er wandte sich ab und strebte in Richtung Stall.

»Fett und Conti, Mordkommission Aachen. Herr Augustin?«

»Mordkommission. War wohl ein Witz mit den Pferden? Ja, Ruprecht Augustin. Können Sie sich nicht anmelden?« Er schritt auf sie zu.

»Ist manchmal so bei Mord. Können wir irgendwo in Ruhe sprechen?«

»Die Terrasse hat überlebt. Das Wasser stand bis hier.« Er zeigte auf den vorletzten Knopf seiner Reitweste in ungefähr ein Meter 20 Höhe.

»Kaffee, Wasser?«

»Danke, Wasser hatten Sie ja genug. Für mich Kaffee.« Conti blickte den schlanken alten Herrn direkt an, der mit einem Lächeln reagierte und nicht auf Fetts Bestellung wartete. Ein Dienstmädchen öffnete die Tür zur Terrasse.

»Elsa, Kaffee für die Frau Kommissarin und für den Herrn …«

»Schließe mich an!«, rief Fett und nickte Conti zu. Sie sollte die Gesprächsführung übernehmen, schließlich schien der Alte an ihr Gefallen zu finden.

»Ihre Pferde stehen in Aachen.«

»Der beste Platz. Außer Linzenich natürlich und die Wiesen drüben bei Bürvenich am Tötschberg. Ich musste sie in Sicherheit bringen. Wir bauen jetzt alles um. Aber ein Pferd wurde nicht ermordet. Oder täusche ich mich?«

»Sagt Ihnen der Name Louise Buchsbaum etwas?«

»Louise Buchsbaum? Muss ich sie kennen? Jung, alt, hübsch?«

»Eine attraktive Frau im besten Alter, wie man so sagt.«

»Schade, ich kenne sie nicht. Was ist mir ihr?«

»Sie lag am Dienstagmorgen tot in dem Stall, in dem sonst nur Ihre Pferde stehen.«

»Wie bitte? Warum erfahre ich das jetzt erst? Heute ist Donnerstag!« Erzürnt zog Ruprecht Augustin die grauen Augenbrauen zusammen.

»Ermittlungstaktische Gründe, Herr Augustin. Sie kennen Albert van Epen?«

»Alberto, natürlich, formidabler Reiter, heute nicht mehr, der fährt seine Oldtimer durch die Gegend.«

»Wann haben Sie ihn zuletzt gesehen?«

»Ist das wichtig?«

»Routinefrage. Also wann?«

»Moment. Im *Quellenhof*, ja natürlich im *Quellenhof*. Er war in Begleitung einer aparten Frau, wenn ich das so sagen darf.«

»Erinnern Sie sich an den Namen der Frau?«

»Leider nein, denn ich hatte schon etwas getrunken, also es war ein Zufallstreffen, aber sie sah sehr gut aus. Mit Namen habe ich zunehmend Probleme.«

»Das war Louise Buchsbaum.« Conti zeigte ihm eine Aufnahme von Louise auf ihrem Handy.

Ruprecht Augustin schluckte und schwieg einen Moment.

»Nicht möglich.«

»Sie war es. Albert van Epen kann es bestätigen. Und diese Frau liegt nun tot in dem Stall, in dem Ihre Pferde stehen. Haben Sie Kontakt zu ihr gehabt? Überlegen Sie genau.«

»Nein, Quatsch, nein, ich … ich verstehe das alles nicht. Worauf wollen Sie hinaus?«

»Sie leben alleine?«

»Meine Frau Hildegard ist vor zwei Jahren an Krebs gestorben, unsere Kinder, Tatjana, Katherina und Heribert, sind in der Welt verstreut. Sie interessieren sich nicht für die Pferde und den Hof. Nur dann, wenn ich die Radieschen von unten sehe. Dann geht es um die Erbschaft. Aber das hat noch Zeit.« Langsam fing sich Ruprecht Augustin.

»Mit wem haben Sie die Anmietung des Stalls in Aachen geregelt?«

»Mit dem Präsidium des Rennvereins. Ich spende seit 40 Jahren für das Turnier. In der Not muss man füreinander da sein.«

»Ein Name?«

»Nun, das ganze Präsidium. Ich habe sie alle per Mail von der Notlage informiert. Gernot Busch, der Geschäftsführer, hat mich unterstützt.«

»Warum lag die Tote in Ihrem Stall?«

»Fragen Sie die Pferde! Keine Ahnung.«

»Sagt Ihnen der Name Olligschläger etwas?«

»Olligschläger? Moment. In Bürvenich. Der Franzmann. Also dieser Franzosenladen oder Biohof. Der heißt so. Er hat doch die Bonni geheiratet. Einfach so weggeschnappt. Die Bonni war ein hübsches Ding. Ist sie immer noch.«

»Wann haben Sie zuletzt mit Olligschläger gesprochen?«

»Was hat das mit der Toten zu tun?«

»Überlassen Sie mir die Fragen, Herr Augustin.«

»Biohof. Ich fahre da manchmal samstags hin. Der
hat Spezialitäten aus Frankreich. Vor zwei Wochen vielleicht. Gute Walnüsse und Honig.«

»Was wissen Sie über Olligschläger?«

»Nichts. Nur, dass er so heißt und die Bonni geheiratet hat.«

»Sie sind eifersüchtig auf ihn?«

»Ach was! Früher, da wurden die Hochzeiten so
arrangiert, dass niemand verarmte.«

»Also Geld zu Geld.« Conti blickte ihn neugierig an.

»Man heiratete in seiner Schicht, Frau Conti. Es
nutzte niemandem, wenn so ein Taugenichts daherkam
und die Tochter aus gutem Haus wegschnappte. Dann
war nach kurzer Zeit der Hof verschuldet, die Ernte im
Eimer und alles bankrott. Habe alles erlebt.«

»Der Biohof funktioniert.«

»Ja. Ein Wunder. War es das? Können meine Pferde
in den Boxen des Stalls bleiben? Was hat der Olligschläger damit zu schaffen?«

»Herr Augustin, in Ihrem Stall lag das Mordopfer.
Louise Buchsbaum war in erster Ehe mit Herrn Olligschläger verheiratet. Zwei Routinespuren, denen wir
nachgehen müssen. Beide führen hierher in die Zülpicher Börde. Wo waren Sie von Montagnachmittag bis
Dienstagmittag?«

»Sie verdächtigen mich?«

»Routinefrage.« Conti blieb gelassen und lächelte ihn so anregend an, dass sich Augustins Augenbrauen sofort entspannten.

»Montagnachmittag.« Er räusperte sich. »Ich habe eine Freundin in Nideggen besucht.«

»Name und Adresse?«

»Hören Sie, uns verbindet die Liebe zum Reitsport. Ihre Ehemann weilt in Badenweiler zur Kur. Es soll keine Wellen schlagen.«

»Wir müssen es überprüfen. Auch über Nacht?«

»Ich hatte eine Reifenpanne. Ja.«

»Für alle Fälle. Name und Adresse.«

»Adelheid von Geldern, alter Adel aus dem Geschlecht Schenk von Nideggen.«

»Ihr Jahrgang?«

»Ich bitte Sie. Adelheid ist noch aktiv in der *Reiterlichen Vereinigung*.«

»Wann sind Sie zurückgekehrt von Ihrem Reitausflug?« Conti besaß nur eine vage Vorstellung von dem, was man unter der *Reiterlichen Vereinigung* verstand. Sie musste sich zwingen, keine lasziven Gedanken zu äußern.

»Dienstagmittag. Fragen Sie Elsa. Sie hatte die Rinderrouladen vorbereitet. Dienstags gibt es Rinderrouladen.«

»Ihre Pferde konnten im Stall bleiben. Die Leiche lag in der Strohecke.« Conti verzichtete auf Nachfragen.

»Wie wurde sie umgebracht?«

»Erdrosselt. Kein Sexualdelikt. Der Stall war nicht der Tatort.«

»Ich beneide Sie nicht, Frau Kommissarin, Herr Kommissar. Immer das Schlechte, immer das Böse. – Ich vertraue auf Ihre Verschwiegenheit bezüglich meiner Reifenpanne. Es ist schade um die Frau Buchsbaum. Sie hatte eine gewisse Ausstrahlung. Ach ja, sie lächelte ironisch, als Albert und ich kurz über Pferde und das Reitturnier sprachen. Ironisch, ja ironisch und auch ein wenig genervt.«

»Danke für die Auskünfte. Wir tun, was wir können, Herr Augustin. Wenn Ihnen etwas einfällt, rufen Sie uns an.« Conti reichte ihm ihre Karte.

»Ein schöner Name, Frau Conti. Es war mir eine Freude, Sie trotz der bedauerlichen Umstände kennengelernt zu haben.« Er blickte Fett nicht an, nickte nur kurz in dessen Richtung. Dann stiefelte er in den Stall, ganz eingenommen von der Welt der Pferde, des Reitsports und Erinnerungen an Adelheid von Geldern.

»Es kann ein Zufall sein«, sagte Fett in die Stille nach Augustins Abgang.

»Ja, es kann ein Zufall sein, aber sie kommen selten vor in unserem Beruf. Der erste Ehemann lebt in Bürvenich, der Stall gehört dem Alten aus Linzenich. Der Mörder legt die Leiche in den Stall, wir untersuchen den Lebenslauf, stoßen auf Olligschläger in Bürvenich und stehen jetzt in Linzenich. Sollen wir hier stehen? Zufall oder Absicht, dass wir in der Zülpicher Börde recherchieren? Sollen die beiden Männer reingezogen werden?«

»Gute Fragen. Vielleicht müssen wir uns intensiver mit der Vergangenheit von Louise Buchsbaum beschäftigen. Morgen, heute fahren wir zurück und machen Schluss.«

»Mit einem Abstecher nach Zülpich, zur Buchhandlung *Reinhardts Lesewald*. Vielleicht erinnert sich dort jemand an Olligschläger. Wenn wir schon hier sind.«

Sie parkten auf der Münsterstraße und erreichten die Buchhandlung am späten Nachmittag. Einige Kunden stöberten in der Belletristikabteilung, mehrere Schulkinder bestellten Schullektüre, eine freundliche Buchhändlerin notierte ihre Wünsche und gab alles in den Computer ein.

»Morgen um 9 Uhr ist alles da.«

»Sollen wir schon bezahlen?«

»Quatsch. Ich kenn' euch doch alle. Also morgen.«

»Danke«, sagten die Kinder erleichtert und rannten aus der Buchhandlung.

»Fett und Conti. Polizei Aachen.« Fett stellte sie vor, und sie sprachen mit der Inhaberin über Olligschläger, Ruprecht Augustin und Louise Buchsbaum. Sie kannte nur Ruprecht Augustin, der sämtliche Reitsportbücher bei ihr kaufte. An Olligschläger erinnerte sie sich nicht mehr.

Fett und Conti schauten sich in der gut sortierten Buchhandlung um, staunten über die umfangreiche Krimiabteilung, in der etliche Neuausgaben von Simenon lagen.

»Was lesen Sie denn zurzeit, Frau Conti?«

»Warum interessiert Sie das?«

»Weil wir in einer Buchhandlung sind. Oder ist das hier eine Bäckerei?«

»Ich lese nochmals Natalia Ginzburg *Caro Michele*.«

»Eine Familiengeschichte.«

»Sie kennen das Buch.«

»Es war in den 8oer-Jahren in den Händen vieler Leserinnen.«

»Ich verstehe. Und Kommissar Fett wollte mit den Leserinnen in Kontakt treten, drum hat er es gelesen.«

»Kann man so sagen. Es gab kein Internet. Da musste man lesen, um klug mitreden zu können.«

»War es so?«

»In etwa. Ich habe ein wenig Italienisch gelernt. Darum italienische Romane.«

»Was lesen Sie jetzt?«

»Karl Schlögel *Entscheidung in Kiew: Ukrainische Lektionen*. Es ist so gekommen, wie er es vorhergesehen hat.«

»Nicht sehr unterhaltsam.«

»Aber erkenntnisreich.«

Frau Reinhardt bot ihre Hilfe an, doch Fett und Conti konnten sich nicht entscheiden. Conti nahm einen neuen Simenon in die Hand, legte ihn zurück, blickte in das Regal der Regionalkrimis, schließlich kaufte sie *Maigret und die braven Leute*.

15
FREIER BLICK AUF DIE NATUR

Doktor Friedrich G. Hartenstein fuhr am Donnerstag-abend den roten Porsche Cayenne und die schwarze Ingrid wohlbehalten zu Ingrids Domizil. Ein kleiner Muntermacher war noch drin. Wer mit Büchern arbeitet, der habe immer Durst, so Doktor Friedrich. »Papier ist trocken!« Sein Anmacherspruch aus besseren Zeiten. »Dann wollen wir mal unsere Lippen befeuchten«, murmelte die schwarze Ingrid – und schwupp standen zwei schlecht gekühlte Gläser Prosecco auf dem Küchentresen. Friedrich dankte überschwänglich für die Liebes-gabe des roten Porsche, der zu Aufmerksamkeit auf dem Parkplatz des Tennisklubs geführt hatte.

»Ich könnte dir ja hin und wieder aushelfen«, schnurrte Ingrid, als das Handy von Friedrich mit der Melodie von James Bond *Leben und sterben lassen* die traute Zwei-samkeit störte.

»Ja?«, knarzte Doktor Friedrich.

»Das Auto war der Anfang. Morgen bekommst du zehn Seiten eines Manuskripts, aus dem du einen Best-seller machst. Sonst brennen dein Mercedes und der rote Porsche. Keine Polizei. Kein Geld. Nur einen Bestseller draus machen. Comprends? Verstanden?«

Doktor Friedrich schluckte, Ingrid streichelte

neckisch über seine Schulter und wollte ihm das Sakko ausziehen.

»Immer diese Störungen, Friedrich. Du musst entspannen.«

»Du, das war ganz, ganz wichtig, Ingrid, ein anderes Mal. Du weißt, bei dir entspanne ich am besten. Ich muss aber wirklich los.« Er zog den linken Ärmel wieder hoch, kippte den Rest der Brause hinunter und presste Ingrid an sich. »Es geht nicht, glaub mir. Ganz wichtig. Ich lade dich zu einer Spritztour in die Eifel ein. Ich muss wirklich los.« Ohne eine Antwort abzuwarten, das säuerliche Gesicht der schwarzen Ingrid registrierte er am Rande, spurtete Friedrich zur Tür. Er hatte keinen Wagen. Mist. Egal. Ein Taxi; er rief ein Taxi. Ingrid wohnte mit ihrem Immobilien-Günter am Ortsrand von Kornelimünster. Freier Blick in die Natur. Diesen Satz sagte Günter zu jedem Besucher. Wenn er nicht daheim war, dann hatte Friedrich freien Blick auf die Natur, so formulierte es die schwarze Ingrid, die wütend die Tür zuknallte und Friedrich alleine auf das Taxi warten ließ.

Der Taxifahrer laberte ihm ein Ohr ab über Corona, Stau, Verkehrsführung und *Alemannia Aachen*. Sein Mercedes? Ach, der stand noch in der Gneisenaustraße bei Mercedes Aachen. Er war durcheinander. Zuerst der Zettel, jetzt der Anruf. Mauz! Annette Stenten. Mauz entführt. Gibt es da einen Zusammenhang? Nein. Nein. Blödsinn. Die Katze liegt entweder platt irgendwo im Straßengraben oder ist mit einem Kater auf und davon. Nein, nein. Das kann doch alles nicht wahr sein. Was soll das? Einen Bestseller draus machen. Morgen zehn

Seiten des Manuskripts. Friedrich gab dreimal die Lottozahlen als Türcode ein. Beim nächsten Mal würde der Alarm angehen. Da öffnete schon Gabilein, die leicht beschwipst und mit versetzten Schritten durch den Flur stolperte, »Es war so schön. Wir haben so viel gelacht« faselte und in Richtung Schlafzimmer verschwand.

Friedrich ging zum Barschrank und blickte auf die Flaschen. Jetzt muss es etwas Stärkeres sein. Die Brause aus Italien hilft nicht mehr. Er schüttete *Hennessy XO* in den Cognacschwenker und fläzte sich in den Freischwinger aus dem Designmöbelhaus. Der *Hennessy* überlebte nicht lange. Einen Bestseller machen. Was stellt der Typ sich vor? Bin ich Dennis Scheck oder heiße ich Fitzek? Einen Bestseller baut man auf, das braucht Zeit und jede Menge Kohle für Marketing, Werbung, Pressearbeit. Da kann man nicht einfach als Verleger vom *Hardstone Verlag* laut rufen: »Hallo Leute, ich hab' da einen Bestseller!« Mannomann. Doktor Friedrich schüttete nach. Wie besessen muss jemand sein, der diesen Weg beschreitet? Warum er, Doktor Friedrich? Warum kein großes Verlagshaus? Klar, er ist greifbar, nicht dauernd zwischen New York und Berlin pendelnd. Aber *Hardstone*? Kennen wir uns vielleicht, der Erpresser und ich? So dachte Doktor Friedrich G. Hartenstein und überlegte, ob er die Polizei einschalten sollte. Abwarten, Friedrich, ruhig! Er ging in sich. Vielleicht ist das Manuskript ein Knaller? Von Tantiemen hatte diese Niete nicht gefaselt. Erst einmal abwarten und das Manuskript lesen. Ob die Stenten einen Blick drauf werfen soll? Die Stenten mit ihrer saublöden Katze. Ahnung hat die Stenten. Sie hat die Krimireihe von Willibald Sistermann, genannt WiSi, auf den Weg gebracht. Der hat mittlerweile einen Fankreis. Leserbindung nennt man das. Die Stenten hat das gerochen. Er schenkte nach. Ein paar Tropfen landeten auf dem Teppich von *Rottmann*, ehemals *Teppich-Rottmann*. Doktor Friedrich wankte leicht, streifte die Sneaker ab, knöpfte sein Hemd auf. All die Schmonzetten, seichte Liebesabenteuer zwischen Geilenkirchen und Nonnenbach. Was hat er alles verlegt. Damals, die Romanisten, die dauernd Rabelais rauf und runter interpretierten, die Hühner, die Kunstgeschichte studierten und etwa Italienisch lernten, die hatten doch keine Ahnung. Pasolini! Ginzburg! Levi! Magris! Die lasen nur die Inhaltsangaben in *Kindlers Literaturlexikon*. Er, er, Friedrich, er las alles. Nur die Buchsbaum, die scharfe Buchsbaum, die war auch besessen. Mit der konnte man diskutieren, die fuhr nach Rom in die *Feltrinelli-Buchläden*, die kam mit einem Koffer voller Neuerscheinungen zurück. Selbst die Professoren staunten: Baum, Siepmann, Hausmann, Felten, Kaiser, Steinsieck. Alle staunten. Er schüttete das Glas voll. Die Buchsbaum, an die kam er nicht ran. Die hing zusammen mit diesem, diesem, diesem Angeber, diesem Lackaffen, diesem Typen, der damals von Postmoderne laberte, von Foucault und Lacan, von all dem Scheiß der Franzosen, der damals gerade modern war. Er lehnte an der *Bang und Olufsen*-Anlage, das Radio sprang an. »Sie hören nun eine Wiederholung der Sendung *Scala* vom Vormittag.« *Scala*, Nachrichten aus der Kultur. Friedrich hört halb hin. Kassel, *Documenta*, Antisemitismus-Vorwürfe.

16
DER KÖNIG KOMMT

Marcel Lapointe, verantwortlich für die Organisation der Feierlichkeiten zum 120. Geburtstag am *Centre Georges Simenon*, erhielt am Freitagmorgen eine Mail in französischer Sprache. Er zeigte sie seinem pensionsreifen Kollegen Vroemans, der nur einen raschen Blick drauf warf, dann den Kopf schüttelte und sagte: »Das nehmen wir doch nicht ernst. Das ist nicht seriös. Ein blöder Scherz von einem, der kein richtiges Französisch kann.«

»Na ja. Ich weiß nicht, ich weiß nicht.« Marcel Lapointe, Ende 50 und Chefarchivar am Institut, ständig unter hartem Stuhlgang leidend, nahm einen Schluck Kaffee, las nochmals aufmerksam die Zeilen. »Vielleicht sollten wir es der Chefin zeigen?«

»Quatsch. Lösch den Mist. Wir müssen uns noch um die Blaskapelle und die Majoretten kümmern. Außerdem haben wir immer noch keine Genehmigung für die Inszenierung von *Maigret und der Gehängte von Saint-Pholien*. Oder willst du das Opfer spielen?« Vroemans war erfahrungsgesättigt, sein grauer Schnauzbart zierte ihn seit Jahrzehnten, jedenfalls besaß er mehr Haare unter der Nase als auf seinem Kopf. Darum trug er gerne eine speckige Schiebermütze, wie die Herren, die später im Jahr bei der *TEFAF* mit dem Zuschlaghammer eine Diamantenvitrine öffneten.

»Tu as raison. Du hast recht. Löschen. Einfach den Blödsinn löschen.« Marcel Lapointe drückte die Delete-Taste. Zack, die Mail war weg. Wieder spürte er den Magendruck. Oder war es der Darm? Hätte er nur nicht mittags die gesamte Pralinenschachtel von *Neuhaus* vernascht. Nervennahrung für Marcel.

»Was wollte er noch mal?« Gilbert Vroemans, der pensionierte Französischlehrer, der Lapointe helfen sollte, war plötzlich neugierig geworden. Lapointe zuckte zusammen.

»Wir sollen das Manuskript für einen Bestseller an den Verlag von Simenon senden. Der Krimi soll im Frühjahr 2023 pünktlich zum Jubiläum erscheinen. Ansonsten werde der Festakt sabotiert.« Lapointe hatte das kurz überflogen. Da er Ärger ahnte, wollte er gar nicht genau hinschauen. Er tänzelte mit seinen Füßen unter dem Schreibtisch.

»Ridicule. Lächerlich. So ein Blödsinn.« Vroemans schüttelte den Kopf. »Was für ein blöder Witz.« Vroemans fuhr sich über den Schnäuzer. Sachen gibt es. Die Menschheit wird immer verrückter, dachte er.

Das Telefon klingelte, beide Männer schraken kurz auf. Die Mail beschäftigte sie mehr, als sie anfangs gedacht hatten.

»Büro des Bürgermeisters, Protokoll, Madame Brunel.«

»Ah, salut Arlette, Marcel am Apparat.« Lapointe zwinkerte mit dem rechten Auge zu Vroemans, der kurz zur Decke schaute, weil er wieder einen Larifari-Anruf aus dem Rathaus vermutete: keine Substanz, nur Wichtigtuerei.

»Marcel, ich hab' nicht viel Zeit. Grüße vom Bürgermeister. Der König hat sich zum Jubiläum von Simenon angesagt. Es ist noch geheim. Aber du musst es wissen für die Planungen. Streng vertraulich.«

»Der König?« Marcel Lapointe fühlte eine zentnerschwere Last auf seinen Schultern und sackte auf seinem Drehstuhl im Institut am Place Cockerill zusammen. Er würde Abführmittel benötigen.

»Ja, der König. Also, salut und bonne chance. Viel Glück bei den Vorbereitungen.«

»Merci, Arlette.« Aber Arlette hörte ihn nicht mehr. Sie hatte aufgelegt, der Bürgermeister rief, eine Delegation aus der Partnerstadt Krakau war eingetroffen.

»Jetzt haben wir den Salat.« Lapointe schluckte, öffnete die Schublade, holte eine Flasche Cognac hervor und goss sich einen ein. Gilbert Vroemans sah ihn ungeduldig an, sagte nichts, sah den Cognac über die Lippen laufen und fuhr mit der Zunge über seinen Oberlippenbart.

»Der König kommt.«

»Der König kommt?« Vroemans wiederholte fragend die drei Wörter, griff zum Cognac, nahm ein Glas, goss ein und trank es mit einem Schluck aus.

»Wir müssen die Polizei informieren. Du hast die Mail doch noch im Papierkorb, hol sie da wieder raus. Vite!« Es arbeitete im haarlosen Kopf von Vroemans.

»Ja, die Polizei. Und die Direktorin.« Lapointe würgte die Wörter geradezu heraus.

»Nein, nicht die Direktorin! Die bekommt einen Nervenzusammenbruch. Die macht alles nur schlimmer. Marcel und Gilbert regeln das. Also, hol die Mail raus. Druck sie aus. Lass mich machen.« Vroemans, der Macher, der Problemlöser.

»Gilbert, wenn ich dich nicht hätte.« Marcel füllte sein Glas auf. Zack, schon war der Cognac verschwunden. Ihm schwindelte, alles zu viel. Warum nur dieses verdammte Jubiläum? Wo sind meine Abführpillen?

»Assez! Genug jetzt. Wenn wir betrunken mit der Polizei reden, dann glauben die uns kein Wort.« Vroemans hatte sich unter Kontrolle. Sein Körper straffte sich, er nahm Haltung an.

»Stimmt, Gilbert, mein Gilbert. Ich halt' das nicht mehr aus. All die Jahre im Archiv, all die Krimis, Tag und Nacht Kommissar Maigret, jetzt kommt der Festakt, und wir haben den König und einen Erpresser an der Hose.«

»Ruhig, Marcel, ruhig. Gilbert kümmert sich. Ich hatte schon schwierige Jugendliche in der Schule. Da muss man die Ruhe bewahren.«

»Der König, Gilbert, der König!«

»Er ist ja noch nicht da. Wir haben noch viele Monate.«

»Darum will der ja den Krimi jetzt schon auf den Weg bringen. Der weiß, was er tut.«

»Ein Mann oder eine Frau?« Vroemans' Jagdinstinkt war geweckt. Das kann nur ein Mann sein. So einen Quatsch heckt keine Frau aus. Völlig undenkbar.

»Keine Ahnung. War ja keine Signatur in der Mail.«

»So, jetzt ruf' ich bei der Police Fédérale an. Da kenn ich die Leiterin, die schöne Chantal Kalumba. Die war mal bei uns in der Schule und hat den schweren Jungs die Leviten gelesen.« Als er an sie dachte, lächelte er und bekam gute Laune. Eine Erscheinung, diese Frau Kalumba.

Gilbert Vroemans wurde mit dem Vorzimmer verbunden. Als er gefragt wurde, worum es gehe, antwortete er nur: »Es geht um den König. Sicherheitsstufe 1.« Er wurde sofort durchgestellt.

»Madame Kalumba, Vroemans, Sie haben unsere Schule vor einem Jahr besucht, ja, auf Outremeuse, ja, *Atheneum Maurice Destenay*, Sie erinnern sich. Worum es geht? Also, ich helfe Marcel Lapointe hier im *Centre Simenon*. Wir haben da heute eine E-Mail mit einer Erpressung bekommen. Entweder bringen wir ein Buch auf den Markt bis zum Jubiläum von Simenon oder es gibt eine Sabotage. Ja, und dazu kommt noch, das hat eben Arlette aus dem Büro des Bürgermeisters gemeldet, der König kommt. Ja, der König. Er kommt zum Jubiläum. Und da habe ich dem Marcel gesagt, ich rufe Madame Kalumba an. Voilà.«

Chantal Kalumba war nicht amüsiert. Zuerst der Anruf im Rathaus, nun diese E-Mail.

»Ich sende zwei Spezialisten in Zivil. Lassen Sie den Computer in Ruhe, nicht ausschalten, nichts löschen. Wir kümmern uns drum. Solche Späße kommen immer wieder vor. Sie haben richtig gehandelt, Herr Vroemans, absolut richtig. Merci.«

Chantal legte auf und wählte die Nummer der Kriminaltechnik. Sie schickte Inspektor Mimoune und die Aspirantin Royal zum Place Cockerill. Sie wusste nicht, was sie von der Drohung halten sollte, aber es war nicht die erste.

17
DIE LIEBE ZUM TIER

»Herr Fett, Frau Conti, die Auswertung von der KTU über Buchsbaum und die sozialen Medien.« Frau Hof reichte den Aktendeckel mit schmerzverzerrtem Gesicht zu Fett.

»Haben Sie Muskelkater?« Fett wusste, dass sie nach der Frage lechzte.

»Beim Herabschauenden Hund bin ich umgekippt.«

»Hat der Hund sie geschubst oder gebissen?«

»Nein, bei der Yogaübung.«

»Machen da Hunde mit?«

Conti schüttelte den Kopf über Fetts Unkenntnis.

»Ach, Sie nehmen mich auf den Arm, Chef.«

»Die Übung heißt so?« Fett fragte seriös und interessiert.

»Ja, kennt doch jeder.« Frau Hof wurde ungehalten und eifersüchtig auf Conti.

»Vielleicht eine Reiki-Massage, Frau Hof. Die soll Wunder wirken. Im Stadtmagazin *Klenkes* standen doch früher Inserate von Meistern, die eine Ausbildung beim Bhagwan in Poona oder einem Mönch in Tibet absolviert hatten. Da waren tolle Versprechungen mit verbunden. Ich habe die gerne gelesen, weil da von göttlichem Kern, Funken des Universums, höherer Erkenntnis und so die Rede war. Jedenfalls besaß der Bhagwan zum Schluss über 50 Rolls-Royce. Manche sagen, es waren 93. Damit machte er sich auf den Weg zur höheren Erkenntnis.«

Frau Hof wirkte irritiert. Bhagwan, Rolls-Royce, Poona, Reiki, Tibet – es war eine Druckbetankung, die immerhin vom Schmerz ablenkte. Sie stöhnte kurz, blickte fragend zu Conti, die mit den Schultern zuckte.

»93 Rolls-Royce?«

»Ja, so soll es gewesen sein. Ich betone: die Massagen, die Massagen in Poona. Sie brauchen das. Ganz, ganz bestimmt.«

Frau Hof, Ende 50, die gerne ihren Ehemann Wolfgang bei leichten Radtouren mit dem E-Bike begleitete, war durch ihre Freundin Irmgard, genannt Yoga-Irmi, in das Reich der Meditation eingetreten. Nun hatte der Herabschauende Hund nicht funktioniert oder in die falsche Richtung geblickt. Eine Krankschreibung für den Wochenanfang schwebte durch die Konversation. Fett ahnte es.

»Ich kümmere mich drum. Und dann gehe ich am Montag mal zum Arzt.« Frau Hof schloss still leidend die Tür, Fett seine Augen, diesen Satz hatte er erwartet, dann öffnete er die Auswertung der KTU. Er blätterte durch und stieß auf eine markierte Stelle.

»Frau Conti, das ist ein Ding. Kommen Sie mal rüber bitte.«

»Wenn Sie bitte sagen, dann gerne.« Sie rollte mit ihrem Stuhl neben Fett.

»Frau Buchsbaum war aktiv im Tierschutz. Sie hat

oft die Seiten der Tierschutzorganisation *PETA* besucht, geliked und Kommentare geschrieben.«

»Wofür steht *PETA*?«

»Moment, Kollegin Unsleber hat uns den *Wikipedia*-Eintrag eingefügt. Eine Abkürzung für die englische Bezeichnung *People for the Ethical Treatment of Animals*. Die kämpfen gegen Massentierhaltung, Pelztierhaltung, Tierversuche, Fleischindustrie, Haustierhaltung und Tiere in der Unterhaltungsindustrie. Außerdem kritisiert *PETA* das Aachener Reitturnier *CHIO* als Tierquälerei. Louise Buchsbaum war oft auf der Webseite. Wir können davon ausgehen, dass sie an den Argumenten interessiert war. Und wo liegt sie? In einem Pferdestall auf dem Gelände des Reitturniers.«

»Moment. In einem Stall, in dem Ruprecht Augustin seine Pferde untergestellt hat. Der nur wenige Kilometer entfernt vom ersten Ehemann der Buchsbaum wohnt. Beide kennen sich. Zufälle?« Conti strich sich durch die schwarzen Haare. »Angenommen, die Buchsbaum war eine militante Tierrechtsaktivistin, wer hätte dann ein Motiv für den Mord?«

»Hängt davon ab.« Fett sprach sibyllinisch. Er dachte an das Gespräch mit Busch vom Reitturnier.

»Wovon? Bedrohte sie jemanden? Wollte sie etwas veröffentlichen? Wir haben keine weiteren Hinweise. Oder steht davon etwas in der Akte der KTU?«

Fett blätterte durch. Er fand nichts.

»Nein. Keine Militanz. Passt nicht zu Louise Buchsbaum. Der erste Kommentar von ihr mit Bezug zum Tierschutz stammt von 2020. Sie war froh, dass das Reitturnier wegen Corona ausfiel. So, schauen wir mal auf die Kontoauszüge. Da gibt es einige Spenden an *PETA*, aber keine gigantischen Summen.«

»Dann muss uns Helga Haperscheidt weiterhelfen. Die Praxis ihres Mannes öffnet am Dienstag, am Sonntag davor kehren sie zurück.«

»Wenn Sie *PETA* googeln, finden Sie auch eine Menge Kritik an der Organisation.« Conti las die einschlägigen Seiten.

»Eine ideologisch sattelfeste Tierschützerin war Louise Buchsbaum bestimmt nicht. So sah ihre Wohnung nicht aus, die Bücher und Zeitschriften waren bunt gemischt.« Fett rief sich die Einrichtung in Erinnerung.

»Dann warten wir den Montag ab. Mehr können wir nicht tun. Ein Sundowner am *Elisenbrunnen*?«

»Sundowner bei Nieselregen?«

»Da hinten wird es hell, die Tage werden länger. Klappt schon, Herr Fett.«

Fett ließ seinen Peugeot 404 auf dem Parkplatz des Präsidiums stehen und fuhr mit Conti zur Promenadenstraße. Am Wochenende hatte er nichts vor, und am Templergraben wurde die Parkplatzsituation immer prekärer. Am Restaurant *Elisenbrunnen* waren draußen alle Tische belegt. Sie schlenderten zum *Palladion*, fanden einen freien Tisch und bestellten zwei Gläser Crémant mit viel Eis. Dann stärkten sie sich mit Moussaka und Bifteki. Die Toten blendeten sie aus.

18
ÜBERSTUNDEN
IN LÜTTICH

Inspektor Mimoune war ratlos, die Herkunft der Mail an Lapointe nicht zu ermitteln. Er stand vor Chantal Kalumba und zuckte mit den Schultern wie Monsieur Claude vor seinen vielfältigen Schwiegersöhnen. Aspirantin Royal befand sich auf dem Weg zu einem Couscous-Essen mit Freunden. Mimoune rapportierte, und dann wurde es Zeit.

»Nichts zu machen, Chefin. Kommt aus dem Internet-Café *Beau Village* in Verviers.«

»Gibt es noch Internetcafés?«

»Aber ja. Die, die nicht erkannt werden wollen, benutzen diese Buden.«

»Verviers? Dort wurden im Jahr 2015 Islamisten verhaftet. Es gab eine wilde Schießerei mit mehreren Toten. Taucht in den Unterlagen das *Beau Village* auf?«

»Schon überprüft. Rien. Nichts. Es taucht nicht auf. Auch die Kollegen in Verviers haben nichts.« Er schaute auf seine Armbanduhr.

»Okay. Sagen Sie den beiden Simenon-Spezialisten, sie sollen auf die Mail antworten. Tenor: Wir werden den Verlag kontaktieren. Bitte haben Sie etwas Geduld. Es ist Wochenende – vielleicht war es nur ein Witz. Wenn nicht, dann wird der Absender reagieren. Schluss für heute. Das Simenon-Jubiläum muss warten.«

Mimoune kehrte erleichtert in sein Büro zurück, Freitagnachmittag, am Abend wollte er mit seiner Frau Lydia in die Lütticher Oper, nun noch dieser Käse mit der anonymen Mail. Oper, Mail, Simenon – alles Mist. Wie gerne würde er mit den Kollegen einen Wochenend-absacker nehmen. Oper, da schläft er immer ein. Dazu das kennerhafte Gerede: »Ach, der Sopran.« »Und erst der Bass.« »Besonders das Bühnenbild.« »Die Regie war wieder formidable.« »Der Tenor sah hinreißend aus.« Dazu der überteuerte Sekt. Nein, die Oper, das war nichts für Inspektor Mimoune. Dann lieber Thea-ter oder *Cinema Churchill*. Ja, auch ein Film von den Brüdern Dardenne. Immer schön sozialkritisch, immer Lüttich im Blick. Er dachte an – an was dachte er? Er dachte an nichts. Doch, diesen Lapointe, den muss ich noch anrufen.

»Monsieur Lapointe, ja, Inspektor Mimoune, ich war eben mit der Kollegin Royal bei Ihnen. Ja, viele Grüße von Madame Kalumba. Antworten Sie bitte kurz auf die Mail in dem Sinn, dass Sie gerne weiterhelfen möchten. Wie? Was Sie schreiben sollen? Na, dass Sie helfen wer-den, den Krimi zu veröffentlichen. Sie können das nicht zusagen? Also hören Sie mal! Das ist eine Anweisung meiner Chefin. Sie haben doch gesagt, dass der König zum Jubiläum erwartet wird. Da müssen wir vorsichtig sein. Verstanden? Also schreiben Sie das. Es ist Wochen-ende. Sie werden im Verlag niemanden erreichen. Ich muss zu einem Termin. Okay. Ja, senden Sie mir den Text nachher zu. Wir werden sehen. Salut.«

Mimoune atmete auf, blickte durch das Fenster auf den Nieselregen. 17 Uhr. Ein Kaffee im Bistro *Paris*, vielleicht ein Pastis? Oper, dieses verdammte Opernabo von Lydia. Er räumte Akten auf die Seite und wollte gerade zur Tür gehen, als das Telefon klingelte.

»Hier Lapointe. Wir haben schon eine Antwort.«

Die Oper wurde gestrichen. Mimoune verbrachte den Abend mit Chantal Kalumba und dem Team des Ständigen Einsatzstabs im Hauptquartier der Police Fédérale. Sie bestellten das Leitungsteam des *Centre Georges Simenon* ein. Jemand musste den Text analysieren. Sichtlich am Rande des Nervenzusammenbruchs erschien Professorin Loretta Labiche, genannt LL, die erst kürzlich die Direktion übernommen hatte. Loretta Labiche, Tochter des Philosophen Claude Labiche, war als junges Mädchen über die Kriminalromansammlung ihres Vaters gestolpert. Sie verschlang alle Krimis, bemerkte nicht die Annäherungsversuche der Jungs auf dem *Gymnasium Léon Blum*, sondern ermittelte mit Georges Simenon, Agatha Christie, Raymond Chandler, Dashiell Hammett, Micky Spillane und Patricia Highsmith. Aus der Leidenschaft wurde eine Professur, die sie gegen alle Widerstände der Romanisten eroberte. Kriminalliteratur – die großen Herren und hohen Priester der französischen Sprache blickten auf sie wie auf eine Aussätzige. Erst als Georges Simenon mit gleich vier Bänden in die *Pleiade*, die französische Klassikerreihe, aufgenommen wurde, ließ der Gegenwind nach, sodass Loretta Labiche, die als Single mit Tausenden Büchern lebte, die wachsende Anerkennung genoss. An der Universität in Lüttich wurde man auf sie aufmerksam, und so erhielt sie mit Anfang 60 einen Ruf in die Hauptstadt der Wallonie. Ihre zierliche Gestalt, die wachen braunen Augen, das dunkelblonde Haar zu einem Pagenschnitt geformt, die randlose Brille, Loretta hätte als Best-Ager-Model Geld verdienen können, stattdessen wurde sie die Chefin von Lapointe und Vroemans, zwei Arbeitern im Weinberg des Oeuvres von Georges Simenon, dem berühmtesten Sohn der Stadt Lüttich. Sie mochte Hot Dog mit Sauce Americaine, trank gerne einen trockenen Roten, manchmal auch einen *Peket*, den Lütticher Schnaps, auf *Jupiler* Bier stand sie nicht besonders, dafür bewunderte sie stundenlang den neuen Bahnhof von Lüttich, geschaffen vom Stararchitekten Calatrava. Natürlich hatte sie ein Szenario für die 120-Jahrfeier anlässlich des Geburtstages von Simenon im Kopf. Doch sie wartete noch auf Vorschläge ihrer beiden Mitarbeiter, die vermutlich auf einen Festumzug in Kostümen, eine Theateraufführung und ein großes Biertrinken mit Sandwiches hinausliefen, so wie sich Maigret in fast jedem Krimi verköstigte. Nun erschien sie aufgelöst und den Tränen nahe bei der Polizei. Doch das sollte sich bald legen.

Lapointe und Vroemans trotteten mit schlechtem Gewissen und Schweißperlen auf der Stirn hinter ihr her. Ein Cognac-Hauch umgab die beiden, deren rote Nasen im verdunkelten Lagezentrum wie Wunderkerzen am Weihnachtsbaum leuchteten. Sie erinnerten an Tchantchès, den trinkfreudigen Gesellen, der als Holzpuppe im Theater der Wallonie Kinder und Erwachsene verzauberte.

»Das ist die Mail, das ist der Text, das ist die Forderung.« Chantal Kalumba zeigte auf drei harte Stühle für die Gäste aus der Universität. Vor ihnen lagen jeweils zehn Seiten eines Manuskripts mit dem Titel *Le Commissaire Gras et l'anniversaire*, was in deutscher Übersetzung so viel hieß wie *Kommissar Gras und das Jubiläum*.

»Lesen Sie, lesen Sie das in Ruhe. Wir haben Zeit. Sagen Sie für heute Abend alle Verpflichtungen ab. Wir bestellen Sandwiches und Getränke. Alkohol hatten die Herren wohl genug. Für Sie, Madame?«

»Ich könnte einen Pastis gebrauchen«, hauchte Loretta Labiche, die sich angesichts des Textes fing und nun konzentrierter wirkte.

»Alors, drei Flaschen *Coke* light, zwei große Flaschen *Spa* mit Kohlensäure – und schaltet die Kaffeemaschine ein. Und für Madame Labiche einen Pastis.« Zwei Inspektoren machten sich auf den Weg. Chantal trug ihre Uniform. Die goldenen Insignien leuchteten. LL und die beiden Mitarbeiter griffen zu den ausgedruckten Seiten der Mail. Inspektor Mimoune verschwand in seinem Computerlabor, um die Herkunft der letzten Mail zu recherchieren.

Auch Chantal Kalumba nahm die zehn Seiten zur Hand. Etwas irritierte sie.

Nach ungefähr 30 Minuten waren alle mit dem Text durch. Vroemans blickte zu Lapointe, Lapointe zu LL und die Professorin zu Chantal Kalumba.

»Das soll ein Bestseller werden?« Chantal Kalumba erwartete eine Reaktion der drei Literaturwissenschaftler. »Helfen Sie mir, Frau Professorin.«

Loretta Labiche nahm Haltung an, setzte sich aufrecht, rückte die randlose Brille gerade und begann mit ihrer Analyse der zehn Seiten: »Also gut. Die Kollegen Vroemans und Lapointe können ergänzen. Uns liegen zehn Seiten eines Manuskript mit dem Titel *Kommissar Gras und das Jubiläum* vor. Im Mittelpunkt steht ein Kommissar aus Aachen, der den Mord an einer Frau aufklären muss. Dieser Mord wurde im Frühjahr 2022 begangen. Demnach spielt der Kriminalroman gerade jetzt. Der Kommissar, Anfang 60, scheint erfahren zu sein, etwas eigenbrötlerisch, was Sie diversen Adjektiven entnehmen können. Von einer Ehefrau oder Familie erfährt man nichts. Die tote Frau, etwas jünger als der Kommissar, wird in einem Pferdestall gefunden. Alles spielt in Aachen. Dort gibt es, soviel ich weiß, dieses berühmte Reitturnier. Jedenfalls liegt dort die Tote. Sie war mehrfach verheiratet, das findet der Kommissar heraus, der eine Assistentin hat, die aber keine Rolle spielt. Sie prüfen die Wohnung der Toten, stellen fest, mit wem sie zuletzt Kontakt hatte.« Loretta Labiche räusperte sich, bevor sie fortfuhr. »Nun kommen Sie ins Spiel, Madame Kalumba. Sie haben ein Problem mit einer großen Zahl irritierender Gefahrensituationen. Sie kennen den Aachener Kommissar und rufen ihn an. Zeitgleich werden eine Lektorin und ein Verleger in Aachen erpresst. Sie sollen einen Bestseller veröffentlichen. Am Ende dieser zehn Seiten taucht eine Mail im *Centre Georges Simenon* auf. Der Absender fordert die Veröffentlichung eines Krimis und droht mit einem Anschlag auf den Festakt zum 120. Geburtstag von Simenon im Frühjahr 2023.«

Man konnte eine Stecknadel fallen hören.

»Wir sind Teil einer Inszenierung?« Kalumbas Worte klangen durch den Raum. Alle Augen richteten sich auf Loretta Labiche.

»Man kann es so sagen. Alles ist inszeniert. Hätten wir noch mehr Seiten, wüssten wir, wie es weitergeht.« Sie machte eine Pause. »Die Kollegen können mich gerne korrigieren, aber der Text stammt nicht von einem Native Speaker, also der Autor oder die Autorin ist nicht mit Muttersprache Französisch aufgewachsen. Das ist aus dem Deutschen übersetzt.«

»Woraus schließen Sie das?«

»Satzbau, grammatische Feinheiten, Wortwahl. Dazu der Handlungsort, der dem Autor, ich nenne ihn einfach Autor, es könnte auch eine Frau sein, der Handlungsort scheint dem Autor sehr vertraut zu sein. Spannungsaufbau, Handlungseröffnung, Einführung der Figuren – das alles ist stimmig. Eine besondere Atmosphäre wird aufgebaut, Personen aus verschiedenen gesellschaftlichen Schichten tauchen auf, verworrene Lebenswege, Neid, Macht, Geld. Es gibt reichlich Motive auf den zehn Seiten. Bis dann die Mail an Lapointe auf den Weg gebracht wird. Wenn Sie mich fragen, ob diese Seiten für einen Bestseller taugen, dann muss ich offen gestanden sagen, es wird kein Renner, aber ein Buch, das Gewinn einspielen wird. Die Tatsache, dass wir hier sitzen, wird irgendwann öffentlich. Das ist Futter für die Medien. Ein anonymer Autor, der unsere Handlungen vorweggenommen hat. Dann wird der Krimi ein Renner. Die Realität holt die Fiktion ein und umgekehrt. Das wird die Sensation: ein Schlüssellochmoment. Deshalb wird der Krimi verkauft werden und vielleicht ein Bestseller.«

»Glauben Sie, dass es die Tote gibt?«

»Glauben, Frau Kalumba, glauben oder nicht glauben. Jedenfalls spielt jemand ein ernstes Spiel. Wie mir Lapointe eben sagte, wird der König zum Simenon-Jubiläum kommen. Da müssen wir auf alles vorbereitet sein. Ich würde die Warnung ernst nehmen. Haben Sie denn einen Kollegen in Aachen, den Sie anrufen könnten?«

»Ja, ja«, sagte Chantal Kalumba zerstreut.

»Darf man fragen, wie er heißt?«

»Kommissar Fett.«

»Fett?« Labiche schaute ungläubig zu Kalumba, dann zu Lapointe und Labiche, die beide die Augenbrauen hochzogen, obwohl sie keine Ahnung hatten, was LL sagen wollte.

»Ja.« Kalumba blickte sie fragend an.

»Gras bedeutet in deutscher Übersetzung fett.«

»Ich wusste es.« Chantal Kalumba blickte auf die Wand mit den Bildschirmen im Lagezentrum.

»Und Simenons Kommissar ist maigre, also mager. Er heißt Maigret. Maigret in Lüttich, und Gras, also Fett, in Aachen. Da kennt sich jemand aus.« Lapointe und Vroemans nickten gleichzeitig mit den Köpfen, was eine Bestätigung der Theorie von LL sein sollte. Beide wurden minütlich nüchterner, schwitzten den Restalkohol aus.

»Was haben Sie vor, Frau Kommissarin?«

»Schreiben Sie noch heute zurück, dass die zehn Seiten sehr interessant seien. Sie würden nun Kontakt mit dem Verlag von Simenon aufnehmen. Dort wird man nach dem Autor fragen. Was sollen wir mitteilen? Wir müssen nun das Fragespiel eröffnen. Es sind noch einige Monate bis zum Jubiläum, aber wenn er jetzt schon so vorgeht, dann wird er auch planen, wie er den Festakt stören könnte.«

»Sollen wir den Verlag wirklich kontaktieren?«

»Suchen Sie dort einen Ansprechpartner. Ich komme hinzu. Der Absender muss Vertrauen fassen. Darum brauchen wir den Verlag mit einem Kontakt und der offiziellen Adresse. Wie ordnen Sie diese Seiten literaturhistorisch ein?«

»Gute Frage, Frau Kalumba. Ich würde das Etikett postmodern an diesen Text heften. Also ein großes Spiel, bei dem die bisherigen Regeln der Kriminalliteratur beiseitegeschoben werden. Der Autor kennt sich aus mit der Theorie des Kriminalromans, er beherrscht es, den Leser an der Nase herumzuführen, ihn in falsche Richtungen zu locken. Mich erinnert dieses Eröffnungsszenario an Romane des amerikanischen Autors Paul Auster. In den frühen Werken wissen Sie als Leser nicht genau, worum es geht. Das erfundene Geschehen und das vermeintlich reale Geschehen gehen ineinander über. Wir wissen nicht genau, was Fiktion und was Realität ist. Zudem kommt eine sprachliche Verwirrung hinzu, das Spiel mit den Worten maigre – mager, und gras – fett. All dies spricht für einen intelligenten Autor, der mit einer bestimmten Obsession Dichtung und Wahrheit durcheinanderbringen möchte. Er möchte aufscheinen, vielleicht so anonym bleiben wie Elena Ferrante oder so mysteriös wie Thomas Pynchon.« Loretta Labiche lehnte sich zurück, zu gerne hätte sie sich nun eine Zigarette angesteckt. Die Packung *Gauloises Blondes Bleues* steckte in der Handtasche.

»Wozu?« Chantal Kalumba stellte dieses Wort in den Raum. Die entscheidende Frage.

Loretta Labiche tauchte ab in die Geisteswelt der Literaturwissenschaftlerin, der Spezialistin für Krimis. »Ruhm, Geltungssucht, Macht, Rache, Genugtuung, manischer Ehrgeiz. Suchen Sie sich etwas aus. Er will besser sein als Georges Simenon, er will etwas Neues schaffen, die direkte Verknüpfung von Realität und Kriminalroman, er möchte strahlen und er kann strahlen, wenn sein Roman am Tag des 120. Geburtstages von Georges Simenon in allen Buchhandlungen liegt, weil wir ihn nicht fassen konnten. Er sieht sich als den großen Gott der Kriminalschriftsteller, der eingehen wird in die Literaturgeschichte. Ein Besessener, zweifellos hochintelligent.« Wenigstens ein paar Züge, dachte sie, nur ein paar Züge *Gauloises*.

Lapointe knetete seine verschwitzten Hände. Das hier war besser als Oper, Schauspiel oder Kino. Das war real. Er badete in Schweiß, ausgelöst durch den Cognac, aber diese Spannung war grandios. Vroemans wurde fast schlecht. Er hatte seit Stunden nichts mehr gegessen und war nun mittendrin in einem komplexen Kriminalfall. Nie hätte er sich das träumen lassen. Er dachte an

Coq au vin und ein kaltes *Jupiler* oder *Heineken*. Das Atmen fiel ihm schwer, er schnappte nach Luft wie ein alter Karpfen.

Chantal Kalumba rief Inspektor Reynders zu sich und flüsterte ihm ins Ohr: »Wir tragen alles zusammen. Falls wir nächste Woche keinen Schritt weiter sind, müssen wir das Innenministerium verständigen. Eventuell muss der Geheimdienst ran. Sie bleiben mit mir an dem Fall dran und bereiten alle notwendigen Informationen auf, um die Ansprechpartner rasch zu informieren.« Reynders nickte. Er hatte den Ernst der Lage verstanden.

»Das wäre es für heute. Senden Sie die Mail an den Absender. Über das Wochenende können Sie niemanden im Verlag erreichen. Erst wieder am Montag. So gewinnen wir zwei Tage Aufschub. Danke. Das war es. Sie können nach Hause oder in die Uni gehen. Sie haben uns sehr geholfen, Frau Professorin Labiche.« Sie reichte ihr die Hand, blickte lange in die Augen der intelligenten Frau und überlegte, ob sie in den Fall verwickelt sein könnte. Loretta Labiche dachte kurz darüber nach, ob sie einen Krimi über diesen Fall schreiben sollte. Es reizte sie. Aber ungefährlich war es nicht. Sie hatte ihre Selbstsicherheit wieder gewonnen, nahm die *PRADA*-Jacke und ihre *Tumi*-Arbeitstasche und ließ sich mit einem Taxi zum Place Cockerill fahren.

19

HARTENSTEIN UND DAS
SALZ VOM HIMALAYA

Doktor Friedrich G. Hartenstein wachte am Freitagmorgen verkatert auf. Gabilein schlief noch, sie schlief
stets lange, lief dann bis zum frühen Nachmittag mit
einem Pyjama durch das Haus, bevor sie gegen 15 Uhr
den ersten Muntermacher entkorkte. Friedrich hasste
dieses strukturlose Dahinleben, diese vergeudeten Stunden, diese Laberrunden mit den Freundinnen. Es sei
denn – die schwarze Ingrid. Er schob sie in Gedanken
beiseite und griff zur Fernbedienung des Rollladens,
drückte drauf, drückte nochmals drauf: nichts.

»Himmelherrgott! Was für eine Scheiße. Bestimmt
sind die Batterien leer.« Das Handy klingelte. Ein anonymer Anrufer.

»Ja!«, schrie Doktor Friedrich.

»Öffnen Sie Ihre Mails. Ich erwarte Ihre Zusage nach
der Lektüre. Keine Polizei. Der Krimi wird Ihr Hauptti-
tel im Frühjahrsprogramm 2023.« Dann legte der Anrufer auf.

Eine Männerstimme, eine deutsche Männerstimme,
ganz klar und konzentriert. Friedrich donnerte die Fernbedienung auf den Freischwinger, zack fuhr der Roll-

laden in die Höhe. Friedrich atmete auf. Er dachte, die Fernbedienung sei manipuliert gewesen. Alles so schön neu und modern. Er hechtete ins Arbeitszimmer, dort stand sein Computer. Er fand im Posteingang eine Mail mit dem Betreff »BESTSELLER«. Das war es. Jetzt öffnen, später öffnen? Kaffee, ich brauche Kaffee, und Gabilein soll schön weiter schlafen. »Bestseller«, Männerstimme, Drohung. Sollte er die Polizei informieren? Wurde er beobachtet? Vielleicht sind Kameras im Haus, Abhöranlagen? Doktor Friedrich steigerte sich in die Situation hinein. Wer hat es auf ihn abgesehen? Kaffee mit Milch, schönen heißen Kaffee.

Er schlurfte nachdenklich zur Designerküche, öffnete den Kühlschrank, der gut gefüllt war mit Schaumwein, Lachs und Pflaumen im Speckmantel. Für den Alltag fehlte alles. Keine Milch, keine Eier, keine Marmelade, kein Käse, kein Aufschnitt. Verdammt und zugenäht. Friedrich schnappte das Elektrolastenfahrrad und radelte zum *HIT-Markt* an der Schurzelter Straße. Der Nieselregen hatte aufgehört. Im Osten stand die Sonne, auf der Vaalser Straße herrschte reger Verkehr in beide Richtungen. Er wollte gerade den Turbogang einstellen, um rasch die Straße zu überqueren, da verabschiedete sich die Elektrounterstützung. Kein Saft mehr. Wie konnte das sein? Gabilein benutzte nie das Rad, obwohl sie dieses Unisex-Modell unbedingt haben wollte. Gestern hing der Drahtesel noch an der Steckdose. Es war zum Heulen. Nichts klappte an diesem Freitagmorgen. Friedrich mobilisierte die Muskeln beider Beine und erreichte heftig transpirierend Sütterlins *HIT-Markt*, um die Basisernährung zu sichern. Oder hatte ihm jemand den Saft abgeklemmt? Selbst im Supermarkt blickte er verstört hin und her. War ihm jemand gefolgt? Wer stand an der Wursttheke hinter ihm? Warum schaut der Alte am Weinregal so misstrauisch? Er schnappte einen *Dornfelder* ohne Blick auf das Etikett. Rasch packte er die Einkäufe zusammen, warf alles in den badewannenähnlichen Vorbau des Lastenrads und trat beherzt in die Pedale. Völlig fertig erreichte er mit Biomilch aus der Nordeifel, Brie aus der Bretagne, Tiroler Schinkenspeck Haltungsklasse 4, Bioeiern aus niederländischer Bodenhaltung, linksdrehendem Joghurt aus dem Bergischen Land, Salz aus dem Himalaya, Olivenöl aus Ligurien, handgepflückten Oliven aus Kalamata, Kaffee-Alukapseln und Chiasamenbrötchen sein *Smart Home* mit der weiterhin träumenden Gabi. Er packte alles in den Kühlschrank, riss sich die Kleidung vom Leib, rannte unter die Dusche und drehte den Hahn auf: kaltes Wasser, nur kaltes Wasser. Doktor Friedrich G. Hartenstein erlebte einen der härtesten Tage seines Lebens. Der Reset-Knopf an der Heizungsanlage leuchtete seit dem frühen Morgen. Eine Unterbrechung der Stromzufuhr war die Ursache, darum auch das Durcheinander mit dem Rollladen. Nur mit einem Badetuch bekleidet rannte er in den Heizungskeller, drückte die Reset-Taste – und siehe da, das russische Gas strömte in den Brenner, der Brenner verbrannte es, erhitzte die Therme, und das warme Wasser rauschte durch die Röhren. Alles nur Einbildung? Doktor Friedrich atmete tief durch, trocknete sich ab, suchte die Alukapseln für den Kaffeeautomaten, machte einen doppelten Espresso, belegte ein Chiasamenbrötchen mit Brie aus der Bretagne und einer Spur Salz vom Mount Everest. Er weckte den Computer aus dem Ruhemodus, öffnete die Mail mit dem Betreff »BESTSELLER«. Er las auf der ersten Seite der Anlage den Titel: »Kommissar Gras und das Jubiläum«. Was für ein langweiliger Titel. Was für ein bescheuerter Name! Welches Jubiläum? Dienstjubiläum? Mein Gott, wieder so ein Schreibdilettant und dazu noch kriminell und gefährlich. Doktor Friedrich verlor schlagartig das Interesse, aber es half nichts. Er musste weiterlesen, denn der Typ wartete auf eine Rückmeldung. Wie ein Junkie auf den nächsten Schuss warten die Autoren auf eine Rezension, lobende Worte, Anerkennung, Aufmerksamkeit. Sie lechzen danach wie verdurstende Nomaden nach einer Wasserpfütze in der Wüste Gobi. Doktor Friedrich kannte alle Autorentypen. Den frustrierten Beamten, den erfolglosen Professor, die pensionierte Lehrerin, die Witwe aus dem Museumsverein, den ehemaligen Polizisten, den Buchhalter, die Tanzlehrerin, den erfolglosen Fotografen, den frustrierten Geschäftsführer, die anspruchsvolle Modedesignerin, die Gräfin ohne Grafen. Er wusste sie zu nehmen. Hier ein lobendes Wort, dort ein schmeichelndes Adjektiv in einer Mail, und schon öffneten sie den Geldbeutel für den Druckkostenzuschuss. Im sprachlichen Baukasten des Verlags lagen alle Instrumente bereit. Wie ein Angler suchte Doktor Friedrich den passenden Köder. Er war ein sehr guter Angler. Lieferung frei Haus der Restexemplare. So stand es in den kleingedruckten Verträgen. Erstaunlicherweise erfreuten sich etliche der Autorinnen an der Menge der Bücher. Der eigene Name auf einem fein gedruckten Buch. Das war schon was. Später kamen die unverkäuflichen Exemplare aus dem Buchhandel hinzu. Wenn es gut lief, dann konnten 50 bis 100 Exemplare regional vertrieben werden. Wenn es schlecht lief, dann nur 30. Daneben gab es die Dissertationen und die Bücher von anerkannten Heimatexperten, die durchaus regional gut abgekauft wurden. Mittlerweile waren allerdings Hunderte Keller in Einfamilienhäusern, Garagen, Gartenhäuser und Speicher mit Kisten ungelesener Schmonzetten gefüllt, mit den unverkäuflichen Ergüssen zukünftiger Literaturnobelpreisträger. Beim Hochwasser im Jahre 2021 rauschte so manche Romanze, so mancher Aufklärungsroman, Entwicklungsroman, die eine oder andere Novelle oder Biografie eines Pferdes die Inde, die Vicht, die Rur hinab. Nun konnte unter Wasser kräftig gelesen werden, was Doktor Friedrich G. Hartenstein ans Tageslicht des Buchhandels befördert hatte. Aber warum hat der Typ sich den *Hardstone-Verlag* ausgesucht? Doktor Friedrich G. Hartenstein beschloss, die Anlage auszudrucken. Er brauchte Papier. Am Bildschirm konnte er keine Manuskripte lesen. Da ging es ihm wie Annette Stenten. Er gab den Druckbefehl, und im Entwurfsmodus schleuderte ihm sein Drucker die zehn Seiten entgegen. Dann wollen wir mal. Nach 20 Minuten schob er die Blätter zusammen, legte den Bleistift der Stärke HB wieder in die Ablage und begann zu sinnieren. Ihm war unwohl. Warum? Weil er im Krimi auftauchte. Weil der Krimi im April

2022 spielte. Er fragte sich, ob es diese Tote im Pferdestall gab. Muss doch rauszubekommen sein. Zu blöde, dass Gabilein die Tageszeitung gekündigt hatte. Er googelte »Tote, Soers, Pferdestall« und siehe da, ein Artikel ploppte hoch, allerdings hinter einer Bezahlschranke. Er vergrößerte den Ausschnitt. Der Artikel stammte von Mittwoch, heute war Freitag. Was bedeutete das? Hat der Autor unmittelbar nach dem Mord mit dem Krimi begonnen? Oder steht der Mord in einem Zusammenhang mit dem Krimi? Ist der Autor vielleicht der Mörder? Ihm wurde schlecht. Doktor Friedrich wurde richtig schlecht. Und gegen Ende der zehn Seiten werde ich kontaktiert, um einen Bestseller daraus zu machen. Sein Telefon klingelte.

»Ja?«

»Es ist anders, als Sie denken. Machen Sie was draus.«

»Hören Sie, Sie sind der Mörder, Sie haben diese Frau umgebracht, die am Dienstag im Pferdestall lag!«

»Was Sie nicht sagen. Ich war es nicht, aber es könnte sein, dass ich Sie aufsuche. Also!«

»Schon gut, schon gut. Ja, diese Seiten haben Potenzial, der Spannungsaufbau ist rasant, die Sprache vielfältig. Auch Humor ist wichtig für die Leserinnen und Leser …«

»Hören Sie, ich weiß, dass das gut ist. Sehr gut sogar. Das wird ein Topseller, ein Blockbuster in Ihrem Verlag. In Aachen. Verstehen Sie. Ich will das. Punkt. Und keine Polizei.«

»Also, na ja, und welcher Autor soll auf dem Cover stehen?«

»Kommt ganz zum Schluss! Verstanden?«

Doktor Friedrich G. Hartenstein zögerte einen Moment. Alles raste durch seinen Kopf. Er dachte an seine Dissertation, an die Chancen, die er damals sah, an seine Risikobereitschaft, von der Gabilein überhaupt nichts verstand. Er gab sich einen Ruck.

»Abgemacht. Ja, keine Polizei. Aber wenn wir den Titel ankündigen, dann werden die doch aufmerksam?«

»Reden Sie keinen Quatsch. Machen Sie ein Geheimnis draus. Der große Unbekannte und so weiter. Ich will einen Bestseller. Sie sollen dran verdienen. Zehn Prozent vom Ladenverkaufspreis abzüglich Buchhandelsrabatt und Mehrwertsteuer.«

»Klar, klar. Kein Problem.« Hartenstein bemerkte, dass der Unbekannte sich im Bereich Buchhandel einigermaßen auskannte. Er war überrascht und zugleich etwas beruhigt. Wenigstens kein schriftstellerischer Dilettant, der Buchhandlung mit Bibliothek verwechselt und noch nie etwas vom gebundenen Ladenpreis gehört hat.

»Wie umfangreich? Und das Lektorat?«

»Ungefähr 250 Seiten, Hardcover ohne Abbildung. Schwarz mit weißem Titel.«

»Der Titel ist, entschuldigen Sie, etwas, nun ja, sagen wir langweilig.«

»Wissen Sie was, Sie langweilen mich. Der Deal steht. Sie machen es genauso, wie ich es verlange. Die Stenten schaut nur auf Tippfehler!«

»Die Stenten?«

»Ja, sonst wird aus ihrer Katze Katzenfutter. Schönen Tag noch.«

Mist, die Zeit hätte bestimmt gereicht, um das Gespräch zu verfolgen. Mist, Mist, Mist. Doktor Friedrich griff zu einem Zettel, machte Notizen und umkreiste den Namen Stenten. Wie krieg ich die bloß dazu? Natürlich: durch die Katze! Die Katze, warum ist die entführt? Ihm dämmerte, dass auch Annette Stenten vom selben Täter erpresst wurde. Oder war es nur eine angsteinflößende Ahnung? Gabilein stolperte durch den Flur, er hörte das Öffnen der Kühlschranktür, das Rücken eines Hockers an der Küchentheke. Sollte er Gabilein einweihen? Nein! Sie würde alles kompliziert machen. Nach einer Stunde wüssten es alle Freundinnen. Wer könnte ihm helfen, mit wem könnte er darüber sprechen? Doktor Friedrich G. Hartenstein dachte an die Jungs vom Tennis. Alles nette Kerle. Aber: Immer ging es nur um die teurere Armbanduhr, den schnelleren Wagen, den Kurztrip nach Portofino im Sommer und nach Davos im Winter, Insel vor Florida oder Jacht in Saint-Tropez. Er nahm die Seiten zur Hand, blätterte durch. Das hat kein Anfänger geschrieben. Der Typ kennt sich mit dem Buchhandel aus, kann schreiben und hat ein Faible für Kriminalliteratur. Der Titel erinnert an Maigret-Romane von Simenon. *Maigret und der gelbe Hund, Maigret und Pietr der Lette, Maigret und die alte Dame.* Im Frühjahr 2023 würde Simenon 120 Jahre alt. Dann werden die Feuilletons, Verlage und Buchhandlungen kräftig auf die Pauke hauen. Genau dann soll dieser Krimi erscheinen. Bleibt noch die Tote. Das ist unheimlich, richtig unheimlich. Wie kann dieser Autor nach wenigen Tagen den Mord bereits so in einen Krimi einbauen?

Was soll ich der Polizei sagen? Zuerst der platte Reifen, der Zettel, der erste Anruf, der zweite Anruf. Den ersten Anruf erhielt ich bei der schwarzen Ingrid. Dann der Rollladen, das Lastenfahrrad, der dritte Anruf, die zehn Seiten. Die erklären mich für verrückt. Und wenn ich überwacht werde, dann ist Schluss mit lustig. Polizeischutz werde ich nicht bekommen. Und die Stenten kann Mauz vergessen.

»Fritzilein, hast du an die Flasche *Campari* gedacht?«

»Nein, Fritzilein hat an Milch von glücklichen Kühen gedacht, das sind so Tiere mit vier Beinen, stehen auf der Wiese, und man kann sie melken, falls du verstehst.«

»Ach, Fritzilein, sei doch nicht so am Morgen. Dann fahre ich gleich mal rasch zum *HIT-Markt* und hole noch was. Für wenn die Mädchen kommen.«

»Bring aus der Apotheke *Aspirin* mit. Für wenn der *Campari* leer ist.« Friedrich atmete tief. Da muss ich durch. Vielleicht der größte Knaller des Verlags. Noch ist nicht viel passiert. Ich lass mich auf das Spiel ein. Punkt.

20
ANNETTE STENTEN
FINDET KEINE FEHLER

Seit Donnerstag war Mauz perdu, weg, verschwunden. Was geschah am Freitag? Annette Stenten wusste es nicht mehr, keine Erinnerung. Überall in der Wohnung lagen zerknüllte Papiertaschentücher, Auffangbecken ihrer Tränen. Der transsexuelle Freibadmörder pausierte, keine Korrekturen, keine Verbesserungen, keine Morde. Bärchen und Schimanski schnurrten von Zimmer zu Zimmer. Etwas mehr Empathie und Achtsamkeit hatte Annette von den beiden erwartet, auch das ein Grund für die nie versiegenden Tränen. Mit Sandra telefonierte sie am Freitagnachmittag. Für Sandra begannen die Osterferien, für Annette Stenten die Hölle. Wäre sie nur mit Friedel zusammen geblieben, der liebe Friedel, der ihren Gemüseauflauf so mochte. Der Friedel, der früher in der *Bunten Fußballliga* bei *Partisan Eifelstraße* den linken Verteidiger gab. Friedel, ach, der Friedel, der holte sich den Kicker und besaß ein *Alemannia* Dauerabo. Wenn er nur nicht so viel von Fußball erzählt hätte. Dazu dann die *Sportschau* und das *Sportstudio* und ein bisschen Futon-Akrobatik vor dem *Sportstudio* im *ZDF* – jeden Samstag. Nein, lange konnte das nicht gut gehen mit dem Friedel, der bei der *AWO* am Morillenhang als Altenpfleger arbeitete und *Bei Runi* an der Rennbahn in Aachen gerne einen Absacker nahm. Als er einem wettsüchtigen Pflegefall sein Gehalt pumpte, da war es aus. Plötzlich stand der Friedel blank da, denn der Pflegefall verabschiedete sich ins Jenseits, natürlich ohne Rückzahlung und Rücklagen. Nein, nein, Männer bereiten zu viele Probleme. Das bemerkte sie bereits beim Studium, als sie Anfang der 80er-Jahre bei den Romanisten reinschnupperte. Ganz schlimm waren die Studenten, die ziellos auf Magister studierten. Diese Magistertypen kamen sich vor wie Sartre. Maulhelden, die Baudelaire, Villon und Huysmans nachahmten. Möchtegern-Intellektuelle ohne Substanz, die Mitte der 80er-Jahre von Lacan, Baudrillard, Foucault, Derrida schwafelten, neue Meisterphilosophen aus Frankreich, die wie Götter verehrt wurden. Annette Stenten kehrte zurück aus dieser Rückblende. Friedel, das konnte nicht gut gehen. So verging der Freitag mit Vergangenheitsbewältigung, an die sie sich am Samstag nicht mehr erinnerte. Mauz, die Polizei, der Anruf, die Erpressung – manchmal wirkt die Gegenwart so überwältigend, dass alles zuvor Geschehene wie der Nebel in der Früh verschwindet.

Doktor Friedrich G. Hartenstein hatte nicht angerufen. Sie bemerkte es nicht. Sie putzte am Freitag die Wohnung, kaufte im *dm-Markt* in der Ursulinerstraße neues Katzenfutter und trank am Abend eine halbe Flasche Rioja. Eine kleine Erinnerung an den Sprachkurs in Malaga, an die spanischen Abende, an die Paella im spanischen Kulturverein auf der Trierer Straße in Aachen, die sensationell gut war. Annette Stenten liebte die romanischen Sprachen, die italienische, spanische und portugiesische Literatur. Sie wäre eine gute Lehrerin geworden, aber sie traute es sich nicht zu. Ihr fehle der pädagogische Eros. Davon war sie überzeugt. Andererseits wunderte sie sich über manche Studentinnen, die ohne jede Liebe zur Vermittlung das Lehramtsstudium absolvierten. An diesem Freitag ging ihr viel durch den Kopf. Sie blickte ständig auf den Elisengarten, auf den Elisenbrunnen, die Archäologische Vitrine. Der Nieselregen hatte nachgelassen. Manchmal schickte die Sonne ein paar Strahlen. Ihr Herz war schwer, ein Stein saß in der Brust, Mauz war die älteste der drei Katzen. Annette ging früh zu Bett, nahm eine doppelte Portion Baldrian und träumte von Mauz, Bärchen und Schimanski, vom Romanistikstudium, von der Sprachreise nach Malaga, dem Studenten aus Berlin, der sie damals anmachte, der gerade erst trocken geworden war nach Jahren schärfsten Alkoholkonsums. Ihr Schlaf war unruhig. Erinnerungslos wachte sie auf.

Annette Stenten stolperte mit verklebten Augen am Samstagmorgen die Treppenstufen hinunter zum Briefkasten, entdeckte einen DIN-A4-Umschlag ohne Absender und rannte wie vom Blitz getroffen hoch in die Wohnung. Mauz, immer noch keine Nachricht von Mauz. Sie wurde fast verrückt. Die Polizei, warum hatte die Polizei noch kein Fahndungsfoto veröffentlicht? Selbst an solchen Blödsinn dachte sie in diesen Momenten der Panik. Wenn sie ruhig war, dann dachte sie an Flugblätter und Zettel für die Laternenmasten. Mauz, Mauz, Mauz. Sie riss den Umschlag auf. Zehn Textseiten fielen heraus. Times New Roman, 12 Punkt im Blocksatz und mit Zeilenabstand 1,5. Das sprang ihr sofort in die Augen. Dann blickte sie auf die erste Seite und den Titel: *Kommissar Gras und das Jubiläum.* Sie schluckte. Kein Absender auf dem unfrankierten Umschlag. Er war eingeworfen worden. Jemand hatte ihn in den Briefkasten gesteckt. Der Entführer von Mauz? Helfer des Entführers? Fingerabdrücke? Musste sie vorsichtig sein? Sie legte die zehn Seiten auf ihren Schreibtisch, so wie sie immer das Manuskript eines Autors vor sich legte. Was für ein merkwürdiger Titel. Zehn Seiten in deutscher Sprache, deutscher Titel, eine Berufsbezeichnung, ein seltener Name und ein festliches Ereignis. Zwischen dem Kommissar und dem festlichen Ereignis gibt es eine Verbindung. Wenn es ein Krimi ist, dann muss etwas passieren, ein Mord, ein Anschlag, eine Erpressung. Der Name, der Name. Warum nur »Gras«? »Gras« – sie dachte an Wiesen, Felder, Rollrasen, kauende Kühe und den »Mardi Gras«, die französische Bezeichnung für den Faschingsdienstag, den »Fetten Dienstag«. Annette Stenten konzentrierte sich, denn ihr war klar, dass es um Mauz ging, um diesen Erpresser und Entführer, dessen Krimi sie begutachten sollte. Ihr Telefon klingelte.

»Annette Stenten.«

»Lesen Sie alles, dann empfehlen Sie es Hartenstein als Blockbuster für das Frühjahrsprogramm 2023. Muss Anfang Februar 2023 erscheinen. Sie gestalten den Pressetext geheimnisvoll, aufregend, mysteriös. Die Medien sollen anspringen. Verstanden?«

»Ja. Und Mauz?«

»Lesen Sie. Ich melde mich in einer Stunde. Mauz lebt.«

»Ja. Ich mache alles, was Sie wollen. Tun Sie Mauz nichts.«

Stille – der Anrufer hatte aufgelegt. Annette Stentens Herz raste. Was soll das alles? Eine Stunde. Zehn Seiten. Sie begann zu lesen. Nach 30 Minuten legte sie die letzte Seite auf den Stapel der anderen Seiten.

Was war das? Ein Aachen-Krimi, ein Eifel-Krimi? Sie blätterte die Seiten durch, kontrollierte ihre Anmerkungen. Stilsicher, spannend, vielseitiges Figurenensemble, Lokalkolorit. Aber ein Blockbuster? Eine Tote im Pferdestall, das hat es schon oft gegeben. Ein Aachener Kommissar namens Gras, der mit einer blassen Kollegin Ermittlungen anstellt. Ein Anruf aus Lüttich von einer Kollegin. Dann eine Mail, die für Aufregung im Festkomitee für Simenons 120. Geburtstag sorgt. Der ist nächstes Frühjahr. Dann soll dieser Krimi erscheinen. Kann man machen, dachte Annette Stenten. Oder soll ich damit zur Polizei gehen? Was würde die sagen? Statt Geld geht es um eine Veröffentlichung, einen Kriminalroman. Dafür ist Ihre Katze entführt worden? Man würde sie auslachen, als verrückte Literaturagentin nach Hause schicken. Soll ich Sandra anrufen? Womöglich ruft genau dann der Unbekannte an. Noch 15 Minuten, dann ist die Stunde um. Hartenstein? Hartenstein, der wartet auf den transsexuellen Mörder, der wird sie auslachen und für überdreht erklären. Sie muss es ihm sagen. Wenn er nicht mitmacht, was dann? Annette Stenten wurde verrückt. Sie hatte nicht gefrühstückt, unten stand eine Schlange vor der Metzgerei. Erste Kunden kauften bereits den Osterbraten: Lendchen oder Lämmchen. Im Restaurant *Elisenbrunnen* wurden die Markisen ausgefahren, Touristen mit einem Stadtplan in der Hand suchten Orientierung. Das Telefon klingelte. Annette Stenten nahm den Hörer vorsichtig ab.

»Und?«

»Ein interessanter Stoff.«

»Ist das alles?«

»Ich finde es spannend, vielschichtige Figurenkonstellation, Lokalkolorit und ein Fluchtpunkt zum Jubiläum von Simenon. Sie können schreiben, sind stilsicher, kennen sich mit der Theorie des Kriminalromans aus, sind belesen. Das sage ich als Lektorin und das ist meine professionelle Meinung. Daraus kann wirklich etwas werden, wenn ...«

»Wenn was?«

»Wenn Doktor Hartenstein mitmacht. Wollen Sie es nicht bei einem der großen Verlage versuchen?«

»Hartenstein macht mit. Danke für Ihre Worte. Als Zeichen meines guten Willens werden Sie Mauz zurückbekommen.«

Annette Stentens Herz hüpfte vor Freude. »Wann?«

»Noch an diesem Wochenende. Bleiben Sie bei Ihrer Meinung zu diesem Krimi, sonst kann ich für nichts garantieren.«

»Nein, nein. Ich bleibe dabei. Das könnte ein Bestseller werden.«

Der Unbekannte hatte bereits aufgelegt. Annette Stenten sank erschöpft auf ihr grünes Sofa. Alles ging ihr durch den Kopf. Kein Autor; sie hatte vergessen nach dem Autor zu fragen, nach dem Namen, unter dem dieser Krimi veröffentlicht werden sollte. Sie checkte auf der Seite *buchhandel.de* den Titel des Krimis. Nein, es gab noch kein Buch mit diesem Titel. Der Name »Gras« kam zu selten vor. Merkwürdig, auf den ersten Seiten tauchte nirgendwo der Vorname des Kommissars auf. Annette Stenten las keine Zeitungen, hört nur das Kulturradio und benutzte das Internet ausschließlich für ihre Arbeit. Sie war aus der Zeit gefallen, hatte die Langsamkeit entdeckt, das reduzierte Leben, ihre Arbeit, die Lektüre, die Katzen, Sandra. Wenn sie vor die Tür trat, dann im Sommer mit Sonnenbrille, im Winter mit Mütze. Einkaufen war ihr ein Gräuel. Wenn der Weihnachtsmarkt seine geruchsintensiven Grüße zu ihr schickte, öffnete sie tagsüber kein Fenster, nur nachts, dann ließ sie die klare Luft herein, gepaart mit dem Gesang grölender Nachtschwärmer. Sie besaß kein Auto, keinen Motorroller, sondern nur ein altes Hollandrad mit Kettenkasten. Es stand im Keller, war recht schwer, und sie holte es selten hoch. Ihre Eltern waren lange tot. Die Mutter stammte aus einer angesehenen Kaufmannsfamilie, die einst mit einem kleinen Tante-Emma-Laden begonnen hatte, dann reüssierte, um schließlich vor der Konkurrenz der Discounter einzuknicken. Ihr Vater unterrichtete Deutsch und Französisch am Kaiser-Karls-Gymnasium, er las ihr als Kind vor, brachte ihr die Liebe zur Literatur nahe, die Lust auf andere Sprachen, Kulturen, Mentalitäten, Lebensweisen. Oft fuhr die Familie nach Frankreich. In den Ferien folgten Sprachaufenthalte in

Paris, Nizza, Bordeaux und Straßburg. Annette studierte Romanistik, legte den Schwerpunkt auf Italienisch, Spanisch und Portugiesisch, denn Französisch beherrschte sie perfekt. So lebte sie ihr Leben in der Hartmannstraße, in einer Wohnung, die ihr die Eltern noch zu Studienzeiten gekauft hatten. Der Geschäftssinn der Mutter war ausschlaggebend gewesen. Miete sei Geldverschwendung, sagte sie damals. Das Erbe reichte aus, die geräumige Wohnung wurde gekauft, die Eltern hofften auf Promotion und Habilitation, sahen ihre Tochter bereits als Professorin an der RWTH Aachen, doch daraus wurde nichts. Annette Stenten absolvierte ihr Studium mit Auszeichnung. Dann hatte sie genug. Sie nabelte sich ab, beobachtete, wie andere Studenten die Tasche der Dozenten trugen, ihnen zuarbeiten mussten, abhängig waren von ihren Doktorvätern und -müttern wie Leibeigene. Sie erlebte, wie Doktorarbeiten verrissen wurden, Habilitationen den Bach hintergingen, Lebenszeit vergeudet wurde. Sie fasste Fuß als selbstständige Lektorin, erhielt Aufträge auch von großen Verlagen, übersetzte kongenial Klassiker der romanischen Sprachen und traf Doktor Friedrich G. Hartenstein beim Poetenfest 1996, als Peter Rühmkorf ausgezeichnet wurde. Die anfängliche Neugier am Mann verflüchtigte sich, als sie seinen Lebensstil erlebte, allein es blieb eine geschäftliche Verbindung, die ihr manchmal Freude, manchmal Verdruss bereitete. Das regelmäßige Einkommen war nicht zu verachten, da Hartenstein ständig Expertisen benötigte für seine Druckkostenzuschussabteilung. Annette Stenten lieferte die Texte und lektorierte nebenbei die erfolgreiche Krimiserie von Willibald Sistermann.

Sie hatte keinen Fehler auf den zehn Seiten des Manuskripts gefunden. Und sie sah keinen Zusammenhang mit dem Tod von Louise Buchsbaum, konnte sie auch nicht, weil sie nichts davon mitbekommen hatte.

21
SCHIFFBRUCH AM WILDENHOF

Die Stimmung war ausgelassen. Mit einem Kleinbus der RWTH-Fahrbereitschaft fuhr die Mannschaft des RWTH-Achter-Ruderteams zur hochschuleigenen Wassersportstätte *Wildenhof* an den Rursee bei Woffelsbach. Seit dem 1. April war der *Wildenhof* nach der Winterpause wieder für Studenten und Angehörige der Technischen Hochschule Aachen geöffnet. Heute standen der Bootscheck und eine Runde über den Rursee auf dem Programm. Als der Mercedes-Sprinter am Seeufer entlang über die Schilsbachstraße langsam in Richtung *Wildenhof* fuhr, radelten bereits die ersten Senioren mit ihren E-Bikes über die Strecke in Richtung Eschauel, um von dort aus nach einer Stärkung im *Beach Club Eifel* den Weg nach Schwammenauel anzutreten. Der Rursee musste im Frühjahr Wasser lassen, weil der Wasserverband Eifel-Rur Reparaturen am Hauptdamm in Schwammenauel durchführte. Der Pegelstand war ungewöhnlich tief.

Die Freude auf den Saisonbeginn wich einem jähen Entsetzen, als die leichtgewichtige Steuerfrau Barbara Bogenhausen die zerfetzten Riemen, den aufgeritzten Rumpf und die zerbrochenen Ruder im Bootshaus am See entdeckte. Sabotage? Vandalismus? Zerstörungswut?

Um 9 Uhr biss Hugo Heuwer herzhaft in ein knuspriges Brötchen mit dicker Scheibe Fleischwurst, griff zur besten Bohne und legte die Füße hoch. Bereitschaftsdienst in Simmerath bis zum Nachmittag. Das Telefon klingelte, er verschluckte sich, fast wäre die Tasse »Simmerath – Eifelliebe« umgekippt, er fing sie auf.

Gegen 10 Uhr traf er leicht genervt am *Wildenhof* ein. Den Samstagvormittag hatte er sich anders vorgestellt. Ostern stand vor der Tür. Er brauchte noch Geschenke für die Kinder seiner Schwester. Hugo Heuwer kam alleine mit dem Dienstwagen und atmete tief durch, als er die gestressten Ruderer vor dem Bootshaus sah.

»Was haben wir denn da?«, fragte er fast im Tonfall von Kurt Krömer.

»Sabotage, Vandalismus, Einbruch, Zerstörung fremden Eigentums!« Barbara Bogenhausen, Informatikstudentin, sprach für alle, ansonsten hätten acht kräftige Männerstimmen Hugo Heuwers Ohr erreicht. Die durchtrainierte junge Frau, deren muskulöse Zierlichkeit erst auf den zweiten Blick auffiel, konnte ihre Wut kaum unterdrücken.

»So, so.« Heuwer schritt ins Bootshaus, gefolgt von Bogenhausen. »Das ist also der Achter?«

»Was davon übrig ist.«

»Sie sind?«

»Barbara Bogenhausen, Cox oder auf Deutsch Steuerfrau des Achter. Ich sitze hinten. Die Jungs hören auf mich.«

»Das ist ja wahre Emanzipation. Aber mit dem Kahn hat es sich ausgesteuert. Da können Sie ein Lagerfeuer mit machen.« Heuwer zuckte kurz, als er bemerkte, das

Bogenhausen das gar nicht lustig fand und eine Träne verdrückte.

»Kommen Sie immer alleine? Ohne Spurensicherung und so?« Sie kanalisierte Trauer und Wut in Fragen an Heuwer.

»Frau Bogenhausen, wir sind in der Eifel, aber nicht im Tal der Ahnungslosen. Wir machen unseren Job.« Heuwer zückte sein Handy, um Aufnahmen von dem Schrott zu machen, rutschte aus, konnte sich gerade noch halten, bevor er in das anplanschende Wasser am Steg des Bootshauses geplumpst wäre. Barbara Bogenhausen schüttelte den Kopf. Ihr Vertrauen in den Freund und Helfer schwand mit jeder Sekunde.

»Da sehen Sie, was Ihre Fragerei anrichtet. Verdammt noch mal. Wer überwacht den Laden hier? Wann hat jemand zuletzt das Boot gecheckt? Gibt es hier Kameras? Hat jemand was bemerkt? Wer ist Ihr Konkurrenz-Achter? Mit wem hat Ihr Achter Stress? Denken Sie mal mit Ihren Ruderkumpanen darüber nach. Das nennt man Spuren- und Motivsuche. Und jetzt lassen Sie mich meinen Job machen.«

Die junge Frau zuckte zusammen. Der Dorfsheriff hatte richtige Fragen gestellt. In der Tat war der Achter der RWTH Aachen seit Jahren erfolgreich. Selbst die herausragenden Teams von Universitäten aus Großbritannien und Südeuropa mussten sich geschlagen geben. Aber niemand von diesen Mannschaften würde ihren Achter anrühren, geschweige denn den Weg zum *Wildenhof* antreten. Barbara Bogenhausen ging zu ihren Kameraden, die bei der Beantwortung helfen sollten.

Während Heuwer sich im Bootshaus über den Rest des Bootes beugte, schwirrten die studentischen Sherlock-Holmes-Schüler aus, befragten den Pächter, suchten nach Kameras, schauten in die Übernachtungsliste und dachten über Feinde im Rudersport nach.

Als Heuwer nach 30 Minuten aus dem Bootshaus auftauchte, stand die Bootsmannschaft wie zum Rapport vor ihm. Kräftige junge Männer, durchtrainiert, leistungsbereit, denen diese Zerstörungswut sichtlich an die Nieren ging.

»Keine Kameras, keine Merkwürdigkeiten, keine Feinde. Die Gäste, die momentan hier übernachten, haben geschlafen. Das Schloss war ja unversehrt. Herr Pesch, der Verwalter, ist in Simmerath und kauft gerade ein. Seine Frau hat nichts bemerkt. Sie haben beide fest geschlafen.« Barbara Bogenhausen berichtete für alle.

»Kampfschwimmer«, sagte Heuwer. »Dann kann es nur ein Kampfschwimmer gewesen sein, der unter Wasser hier angetaucht ist.«

Bogenhausen schaute ihn fassungslos an und wiederholte fragend: »Kampfschwimmer?«

»Der Pegelstand ist extrem niedrig. Da könnte jemand vom Wasser kommend in das Bootshaus gelangt sein. Alles möglich. Oder sehen das die Kapitänsanwärter anders?«

»Theoretisch möglich«, sagte Barbara Bogenhausen und blickte zu ihren Ruderern. Die nickten beifällig.

»Bleibt noch die Suche nach dem Motiv«, dozierte Kommissar Heuwer, der von seiner Theorie felsenfest überzeugt war. Die Kollegen im Polizeipräsidium neben der *Niagara*-Autowaschanlage werden sich wundern, dachte er.

»Warum der Achter?« Bogenhausen blickte zu ihrem Team. Ärger, Enttäuschung, Wut und Frustration sah sie in ihren Gesichtern. Es waren nicht die schlechtesten Studenten, die diesen Sport betrieben. Naturwissenschaftler aller Couleur, angehende Ingenieure, Informatiker, Maschinenbauer und ein Mediziner, geprägt von Kameradschaft, Leistungsbereitschaft, Teamgeist und Ehrgeiz. Dazu kam die Freude an dieser schönen Trainingsstätte mitten in der Nordeifel.

»Wenn ich das richtig sehe, wurde der Dreck erst letzte Nacht angerichtet.« Heuwer orakelte. »Alle Bruchstellen und Schnitte sehen frisch aus. Das hat jemand gerade erst gemacht.«

»Aber warum?« Bogenhausen konnte den Ärger nicht unterdrücken.

»Darum.« Axel Vaßen, einer der besten Ruderer, zeigte einen Instagrampost, mit dem Hashtag #rwth_achter. Das Bild des zerstörten Bootes war mit folgendem Text garniert: »Ich klage an! Die RWTH für die Abschaffung der Romanistik! Boote ersetzen Brücken. Sprachen sind Brücken!«

»Kann mir das jemand erklären?« Heuwer blickte die Studenten an.

»Meine Freundin studiert an der Philosophischen Fakultät. Sie erzählte mir, dass vor einigen Jahren das Studium der Romanistik in Aachen abgeschafft wurde«, sagte Felix Harlander, Doktorand der Elektrotechnik.

Heuwer gab Romanistik und RWTH Aachen in sein

Handy ein. Der Empfang war schwach. Felix Harlander war im Netz vom *Wildenhof*. Nach wenigen Sekunden zeigte er den Aufruf für den Erhalt der Romanistik aus dem Jahre 2014.

»Ein dicker Hund.« Heuwer wunderte sich, ihm wurde mulmig. Das war kein Vandalismus von gelangweilten Jugendlichen aus der Rureifel. Hier hatte jemand, wie sagte man neuerdings, ein Zeichen gesetzt.

»Rühren Sie nichts an. Sagen Sie dem Pächter, dass niemand hier reinkommen darf. Ich gebe den Fall weiter nach Aachen ans Präsidium. Und machen Sie mir bitte einen Greenshot von diesem Aufruf.«

»Screenshot, Herr Kommissar. Schon gemacht. Übrigens ist das eine falsche Identität bei dem Absender. Da wünsche ich viel Erfolg.« Harlander zeigte den Absender: Émile Zola.

»Wer zum Teufel ist dieser Kola?« Langsam wurde es Heuwer zu bunt.

»Émile Zola, ein französischer Schriftsteller des 19. Jahrhunderts. Schlagen Sie ihn nach. Sehr berühmt.« Pierre Reumont, dessen Mutter aus Frankreich stammte, verkniff sich weitere Ausführungen, um Heuwer nicht vorzuführen.

»Na dann. Ein Simenon liegt bei mir auf dem Nachttisch. Zola kann ja noch kommen.« Heuwer blickte in die Runde. »Ich melde das zum Präsidium. Da steckt eine Drohung gegen die RWTH Aachen drin. Den Achter hat es getroffen. Bleibt immer noch die Frage, warum Sie, warum hier draußen am Amazonas der Eifel, warum nicht in Aachen?«

Nun lächelten einige der kräftigen Ruderer über den Amazonas der Eifel und über Heuwer. Die ersten dachten über die abgeschlossene Versicherung für das Boot nach, andere über die fehlende Trainingseinheit vor dem Saisonauftakt im kroatischen Split. Fest stand für alle, sie persönlich waren nicht gemeint. Es steckte etwas anderes hinter dem Schiffbruch ohne Zuschauer.

Heuwer kurvte zurück nach Woffelsbach, wobei ihm in mancher Kurve fast ein Senior auf die Motorhaube geflogen wäre. Mann, die rasen mit ihren Elektrokarren wie bei der *Tour de France*, pflegte Heuwer zu sich selbst zu sagen. Immer wieder legte einer den falschen Gang ein, vergaß zu bremsen und landete im Rursee. Dann durften die Rettungsschwimmer von der DLRG-Station in Woffelsbach wieder los mit ihrem Speedboot. Zola, Simenon, der Achter, Barbara Bogenhausen und der Bootssteg schossen Heuwer durch den Kopf. Als ob er nicht genug Arbeit hätte. Und das alles vor Ostern. Über die Serpentinen von Woffelsbach fuhr er hoch nach Simmerath zur Polizeistation, schaltete den schlafenden Computer ein, fuhr alle Dateien hoch und begann mit der Aufnahme dieses Einbruchs mit Vandalismus, der sich als eine Art Abrechnung oder Erpressung oder Drohung entpuppte. Sollen sich die Kollegen in Aachen damit rumschlagen. Einbruch, wer macht noch mal Einbruch? Er schaute im Organigramm nach: Arno Wassong, der singende Kommissar, der einst in Simmerath aufgetreten war. Donnernder Applaus und eine Zugabe nach der anderen. Heuwer haute in die Tasten und beschrieb die Vorkommnisse detailliert. Die Adressen des Achter-Teams hatte ihm

Barbara Bogenhausen bereits gemailt, den Verwalter vom *Wildenhof*, Herrn Pesch, kannte Heuwer persönlich. Ralf Pesch war zuverlässig wie ein Schweizer Uhrwerk. Ob jemand von der *Weißen Flotte* etwas bemerkt hatte? Hugo Heuwer suchte die Nummer der Rursee-Schifffahrt heraus. Die *Stella Maris* und die *Aachen* verkehrten doch seit Anfang April wieder auf dem Rursee. Dann entdeckte er, dass die Fahrten erst an diesem Samstag begannen. Aber vielleicht gab es bereits Probefahrten. Heuwer rief unter der zentralen Nummer an und wurde mit dem Kapitän der *Stella Maris* verbunden.

»Ja, Käpt'n Nepomuck hier.«

»Heuwer, Tag, Heinrich.«

»Hugo, du Leichtmatrose, wann kommst du an Bord? Bring die Neffen mit.«

»Ein anderes Mal, Heinrich. Sag mal, habt ihr vor Saisonbeginn Probefahrten gemacht und ist euch am *Wildenhof* was aufgefallen?«

»Probefahrten ja, am *Wildenhof* nichts. Nein. Alles ruhig. Die Studenten schlafen ja eh lange. Die kommen im Sommer immer erst nachmittags an Bord.«

»Ich meine am Bootshaus vom Ruderverein der Hochschule. Irgendwas. Lag da ein Boot, ging jemand rein oder raus?«

»Was ist denn los? Sind Ruderboote gestohlen worden?« Der alte Seebär vom Rursee schüttelte den Kopf. Die Sorgen wollte er mal haben. Und wer kümmert sich um die Treibstoffpreise für die Schiffe? Nur auf dem Obersee fahren Elektroausflugsboote. Auf dem Rursee müssen sie noch mit Schiffsdiesel fahren.

»Ja, es geht um die Ruderboote. Aber wenn du nichts gesehen hast … Und dein Kollege von der *Aachen*?«

»Erich hat auch nichts gesehen. Hätte er mir sonst gesagt. Aber wir haben nur zwei Probefahrten gemacht. Der Wasserverband lässt ja wieder den Pegel sinken. Da können wir nicht einfach so rumschippern, wie du dir das vorstellst. Sonst noch was?«

»Keine Besonderheiten, nichts, was anders war als sonst?«

»Die Fische beißen nicht. Hat ihnen der Putin verboten, sagt der Erich.«

»Ja, du mich auch, Heinrich. Schönen Tag noch.«

Heuwer wunderte sich über nichts mehr. Er ergänzte seinen Bericht und schickte ihn per Mail an Wassong und auch eine Kopie an den Staatsschutz. Wer war da Ansprechpartner? Gabi Ventzke, Hauptkommissarin. Na dann. Knopf drücken und absenden. Schönes Wochenende noch.

22

EIN ABEND MIT HOUELLEBECQ

Samstagmorgen am Templergraben. Fett stand in Shorts in der Küche und trank ein Mineralwasser, danach Kaffee. Der Himmel war blau, das Grau der letzten Tagen hatte sich verzogen. Spatzen schossen über den Hinterhof, ein Hund bellte. Die Stadt schlief noch.

Chantal wachte früh in Lüttich auf. Ihr Blick fiel auf den Fluss, die alte Postzentrale, die Gebäude der Uni rund um den Place Cockerill. Sie wohnte in Outremeuse, sechste Etage, Eigentumswohnung. Rechter Hand lag auf dem anderen Ufer die Zentrale der Police Fédérale. Sie legte sich auf die Yogamatte und begann mit Yoga. 15 Minuten vor dem ersten Kaffee. Dann rasch frische Croissants und die Tageszeitung. Auf der Maas fuhren Binnenschiffe in Richtung Maastricht, beladen mit Kohlen oder Kies. Am Montag würde sie Fett in Aachen anrufen, dachte Chantal. Nicht am Wochenende. Sie alle brauchten das Wochenende, um die Toten zu vergessen, um ein normales Leben zu führen. Was war ein normales Leben? Chantal war wieder so alleine, wie Fett alleine war. Das Wochenende war für andere Menschen reserviert, nicht für die Kollegen, die nur über Fälle von damals und heute sprechen würden. Ein Vortrag in der *Librairie Pax* über Houellebecqs neuen Roman interessierte sie. *Vernichten oder erschüttern? – Houellebecqs Blick auf die Gesellschaft*, so lautete der Titel. Sie griff zum Telefon.

Conti war frisch geduscht, trug die Sneakers in italienischen Nationalfarben und blickte zum selben Himmel, den Fett eben betrachtet hatte. Aus der Promenadenstraße drang das Gelalle von Betrunkenen bis zu ihrer Wohnung. Eine Flasche zersprang auf dem Trottoir, sie hörte das Zuschlagen der Türen vom VW-Bulli der Kollegen an der Synagoge. Sie würden sich um den Betrunkenen kümmern. Was stand heute auf dem Programm? Sie hatte kein Programm. Einfach nur ein Samstag vor der Karwoche. Nächste Woche erste Einsatzbesprechung für den *Karlspreis*. Heute? Vielleicht ein Ausflug in die Eifel? Raus aus der Stadt.

Lapointe und Vroemans hatten schlecht geschlafen. Nicht miteinander, sondern jeder in seinem eigenen Bett. Beide waren verheiratet und lebten in Mietwohnungen in der Nähe der Kathedrale Saint Paul. Sie hatten sich für 11 Uhr zum Kaffee verabredet. Der Abend bei Chantal Kalumba und die Drohung steckte ihnen in den Knochen. Jeden Samstag trafen sie sich im Café mit Blick auf die Kathedrale. An diesem Samstag gab es viel zu besprechen.

»Chantal?« Fett stand auf seinem kleinen Balkon mit einer Tasse Kaffee.

»Bonjour, mein Lieber. Wie wäre es heute mit etwas Kultur?« Chantal Kalumbas glänzende Augen verfolgten den Verkehr auf der Maas.

»Kommt auf die Kultur an. Esskultur, Trinkkultur, Tanzkultur, Gesprächskultur, Kulturbeutel, Streitkultur.« Fett nahm einen Schluck und schmunzelte über den Anruf.

»Monsieur Duden. Voilà. Ein Vortrag über Houellebecq in französischer Sprache in der *Librairie Pax*. 18 Uhr. Danach *La charbonnade* in der Rue Roture oder *Taverne Tchantchès et Nanesse* nebenan?«

»Ich zahle, du bestimmst das Lokal. Ich bin schuldig.«

»Was?«

»Ich war unaufmerksam und unhöflich am Telefon. Keine Widerrede! Ich zahle, du suchst aus. 16 Uhr im *Café Randhaxe*?«

»Der Kommissar befiehlt. Jawohl, Herr Kommissar.« Sie lachte und schüttelte den Kopf. »Wir sprechen nicht über unsere Fälle, das ist die erste Regel. Zweite Regel, Fett bleibt nüchtern und fährt zurück nach Aachen. Keine falschen Hoffnungen. Dritte Regel: Humor mitbringen.«

»Die Regeln der schwarzen Königin. Na bitte. Was soll ein alter weißer Mann dagegen sagen. Der weiße Kommissar freut sich sehr. Er wird zurückkehren zu Kaiser Karl in den reflexiven Talkessel von Aachen. Bis später. Merci!«

Beide legten auf. Beide lächelten an diesem Samstagvormittag nach einer Woche voller merkwürdiger Ereignisse und Begegnungen.

Conti rief Fett nicht an. Sie wollte ihm nicht auf die Nerven gehen. Sie wählte die Nummer von Elke Unsleber, der Kriminaltechnikerin. Elkes Trennung von ihrem Mann Helmut, einem Versicherungsvertreter, lag gerade vier Wochen zurück. Sie hatte es Conti erzählt, als sie in einer melancholischen Stimmung einen Tatort untersuchen musste. Elke Unsleber freute sich riesig. Auch sie hing am Samstag alleine in ihrer Wohnung in der Mörgensstraße in Aachen herum.

Alle atmeten durch. Albert van Epen prüfte den Zeitplan für die Eröffnung seines Museums. Ruprecht Augustin durfte wieder in den Stall. Der Rücktransport der Pferde stand kurz bevor. Jakob Olligschläger stand gemeinsam mit seiner Ehefrau im Biohofladen und verkaufte regionale und französische Spezialitäten. Der Samstag war stets der beste Verkaufstag. Die Städter kamen in die Zülpicher Börde, die Kasse und die Türglocke klingelten.

Loretta Labiche schrieb an einem Aufsatz über den Einfluss von Georges Simenon auf André Gide und umgekehrt. Sie spielte wieder mit dem Gedanken, unter Pseudonym einen Kriminalroman zu schreiben, in dem sie das Erlebte rund um die Erpressung verarbeiten würde. Aber André Gide und Georges Simenon erforderten ihre volle Konzentration. Wie lange würde sie über Georges Simenon publizieren dürfen? Seine Frauengeschichten prädestinierten ihn geradezu, auf den Index der verbotenen Autoren zu kommen. Das dachte sie bei einer Tasse Kaffee mit Blick auf die Maas. Sie wohnte oberhalb, Richtung Zitadelle. So behielt sie den Überblick und Lüttich im Auge.

Hugo Heuwers Bereitschaftsdienst endete am Samstagnachmittag.

Der Samstag brachte für alle die Ruhe vor dem Sturm.

23
PLING

Fett erschien aufgekratzt im Büro. Der Samstag war voller Anregungen und Freude gewesen. Er konnte dem Vortrag über Houellebecq sehr gut folgen. Anschließend entführte ihn Chantal in die Taverne von Tchantchès. Sie hatten gelacht, gegessen, getrunken und kein Wort über ihre Fälle verloren. Nachts spazierten sie entlang der Maas, blickten von der Fußgängerbrücke Passerelle Saucy auf das nächtliche Lüttich und dachten beide an Paris, wo sie vor einigen Jahren ein Wochenende verbracht hatten. Der Abschied am Samstagabend fiel Fett schwer. Chantal bot ihm keinen Kaffee in ihrem Apartment an. Er war unsicher, ob er das Angebot angenommen hätte. Die Versuchung war groß. Chantal sah bezaubernd aus, die Nacht war mild, der Fluss glänzte, der Mond schien über der Zitadelle von Lüttich. Mit schwerem Herzen fuhr er mit seinem Peugeot 404 zurück zum Templergraben. Chantal rief ihn an, fragte, ob er mit seinem Nostalgieauto gut heimgekommen sei. Es berührte ihn. Am Sonntag schlief er lange, bedankte sich telefonisch bei Chantal für den wunderschönen Abend, ihre Spontaneität, das viele Lachen. Er würde sie gerne öfter sehen, sagte er. Sie sagte nicht Nein.

»Gut erholt?« Conti klopfte nur kurz an und stand schon in der Tür, als Fett vor der Wand mit allen Infos zum Fall Buchsbaum stand und im Kopf noch durch Lüttich spazierte.

»Sehr schönes Wochenende«, lächelte er. »Und Sie?«

»Mädelsabend mit Elke Unsleber am Samstag. Gestern ein langer Spaziergang mit ihr im Hohen Venn. Sie hätten mir ruhig mal sagen können, wie besonders die Landschaft dort ist.« Sie wirkte erholt, gut gelaunt, entspannt.

»Habe ich mir für den Sommer aufgespart. Aber nun sind Sie ja schon mit Sommersprossen-Elke dort gewesen.«

»Ja, die leuchten so schön. Im Venn war es toll. Zwar waren wir nicht alleine, aber die Landschaft ist umwerfend. Überall gluckst es, weiter Blick in die Eifel, die Wolken zogen rasend über uns hinweg, und der Schinkenteller in *Baraque Michel* war sensationell.«

»Dann können wir gestärkt den Fall Buchsbaum aufrollen. Im Grunde haben wir nichts.« Er zeigte auf das Bild des Opfers, auf Albert van Epen, Ruprecht Augustin, Jakob Olligschläger. »Wenn uns die Haperscheidt nicht einen Hinweis gibt, dann sehe ich schwarz.« Das Hohe Venn hätte ich ihr gerne gezeigt, dachte er und genoss ihr dezentes Eau de Toilette.

»Die Auswertung aller Kameras hat nichts gebracht.« Conti blätterte durch die Unterlagen. »Kein unbekanntes Fahrzeug fuhr morgens in die Soers.«

»Dann wurde sie von einem transportiert, der einen Auftrag dort hatte. Der liebe Gott hat sie dort nicht abgelegt.«

»Und das Motiv?«

»Keine Ahnung. Am ehesten hängt es noch mit den Pferden zusammen: Ruprecht Augustin, die Likes für den Tierschutzverein.«

»Wir haben keine Beweise.«

»Wir befragen Helga Haperscheidt. Sie ist zurück aus dem Urlaub. Wir finden etwas. Das wird kein *Cold Case*.«

Fett und Conti fuhren mit dem zivilen Passat nach Laurensberg zum Anwesen von Helga Haperscheidt und Doktor Jürgen Haperscheidt. Die Tierarztpraxis war so groß, dass sogar Pferde behandelt werden konnten.

»Hätte uns früher auffallen müssen«, ärgerte sich Fett. »Der ist im Veterinärausschuss des Reitturniers. Noch eine Spur in Richtung Pferde.«

Conti klingelte unter der Privatadresse. Die Praxis war bis einschließlich Montag noch geschlossen. Das Haus glich eher einer Finca auf Mallorca: Säulen, terrakottafarbene Dachziegel, Balkone, edle Fenster, vermutlich von Brammertz aus Kornelimünster, die vor Jahren die Villa Massimo in Rom wundervoll verschönert hatten. Das riesige Garagentor stand offen. Ein Mini Cooper mit dem Kennzeichen AC HH 100 parkte dort. Der andere Platz war frei. Das gesamte Gelände war mit einem weißen Zaun umgeben. Überall Aufkleber, die auf Alarmanlage und Videoüberwachung hinwiesen.

»Ja?« Aus der Gegensprechanlage mit Kamera erklang eine helle Frauenstimme.

»Conti und Fett, Kriminalpolizei Aachen. Wir haben nur ein paar Fragen an Frau Haperscheidt.«

Der Türöffner summte, und der Geruch von Tieren, Tierfutter, Tiermedizin und Reinigungsmitteln schlug ihnen entgegen. Es war zugleich der Eingang zur Tierarztpraxis. Das geruchliche Ergebnis stand in einem starken Kontrast zur Außenwirkung des Hauses. Fett rümpfte ein wenig die Nase.

»Hier entlang«, rief die helle Frauenstimme. Eine Tür öffnete sich wie von alleine, dahinter stand braun gebrannt Helga Haperscheidt in blauen Jeans, weißer Bluse und roten Turnschuhen, eine Sonnenbrille in den sehr blonden Haaren, *Rolex* am Handgelenk, viel Gold an den Fingern.

»Danke, dass Sie sich Zeit nehmen. Conti, das ist Kommissar Fett.« Wie selbstverständlich übernahm Conti die Gesprächsführung.

»Bitte nehmen Sie Platz.« Helga Haperscheidt wirkte jünger als Louise Buchsbaum. Der Datenabgleich hatte zwar dasselbe Geburtsjahr angezeigt, doch ihre Gene schienen besser zu sein oder der persönliche Fitnesstrainer. Fett beobachtete sie und prüfte den Raum, Conti war für die Kommunikation zuständig. Helga Haperscheidt wirkte mondän, nicht ganz zu einer Tierarztpraxis passend, aber ihre entwaffnende Freundlichkeit war zugleich natürlich und offen. Sie legte zwei Handys auf den Tisch. Kaum saßen alle, machte es »pling, pling«. Helga nahm das rechte Handy zur Hand, tippte etwas, legte es hin.

»Sie haben von dem Mord an Louise Buchsbaum gehört?« Conti eröffnete das Gespräch.

»Fürchterlich. Eine Freundin schrieb es mir über *WhatsApp*. Ich war schockiert. Stört es Sie, wenn ich rauche? Jürgen mag es nicht, aber bei dem Thema beruhigt mich eine Zigarette.«

»Pling« Wieder eine Nachricht. Helga griff zum anderen Handy. Tippte wieder, lächelte. »Sorry. Aber seit der Rückkehr melden sich alle Freunde. Wir waren auf Mallorca. Sie alle wollen wissen, wie es beim Golfturnier in Andratx war.«

»Hat Ihr Team gewonnen?«

»Wir waren gut. Ich habe eine leichte Zerrung, darum war mein Abschlag fürchterlich. Aber ich war nicht die Streicherin. Das war Angela.«

Weder Fett noch Conti wussten, wer Angela war. Aber Golf schien eine wichtige Rolle im Leben von Helga Haperscheidt zu spielen. Sie griff zur Zigarettenpackung und schaute Conti und Fett fragend an.

»Bitte sehr, Sie sind hier zu Hause. Feuer frei. – Ihr Mann kannte Louise Buchsbaum?« Conti bemerkte die Mentholzigarette, die man in Deutschland und der EU eigentlich nicht mehr kaufen konnte. Ob sie die stillen Reserven von Helmut Schmidt erworben hatte?

»Jürgen, nein, der kannte sie nur oberflächlich durch mich. Wir waren zuletzt zusammen bei der Verleihung des *Ordens wider den tierischen Ernst* an Iris Berben. Aber Jürgen hat sie sonst selten getroffen.«

»Wie lange kannten Sie Louise Buchsbaum?«

»Pling, pling, pling« Helga griff das erste Handy, lächelte wieder. »Die Mädels aus Mallorca fragen, ob wir gut angekommen sind. Sie erlauben doch.«

Fett schüttelte den Kopf, Conti tippte mit den Fingern der rechten Hand ungeduldig auf den Tisch.

»Seit dem Studium. Louise und ich haben uns im Romanistikstudium kennengelernt. Wir haben viel zusammen gelernt, oft dieselben Seminare und Vorlesungen besucht. Sie war eine sehr gute Studentin. Ich hatte damals schon einen Hang zu Party, Urlaub, Reisen. Ehrlich gesagt, ich habe auf den richtigen Mann gewartet.« Es folgte ein künstliches Lachen, das die beiden Kommissare nicht zum Mitlachen reizte. Sie bissen die Zähne aufeinander und atmeten tief durch.

»Wann hatten Sie den letzten Kontakt zu ihr?« Auf die Beichte ging Conti nicht ein.

»Kurz vor dem Urlaub. Wir haben telefoniert. Sie hatte Zeit, sprach von Albert van Epen und seinem Museum. An mehr kann ich mich nicht mehr erinnern.« Der Duft der Mentholzigarette erfüllte das riesige Wohnzimmer mit einem Esstisch für zwölf Personen, einer Sitzecke, bestehend aus weißen Ledersesseln, und dem Besprechungstisch mit Freischwingern, an dem Conti, Fett und Helga Haperscheidt saßen.

»Ist Ihnen etwas aufgefallen, hatte sie Angst, wirkte sie bedrückt?«

»Nein, sie war eher vergnügt. Warten Sie, sie wollte mir noch ein Geheimnis erzählen, doch dann unterbrach mich Jürgen, genau, er unterbrach mich, und dann sagte sie, sie werde es mir nach meiner Rückkehr erzählen.« Sie hielt die Zigarette wie eine Filmdiva, blies den Rauch in Richtung Gartenfenster. Im Garten könnte noch ein Dutzend Einfamilienhäuser Platz finden. In der Mitte stand ein Springbrunnen, am Ende eine Hollywoodschaukel, rechter Hand ein überdachter Pool, dazu noch ein Plastikpferd in den Farben des Regenbogens, eine Erinnerung an die *Weltreiterspiele* 2006 in Aachen.

»Keine Idee, womit es zusammenhängen könnte?«

Helga Haperscheidt schüttelte den Kopf, spielte mit den beiden Handys.

»Ach, darf ich Ihnen etwas anbieten? Wasser, Kaffee?« Sie drückte die Zigarette aus, nahm den Aschenbecher und stellte ihn auf den Esstisch.

Conti und Fett lehnten ab. Der Frust über die fehlende Spur tilgte den Durst.

»Hatte sie einen Freund, einen Liebhaber, amouröse Abenteuer?«

»Heute, nein, nur dieser Albert van Epen, der scharwenzelte mit ihr rum. Aber das war nur ein Zeitvertreib, sagte sie mir. Haben Sie ihn getroffen? Dann verstehen Sie, was ich meine. Der hat einen Tick mit seinem Afrikamuseum. Ich kann ihn nicht ausstehen, aber bitte. Louise brauchte auch ein wenig Abwechslung, und Albert war spendabel. So sagte sie wenigstens.«

»Gab es Besonderheiten in ihrer Vergangenheit, eine Bedrohung, etwas, was sie nie losgelassen hat?«

»Nein. Ich kann mich an nichts erinnern. Es ist so lange her. Wir waren jung, haben studiert. Entschuldigen Sie, aber ich muss jetzt etwas Wasser trinken. Mein Arzt rät mir dazu, mindestens zwei Liter pro Tag zu trinken. Sagt ja auch Iris Berben.« Sie stand auf und kehrte mit einem Glas und einer Karaffe Wasser zurück. »Pling, pling, pling, pling« Sie nahm aus einer Schublade ein Ladekabel, steckte es in ein Handy und suchte eine Steckdose.

»Wer gehörte alles zu ihrem Freundeskreis?« Conti hakte nach, bohrte sich in die Vergangenheit. Fett saß wie unbeteiligt am Tisch, blickte auf die Bildbände über Reitsport, die Urkunden von Universitäten und Danksagungen von berühmten Reiterinnen und Reitern. Doktor Jürgen Haperscheidt hatte vielen Pferden und damit den Besitzern geholfen.

»Louise, Annette und ich. Wir drei waren fast bis zum Ende des Studiums immer zusammen.«

»Wer ist Annette?«

»Annette Stenten. Sie war eine ausgezeichnete Studentin. Sie kam auch aus Aachen und hat kurz vor dem Abschluss noch ein Auslandssemester gemacht. Darum haben wir uns aus den Augen verloren. Ich glaube, sie wurde Lektorin. Normalerweise hätte sie promovieren müssen. Aber es blieb beim Magister. Wie bei Louise und mir. Also ich war die schlechteste Studentin von uns dreien. Hat so gerade noch geklappt. Ich habe damals kurz vor dem Ende des Studiums Jürgen kennengelernt.« Sie dachte an die Phase des Verliebtseins, an die Ausflüge mit Jürgen anstelle der Prüfungsvorbereitung. »Pling, pling« Sie schob das andere Handy beiseite.

»Hatten Sie keine Freunde während des Studiums? Drei Romanistinnen, jung, lebenslustig. Da müssen Sie doch zusammen unterwegs gewesen sein. Die jungen Männer haben doch bestimmt gepfiffen, wenn drei so schöne Studentinnen daherkamen.«

Helga Haperscheidt lächelte. »Also Nonnen waren wir nicht. Vielleicht Annette Stenten. Aber Louise war der Kracher. Die hatte mehrere Freunde während des Studiums. Aber nur mit einem war sie etwas länger zusammen. Mark, auch ein ausgezeichneter Student. Der diskutierte stundenlang mit Annette Stenten über französische Literatur, über neue Romane, über Preisträger, über Sartre und Camus. Mit Louise machte er andere Sachen. Sie wissen schon.« Ein Augenzwinkern, das Fett und Conti noch mehr nervte als das dauernde »pling«.

Conti blickte zu Fett, der trotz des Interesses an den Danksagungen und Pferdebüchern aufmerksam zugehört hatte.

»Sagen Sie, Frau Haperscheidt, wie lange waren denn Buchsbaum und dieser Mark zusammen?« Fett schien aufgewacht zu sein und fragte das so nebenbei.

»Bis zum Ende des Studiums, bis Louise Jakob Olligschläger, ihren ersten Mann, entdeckte.« Sie dachte angestrengt nach. »Ach, da gab es eine unschöne Geschichte. Das hatte mit dem Olligschläger nichts zu tun. Wir sind kurz vor dem Auslandssemester von Annette im Sommer oft zum *Wildenhof* gefahren. Annette Stenten hatte ein VW-Cabrio von ihren Eltern zum 20. Geburtstag bekommen. Und da am *Wildenhof*, da hat Louise einen Ruderer kennengelernt. Es war ein Austauschstudent aus den USA, der bei dem Ruder-Achter im Boot saß. Jerome oder so ähnlich hieß er. Ein kräftiger Bursche. Alle Mädels drehten sich nach ihm um. Und Louise hat ihn für einen Sommer rumbekommen. Dann musste er zurück nach Boston oder New York. Ich kann mich nicht mehr erinnern. Jedenfalls hat sie mit Mark Schluss gemacht. Das war ein Drama. Ein richtiges Drama, fast wie bei *Madame Bovary* von Flaubert.« Ein aufgesetztes Lachen folgte.

»Was wurde aus Mark? Können Sie sich an den Nachnamen erinnern?« Fett ließ Flaubert links liegen.

»Keine Ahnung. Irgendetwas mit Neu, Neuheim, Neurer oder so. Er hat nach uns den Abschluss gemacht. Ich habe ihn auch aus den Augen verloren. Er hatte das Zeug zu einer Professur. Der Nachname fällt mir bestimmt wieder ein. Annette müsste ihn kennen. Die hatte damals schon ein phänomenales Gedächtnis.« Wieder machte es »pling, pling, pling«.

»Wissen Sie etwas über Louises Absicht, einen Kriminalroman zu schreiben?« Conti hatte das nicht vergessen. Helga schaute vom Handy auf.

»Stimmt. Louise hat ihre Magisterarbeit gegen den Rat ihres Professors über Simenon und Maigret geschrieben. Sie hat die Krimis verschlungen. Damals ist sie ständig nach Lüttich gefahren, um dort bei FNAC oder in anderen Buchhandlungen Nachschub zu besorgen. Es gab ja noch kein Internet. Sie sprach davon, dass sie auch mal einen Krimi schreiben wollte. Sogar vor einem halben Jahr sprach sie noch mal davon. Wir hatten ein Treffen in der Vorweihnachtszeit. Da rückte sie mit der Idee raus. Aber jetzt? Corona, Krieg. Wer nimmt das Manuskript einer unbekannten Autorin. – Immer noch nichts zu trinken?« Louise und ihr Krimi, wie hatte sie das genervt. Dann mach es doch, Mädchen, hatte sie zu ihr gesagt. Aber Louise hüpfte von einem Bett ins nächste und dann in die Sparkasse. Schluss mit Krimi. Da kommt die vor einem halben Jahr wieder mit der bescheuerten Idee an. Helga Haperscheidt huschte in die Küche, holte den kalten Prosecco aus dem Kühlschrank, schnell ein

Schlücklein, Flasche zu, zurück in den monstermäßig großen Kühlschrank. »Etwas zu trinken?«

Fett und Conti verneinten.

»Möchten Sie meinen Mann noch etwas fragen? Er ist in einer Sitzung beim Reitturnier. Die sind schon ganz nervös nach diesen beiden Corona-Jahren.« Ihr Gesicht leuchtete etwas mehr als vor dem Gang in die Küche.

»Danke, Frau Haperscheidt. Hier haben Sie meine Karte. Bitte rufen Sie uns an, wenn Ihnen noch etwas einfällt. Das wäre es. Übrigens wird die Beerdigung voraussichtlich nach Ostern stattfinden.« Conti reichte ihr die Karte. Fett warf einen letzten Blick in die Wohnung. Dann verließen sie die Praxis und kurz danach Laurensberg.

»Pling« Fett zuckte zusammen. Conti hatte das Geräusch nachgemacht.

»Haben Sie ein Handy von ihr mitgenommen?«, fragte er erschrocken.

»Nein, nur den Ton.«

24
MAUZ KEHRT ZURÜCK

»Annette Stenten wohnt in der Hartmannstraße.« Conti rief es rüber zu Fett, der auf die Autowaschanlage starrte. Frau Hof lag zu Hause mit Rücken. KK 11 musste ohne die gute Seele auskommen.

»Rufen Sie an. Ich möchte nicht umsonst in die Innenstadt mit all den Baustellen fahren.«

»Ja, hallo?« Annette Stenten erwartete den Anruf des Entführers von Mauz. Am Sonntag war ihr vierbeiniger Liebling noch immer nicht zurückgekehrt.

»Conti, Kriminalpolizei Aachen.« Weiter kam sie nicht.

»Ist etwas Schlimmes passiert?« Annettes Stimme überschlug sich fast.

»Wir haben ein paar Fragen, Frau Stenten.«

»Lebt sie noch?«

»Ähm, nein. Wieso?«

Annette Stenten brach in Tränen aus, schluchzte hemmungslos, rief immer wieder »Mauz, mein Mauz, was haben sie dir nur angetan.«

»Frau Stenten, hallo, hören Sie mich?«

Annette Stenten hörte nicht. Ein Wolkenbruch schoss aus ihren Augen. Sie taumelte mit dem Telefon in der Hand Richtung Sofa. Sie konnte Daniela Conti nicht hören, weil sie das Telefon auf den Sessel geworfen hatte und auf das grüne Sofa sank, sich in die Kissen vergrub und sogar die Irritationen von Schimanski und Bärchen nicht registrierte.

»Hallo, Frau Stenten?« Conti machte sich Sorgen, Fett schaute zur Kollegin, die mit dem Kopf schüttelte, die Schultern fragend hochzog und sich wunderte. Conti erhielt keine Antwort, obwohl der Hörer nicht aufgelegt worden war. Sie hörte entfernt den Weinkrampf von Annette Stenten.

»Da stimmt was nicht. Die Stenten ist zusammengebrochen. Wir müssen hin.«

Fett nickte, schnappte sein Sakko, den Trenchcoat. Conti trug noch die Lederjacke. Sie waren in zehn Minuten in der Hartmannstraße und klingelten lange, bevor der Summer das Öffnen der Tür anzeigte. Annette Stenten fragte nicht, wer klingelte.

Sie stand mit verheulten Augen vor Conti und Fett, ein Knäuel von Papiertaschentüchern in den Händen. Der Geruch von Katzenstreu kroch durch den Türspalt. Conti hielt den Dienstausweis hoch. Sie öffnete, Bärchen und Schimanski huschten ins Bad.

Fett staunte über die Bücherregale, die Papierberge, das grüne Sofa, auf das sich Annette Stenten ohne ein Wort verzogen hatte und wie eine eingemummelte Katze saß.

»Warum?«, fragte Annette Stenten.

»Das fragen wir uns auch, Frau Stenten. Sie können uns vielleicht dabei helfen.« Conti nahm ungebeten Platz, Fett warf einen Blick in die Küche. Vielleicht fand sich dort eine Erklärung für den Gemütszustand: leere Flaschen. Er wurde enttäuscht. Nur Mineralwasser.

»Ich habe alles dem Kollegen am Donnerstag gesagt.« Stenten hustete, verschluckte sich.

Fett und Conti horchten auf.

»Wem haben Sie am Donnerstag was gesagt?« Fett ergriff das Wort.

»Na dem Kommissar Lemmen oder Lennartz in der Kasernenstraße.«

»Und was haben Sie ihm gesagt?«

»Mauz ist entführt worden. Aber er hat mich nicht ernst genommen. Andere Verbrechen waren ihm wichtiger.«

»Frau Stenten, vielleicht liegt hier ein Missverständnis vor. Wir kommen nicht wegen Mauz.«

Annette Stenten blickte sie fragend an. Sie verstand die Welt nicht mehr und rieb mit dem Knäuel Papiertaschentücher über ihre Augen.

»Wie, Sie kommen nicht wegen Mauz? Sie haben mir doch am Telefon gesagt, Mauz sei tot.«

»Von Mauz war nicht die Rede«, schaltete sich Conti ein. »Uns geht es um Louise Buchsbaum. Sie wurde vor einer Woche ermordet.«

»Louise, Mauz. Ich verstehe nicht. Ich bin ganz durcheinander. Mauz sollte doch am Wochenende freikommen. Das hat er mir versprochen. Louise Buchsbaum? Ich verstehe nicht …«

»Wer hat das versprochen?«

»Der Entführer. Ich habe den Text bekommen, habe ihn gelesen und ihm gesagt, dass er gut sei. Dann hat er versprochen, dass ich Mauz am Wochenende zurückbekomme. Jetzt ist Montag, und Mauz ist immer noch nicht da.«

Es klingelte zweimal. Annette Stenten stand wie ein Roboter auf, ging zur Türsprechanlage, drückte den Öffner wieder ohne zu fragen. Das Telefon klingelte. Sie griff zum Hörer, den Conti aufs grüne Sofa gelegt hatte.

»Mauz steht vor der Tür. Es ging nicht früher.« Aufgelegt.

Wie ein Wirbelrand raste Annette Stenten die Treppe hinunter, Fett und Conti standen auf, kamen aber nicht hinterher. Sie hörten aus dem Treppenhaus nur »Mauz, mein Mauz, mein Mauz ist wieder da.« Bärchen und Schimanski kamen auf leisen Pfoten zur Tür, blickten hinunter und sahen Annette Stenten mit einem Umzugskarton der Firma *BALTES*, Aufschrift »*Es ist bereits was Altes, wer umzieht, geht zu BALTES*«, die Treppe hochkommen. Fett und Conti machten Platz, der Karton kam vor dem grünen Sofa zu stehen, und Annette Stenten hob eine sichtlich irritierte Siamkatze aus dem Karton: Mauz.

»Ich muss ihr sofort etwas zu fressen geben.« Annette Stenten huschte mit Mauz in die Küche, während Fett und Conti angestrengt durch die Fenster in den Elisengarten schauten. Sie sahen viele Passanten, Einkäufer, Studenten, Flaneure. Niemand schien es richtig eilig zu haben. In was waren sie hineingeraten? Katzenentführung in der Aachener Innenstadt. Und das Lösegeld? Annette Stenten hat etwas von einem Text gesagt.

Sie mussten noch nach Louise Buchsbaum und diesem Mark fragen.

Aus der Küche hörten sie ein Schnurren und eine ständig sprechende Frau Stenten, die ihr Lebensglück wiedergefunden hatte. Sie trug Mauz ins Körbchen, kehrte zurück zu Fett und Conti.

»Was für ein Missverständnis. Ich bin so froh. Sie haben mir vielleicht einen Schrecken eingejagt.«

»Dann ist ja jetzt alles gut und Sie erinnern sich vielleicht an Louise Buchsbaum.«

»Louise, natürlich. Wir waren Freundinnen. Haben uns aus den Augen verloren. Louise war doch dreimal verheiratet. Was ist denn passiert mit Louise?«

»Uns interessiert das Verhältnis zu diesem Mark, damals während des Studiums.« Conti ging nicht auf ihre Frage ein.

»Mark Neuschloss, ein kluger Kopf, ein toller Romanist. Ich war eifersüchtig auf Louise. Und Louise hat ihn für diesen Ruderheini aus den USA sausen lassen. Ach, Sie glauben nicht, wie froh ich bin.«

»Mark Neuschloss, wissen Sie noch mehr über ihn?«

»Nein. Er hat länger studiert. Ich war ja im Ausland, habe meinen Abschluss gemacht und dann als Lektorin begonnen. Wir haben uns nie mehr gesehen.« Sie dachte an Friedel, der nicht so klug wie Mark Neuschloss war.

»Was mussten Sie denn machen, um Mauz zurückzubekommen?« Conti wollte es gerne wissen, während Fett die Augen verdrehte und den Namen Mark Neuschloss notierte.

»Das ist merkwürdig«, Annette überlegte. Der Entführer hatte nichts von Polizei gesagt, außerdem war sie bereits am Donnerstag bei der Polizei. »Ich habe am Samstag anonym zehn Manuskriptseiten eines Kriminalromans bekommen. Ich wurde angerufen und um meine Meinung gebeten. Die ersten zehn Seiten sind spannend. Der Entführer möchte, dass daraus ein Bestseller im Verlag von Doktor Hartenstein wird.«

»Wovon handelt der Krimi?« Conti wollte es wissen.

»Von einem Mord in Aachen, einer toten Frau im Reitstall in der Soers und einer Erpressung im Zusammenhang mit dem Jubiläum von Simenon.«

Das saß. Fett und Conti waren elektrisiert.

25
WAS IST DA LOS?

Fett zog Einmalhandschuhe an, nahm die zehn Seiten zur Hand, betrachtete den Umschlag, in dem sie verpackt gewesen waren.

»Erklären Sie uns ganz genau den Ablauf seit Donnerstag«, Conti verstand ebenfalls, dass sie auf eine geheimnisvolle Verbindung gestoßen waren.

Während Annette Stenten Conti alle Details schilderte und den Zettel aus dem Briefkasten zeigte, vertiefte sich Fett in den Text und kam aus dem Staunen nicht heraus. Er las zunächst ganz rasch, dann nahm er ein zweites Mal Seite für Seite und las konzentriert diesen Einstieg in einen Kriminalroman. Ihm wurde mulmig, er schwitzte. Ich muss einen klaren Kopf bewahren, ich muss einen klaren Kopf bewahren. Fett fand sich in dem Kriminalroman wieder. Auch Conti kam vor, nur mit anderem Namen. Wieso »Kommissar Gras«? Auch die Leiche in der Soers trug einen anderen Namen. Sie hieß nicht Louise Buchsbaum, sondern Liliane Buis. Sogar der Anruf im Lütticher Rathaus und Chantal tauchten in dem Kriminalroman mit dem Hinweis auf einen Anschlag beim Jubiläum für Georges Simenon auf.

Mauz stolperte mit Schimanski und Bärchen in das Wohnzimmer. Annette Stenten saß aufgeregt und glücklich auf dem grünen Sofa, Conti neben ihr wirkte angespannt, Fett war sprachlos. Er dachte an den Einsatz eines Profilers. Dann fiel ihm ein, was das französische Wort »gras« in deutscher Übersetzung bedeutete: fett, dick. »Gras« und wie hieß der Kommissar bei Simenon: »Maigret«. Na bitte. Wenn es da nicht einen Zusammenhang gibt. Der magere und der fette Kommissar. Da spielt jemand mit Wörtern.

Fetts Handy klingelte. Chantal war am Apparat.

»Michel, ich wollte am Samstag nicht darüber sprechen. Aber die Drohung mit einem Anschlag beim Jubiläum für Simenon hat eine neue Dimension bekommen. Wir haben zehn Seiten eines Manuskripts erhalten. Das gesamte Manuskript soll als Buch zum Jubiläum erscheinen, ansonsten wird es einen Anschlag geben. In dem Text kommst du vor.« Sie schwieg. Fett schwieg.

»Ich weiß, Chantal. Seit fünf Minuten weiß ich es und halte die deutsche Fassung der zehn Seiten in meiner Hand. Wir müssen zusammenarbeiten. Ich fürchte, das ist kein Scherz, denn die Tote, die zu Beginn des Krimis auftaucht, liegt bei uns in der Gerichtsmedizin.« Nun schwieg Chantal.

»Ein Psychopath?« Chantal sprach in die Stille.

»Möglich. Jemand, der sowohl in Lüttich als auch in Aachen Druck macht, sich auskennt. Wir sind hier bei einer Lektorin zu einer Befragung. Ich muss auflegen. Am Nachmittag telefonieren wir und tauschen uns aus.«

»Oui, das machen wir. Salut, Michel. Pass auf dich auf. Noch lebst du auf den ersten zehn Seiten.«

Conti wusste, dass er nicht in Anwesenheit von Annette Stenten das Gespräch wiedergeben würde.

»Frau Stenten, Sie sind sich sicher, dass er den Namen des Verlegers Hartenstein erwähnte?«

»Ja, natürlich. Ich fragte noch, ob er glaube, dass Hartenstein mitmachen würde. Er war sich sicher.«

»Sie sagten, es sei eine ältere Männerstimme gewesen?«

»Jung klang sie nicht. Er hat nicht viel gesprochen. Kurze Sätze. Ich war nervös, hatte Angst um Mauz. So genau kann ich mich nicht erinnern.«

»Will er wieder Kontakt aufnehmen?«

»Davon war nicht die Rede. Ich vermute, Hartenstein wird sich bei mir melden, um meine Meinung über die zehn Seiten zu hören. Übrigens weiß Hartenstein, dass Mauz verschwunden war. Ich habe es ihm am Donnerstag gesagt.«

Fett und Conti sortierten ihre Gedanken. Alles hing mit allem zusammen. Im Hintergrund ein Mann, der die Fäden zog. War er alleine? Gab es Komplizen? Ging es nur um dieses abseitige Buchprojekt? Warum der Titel *Kommissar Gras und das Jubiläum*? Ein Berg von Fragen türmte sich auf.

»Wir müssen unbedingt mit diesem Doktor Hartenstein sprechen, und ich muss Chantal anrufen«, flüsterte Fett Conti ins Ohr.

»Was machen wir mit Frau Stenten?« Conti lächelte sie an, während Annette Stenten Mauz streichelte.

»Machen Sie Handyfotos von den zehn Seiten. Sie muss den Kram behalten, falls der Unbekannte wieder anruft und nach Details fragt. Den Umschlag nehmen wir mit für Elke Unsleber. Kann Ihre neue Freundin untersuchen.«

»Fangschaltung für das Telefon? Überwachung?«

»Wegen einer entführten Katze und der Forderung nach einem Bestseller? Der Richter lacht sich schlapp. Auch die Regauer wird uns dabei nicht unterstützen.«

»Schade, Chef, Sie haben doch so einen guten Draht zu ihr.«

»Hören Sie auf mit den Sticheleien. Wir haben endlich eine Spur zum Mörder von Louise Buchsbaum.«

»Und wenn es nur ein Schnellschreiber ist, der aufmerksam die Zeitungen verfolgt? Sie sind kein unbekannter Kriminalpolizist. Ihr Name taucht auf. Es könnte alles der makabre Scherz eines Witzboldes mit Schriftstellerambitionen sein.«

»Anrufe in Lüttich, Katzenentführung, konkrete Angaben zum Verleger. Das spricht gegen einen arbeitslosen Witzbold. Wir brechen auf.«

Fett musste raus, raus aus der Wohnung, in sein Büro, mit Chantal telefonieren, Doktor Hartenstein vorladen, alles von Annette Stenten zu Protokoll nehmen.

»Wir müssen los, Frau Stenten. Alles wird gut. Meine Kollegin fotografiert noch die zehn Seiten. Wenn sich der Unbekannte meldet, danken Sie ihm für Mauz. Verschweigen Sie uns. Uns gibt es nicht. Niemand war bei Ihnen. Sie warten auf Doktor Hartenstein. Haben Sie mich verstanden?«

»Ja, natürlich. Wofür halten Sie mich? Ich habe genug Krimis lektoriert.« Sie hatte an Selbstbewusstsein und Selbstsicherheit gewonnen. Die Kraft kehrte zurück, der

Geist funktionierte, die Panik war vorbei. Sie würde es genauso machen. »Aber was ist mit Louise Buchsbaum passiert? Sie haben eben gesagt, sie sei ermordet worden.«

»Louise Buchsbaum wurde vergangenen Dienstag tot in einem Reitstall in der Soers gefunden. Ein Tötungsdelikt.«

»Mein Gott, das ist ja wie im Kriminalroman auf den ersten zehn Seiten. Und der Name des Opfers, Buis, heißt in deutscher Übersetzung Buchsbaum.«

»Sprechen Sie den Anrufer nicht darauf an. Vergessen Sie es.«

»Meine ehemalige Freundin wurde umgebracht, und ich soll nun ein Manuskript korrigieren, in dem das so vorkommt?«

»Es sieht danach aus, Frau Stenten, aber keine Sorge, wir sind dran. Es wird jemand sein, der Aufmerksamkeit sucht und ganz rasch den Krimi geschrieben hat.« Conti streichelte kurz Mauz, auch wenn sie für Katzen nicht viel übrig hatte.

»Der Text ist nicht hingeworfen worden«, sagte Annette Stenten mit all der Autorität einer erfahrenen Lektorin. »Die Person kann schreiben und auch überarbeiten. Da stimmt bis jetzt jedes Wort. Der Text ist nicht erst am Mittwoch oder Donnerstag geschrieben worden.«

Ihre Worte standen wie Blei im Raum. Fett und Conti schluckten. Fett drängte zum Aufbruch. Conti fotografierte die zehn Seiten auf dem Küchentisch. Dann verließen sie Annette Stenten, die Mauz ins Körbchen trug.

26
DER STALLBURSCHE

Vom Präsidium aus rief Fett sofort Chantal Kalumba an. Er schaltete das Telefon laut, Conti konnte mithören, was Chantal am Freitagabend erfahren hatte. Demnach waren die zehn Seiten in französischer Sprache identisch mit den zehn deutschen Manuskriptseiten. Mit einem Anschlag auf die Jubiläumsfeier wurde gedroht, falls der Krimi nicht am Tag des 120. Geburtstages von Georges Simenon erscheinen würde. Chantal hatte in dem Text Fett wiedererkannt und war alarmiert, als sie von der Übereinstimmung zwischen dem Mord an Louise Buchsbaum und dem Manuskript erfuhr. Fett bat sie, alle Details per Mail zu übermitteln. Er wollte Annette Stenten bitten, die französische Fassung und den deutschen Text zu vergleichen. Während er Chantal zuhörte, ergänzte Conti das Lagebild um die Informationen aus Lüttich, die Namen, die Forderung und zog einen Kreis um die Wörter Simenon und Jubiläum. Chantal sagte zu, alles zu senden. Zum Schluss bat sie Fett, sehr vorsichtig zu sein.

»Hartenstein muss sofort kommen. Kümmern Sie sich bitte darum.« Fett stand vor der Wand mit allen Infos, blickte auf alle Namen, Fakten, betrachtete die Linien, die Conti gezogen hatte.

Kommissarin Marion Laufenberg störte ihn ungern, aber sie hatte mit Jochen Bartholomy alle Kameraaufzeichnungen rund um den Eingang zur Soers und auf der Krefelder Straße ausgewertet. Fett war ungehalten und wollte jede Ablenkung vermeiden. Die neuen Infos waren heiß.

»Wir haben alle Kameraaufzeichnungen rund um das Gelände und auf dem Gelände ausgewertet«, sagte Marion Laufenberg in einem sachlichen Ton. »Oliver Pohle taucht nirgendwo auf.«

»Wie bitte? Der Stallknecht?«

»Laut seiner Aussage ist er am Morgen mit dem Bus gekommen und zu Fuß zu den Ställen gegangen. Wir finden ihn auf keiner Aufzeichnung. Nirgendwo ist er zu sehen. Eine Kamera an der Bushaltestelle nimmt alle ein- und aussteigenden Fahrgäste auf. Kein Pohle.«

»Irgendwo anders? Kommt er mit einem Auto?«

»Ein alter Land Rover mit Kastenaufbau fährt gegen 7 Uhr am Dienstagmorgen auf das Gelände. Der Fahrer ist nicht zu erkennen. Es ist der Wagen von Pohle, wie uns die Geschäftsstelle versicherte. Er komme selten mit dem Auto. Nur wenn er verschlafen habe.«

»Dann hat er sich vielleicht bei seiner Aussage geirrt. Der Mann hat eine Tote gefunden, ist schockiert, verwechselt die Tage, glaubt, er sei mit dem Bus gekommen, wie am Tag zuvor.«

»Ja, am Tag zuvor ist er mit dem Bus gekommen. Wir sehen ihn aussteigen.«

»Also. Sehen Sie. Kontaktieren Sie ihn, Frau Laufenberg. Dann klärt sich das. Wir sind hier an einer heißen

Spur. Jedenfalls vielen Dank auch dem Kollegen Bartholomy.«

»Sorry, wenn ich Sie aufhalte, Herr Fett. Aber Pohle geht nicht ans Telefon und ist heute Morgen nicht im Stall aufgetaucht. Er hat sich auch nicht krank gemeldet.«

Nun wurde Fett ruhiger. Spurwechsel, nannte er das. Weg von der einen Spur und der Fixierung auf einen möglichen Täter hin zu einer neuen Spur. Nur nicht zu früh festlegen.

»Wo wohnt er, was wissen wir über ihn?«

»59 Jahre alt, wohnt am Ortsausgang von Einruhr, nicht verheiratet, keine Angehörigen. Er hat mal Romanistik studiert, dann abgebrochen und mit Informatik begonnen, auch abgebrochen und sich mit Gelegenheitsjobs herumgeschlagen; war ein paar Jahre im Ausland, hat dann vor zehn Jahren das alte Haus in Einruhr gekauft. Als Stallbursche in der Soers ist er vom Frühjahr bis nach dem Reitturnier Mädchen für alles. Ansonsten Kurierdienste, Kellner. Hat sich als Ranger für die Eifel angemeldet, aber noch keinen Kurs besucht. Wir haben ihn in der Datei mit einer kleinen Menge Drogen für den Eigengebrauch.«

Fett nahm die Akte zur Hand, blickte auf das Foto: deutliche Spuren von Alkohol im Gesicht Oliver Pohles. Ich hätte ihn intensiver ausquetschen sollen, dachte er. Romanistik, schon wieder Romanistik, der ganze Fall wimmelt nur so von Romanisten. Er musste eine Entscheidung treffen. Jetzt musste er eine Entscheidung treffen. Sofort.

»Frau Conti, Durchsuchungsbeschluss für das Haus von Oliver Pohle in Einruhr. Dringender Tatverdacht: Mord. Fluchtgefahr, Verdunkelungsgefahr. Sofort.«

Conti griff zum Hörer, schilderte dem zuständigen Richter Simon Brunswick den Fall. Nach drei Minuten traf der Durchsuchungsbeschluss für die Hausdurchsuchung ein.

»Wir fahren nach Einruhr. Benachrichtigen Sie Simmerath, sie sollen am Ortseingang von Einruhr auf uns warten. – Gute Arbeit. Helfen Sie den Kollegen mit den Telefonlisten.« Er winkte Conti, zog sein Sakko an, sie eilten zum Dienstwagen.

Die Fahrt dauerte bei Contis Fahrstil 30 Minuten. Auf dem Parkplatz am Kiosk *An de Brück* warteten die Kollegen Heuwer und Grimm aus Simmerath auf sie.

»Ich habe einen Durchsuchungsbeschluss für das Haus von Oliver Pohle. Kennen Sie den?«

Heuwer schüttelte den Kopf, Grimm verneinte.

»Steht in Zusammenhang mit der Toten vom Reitstall. Kollege Heuwer musste dafür die Telefonzellenkontrolle durchführen.«

Heuwer nickte mit ernster Miene, Grimm verdrehte die Augen, schließlich war Heuwer von diesem Kontrollgang mit einer kräftigen Fahne zurückgekehrt.

»Fahren Sie vor, wir folgen. Ach, einen Moment noch.« Conti blickte ihn an. »Wir müssen die Schutzwesten aus dem Kofferraum anlegen. Sie auch. Schauen Sie nicht so überrascht. Er könnte der Mörder sein, sonst hätten wir nicht so schnell den Durchsuchungsbeschluss erhalten.« Beide stiegen aus, holten die schusssicheren Westen aus dem Kofferraum und legten sie an.

»Kontrollieren Sie Ihre Waffe. Für alle Fälle.« Fett prüfte das Magazin und blickte zu Conti.

»Ja, Chef.« Conti war vorbereitet. Hatte sie beim BKA gelernt.

Interessiert blickten die beiden Simmerather Kollegen zu Daniela Conti, die sie nur vom Telefon kannten. Auch sie trugen bereits die schusssicheren Westen.

Die alte Bude von Pohle stand windschief am Hang, ein vergammelter Jägerzaun grenzte einen Vorgarten ein, in dem Buddha-Figuren, Zwerge, allerlei Betontiere und Unkraut den Blick in Beschlag nahmen. Der Briefkasten hing schief, das Türchen im Jägerzaun fiel mit der ersten Berührung aus den Angeln. Ein Windspiel klingelte leise vor sich hin. Fett ging zügig zur Tür, Conti folgte, Heuwer schlich zum Garten, Grimm blieb am Jägerzaun stehen.

Mehrmals drückte Fett den Klingelknopf. Nichts. Er klopfte gegen die Tür, blickte durch ein Seitenfenster und sah nur eine chaotische Küche, Aschenbecher, leere Bierdosen und Pizzakartons. Er lehnte sich sanft gegen die Tür, erhöhte den Druck – und plötzlich sprang sie auf, als ob sie nur darauf gewartet hätte.

»Geht doch«, murmelte Conti und zog ihre Dienstwaffe. Das Haus strahlte etwas Unheimliches aus. Mit der Waffe im Anschlag betraten sie den Flur. Zu oft waren Menschen ausgerastet, hatten durch Türen geschossen, ließen Polizisten in eine Falle laufen.

Fett winkte Grimm herbei. »Sie tragen Uniform.

Pohle soll nicht sagen, dass er Einbrecher vermutet habe, weil wir in Zivilklamotten im Flur stehen.«

»Polizei! Herr Pohle, wir haben ein paar Fragen!« Grimm betrat mit gezogener Pistole den Gang, Fett folgte ihm, Conti sicherte nach hinten. Grimm stieß die Tür zur Küche auf. Eine Geruchsmischung aus kalter Asche, Bier, Pizzaresten und alten Socken schlug ihnen entgegen. Grimm rief erneut, stieß mit dem Fuß die Tür zum nächsten Zimmer auf. Ein Schlachtfeld. Zeitungen, Bücher, Bierdosen, ein Fernseher, Häkelgardinen. Ein Computertisch mit neuem Equipment passte nicht in diese Unordnung.

Grimm betrat die Treppe nach oben. Sie knirschte bei jedem Schritt. Fett sicherte ihn ab. Auch dort niemand. Ein unordentliches Bett, ein altes Bad, Toilette auf dem Flur.

»Hier ist kein Oliver Pohle.« Grimm steckte die Pistole ins Holster.

Conti hatte in der Küche einige Schubladen geöffnet und hielt ein Geldbündel in der Hand.

Heuwer kam rein. »Mannomann, was für eine Bude. Also hinten ist nur ein Schuppen mit Brennholz und Gartengeräten. Aber benutzt wird das Werkzeug nicht. Rostet vor sich hin.« Er nahm die Mütze ab. Die schusssichere Weste war zu eng für ihn, er öffnete die Klettverschlüsse.

»4.900 Euro in bar. Liegen hier in der Schublade rum.« Conti schaute zu Fett.

»Wir müssen Elke Unsleber und die Kriminaltechnik einladen. Kleiner Ausflug nach Einruhr kann nicht schaden. Hat jemand Autoschlüssel vom Land Rover gefunden?«

Alle verneinten.

»Elke Unsleber soll sich den Computer anschauen. In diesem Dreck hier so ein Computer, da stimmt was nicht. Wir befragen die Nachbarn von dieser Bruchbude. Heuwer und Conti links, Grimm und ich rechts.«

Grimm verzog den Mund, wollte schon mit Heuwer wechseln, doch der reiche Conti, ganz Eifel-Gentleman, die Hand am Türchen, das gefährlich seine Nägel ausstreckte, und zeigte auf das Haus von Heinz Stoffmann, links von Pohles Bude gelegen.

Fett zeigte auf das Haus rechts, ein Fertighaus von Karl-Heinz Schüssler und Frau Doris.

»Heuwer, Polizei Simmerath mit Kriminalkommissarin Conti aus Aachen.« Heuwer lächelte Heinz Stoffmann an, der soeben einen Sauerbraten in Burgundersoße angesetzt hatte und völlig perplex war.

»Stoffmann, Heinz. Heuwer, alter Schupo.«

»Ach, der Stoffmann. Frau Conti, der kocht einen Hirschbraten in Burgundersoße ... Ich glaube, ich rieche ihn schon.«

Stoffmann runzelte die Stirn. Warum muss der Trottel Heuwer stets vom Hirschbraten anfangen. »Burgundersoße. Kein Hirschbraten. Für den Sauerbraten. Ich probiere was aus.« Er knetete das Küchentuch, das er von der rechten Schulter genommen hatte.

»Oliver Pohle. Hat der auch die Burgundersoße gerochen?« Conti irritierte die beiden Altkameraden aus der Eifel.

»Pohle, Burgundersoße? Der Pohle, weiß der Teufel, was der in sich hineinstopft. Geht mich auch nichts an. Kein Kontakt. Der hat die alte Bude gekauft, ›Tag‹ gesagt, das war es. Der ging seinen eigenen Weg.«

»Ist Ihnen in letzter Zeit was aufgefallen?«

»Bei dem Pohle? Nichts. Der war morgens früh weg. Ein Job in Aachen. Und am Wochenende peste der mit dem Land Rover rum.«

»Wann haben Sie ihn zuletzt gesehen?«

»Am Freitag. Der musste früh raus. Ich auch. ›Tag‹ und das war's.«

»Ihre Frau, hat die ihn vielleicht noch gesehen?«

»Die Claudia ist seit Donnerstag bei den Enkelkindern in Bochum. Die kommt erst morgen wieder.«

»Na, Frau Conti, dann können wir doch den Heinz wieder an den Herd lassen«, grätschte Heuwer in das Gespräch.

Aus der Küche wurde der Duft immer intensiver.

»Mist, der Sauerbraten!« Heinz Stoffmann raste in die Küche. Rettung in letzter Minute.

»Und jetzt?« Conti zog die Tür zu.

»Wir können am *Heilsteinhaus* fragen, ob die den Pohle öfter gesehen haben. Da sitzt immer jemand drin, das ist auch Anlaufstelle für Touristen. Die hören und sehen alles.«

»Wenn Sie es sagen, Herr Heuwer.«

Beide klingelten noch an den Türen der weiter entfernt wohnenden Nachbarn. Pohle war für sie ein Unbekannter. Kontaktscheu ging er seinen eigenen Weg. Auch im *Heilsteinhaus* konnte ihnen nicht geholfen werden.

Fett und Grimm kehrten ebenfalls erfolglos zurück zu den Dienstwagen. Pohle war ein Außenseiter in Einruhr. Er war wie vom Erdboden verschluckt.

27

WIE EIN FISCH AN LAND

Fett und Conti saßen mit heißem Kaffee im überhitzten Büro. Niemand hatte ihre Fenster geöffnet. Die Sonne knallte. Für die Osterwoche war schönes Wetter angesagt.

»Welches Motiv könnte Pohle haben?« Conti blickte über den Tassenrand zu Fett.

»Das Geld. Sie haben es selbst gefunden. Er brauchte Geld.«

»Woher kannte er Louise Buchsbaum?«

»Von früher möglicherweise. Er hat auch mal Romanistik studiert. Vielleicht wusste er, dass sie bei der Sparkasse gearbeitet hat.«

»Vermutungen«, sagte Conti. »Alles Vermutungen. Wir haben noch keine Beweise. Bis jetzt haben wir nur den Widerspruch in seiner Aussage. Das beweist noch nichts. Er ist verschwunden. Okay. Kann man auch erklären. Abgestürzt, mit Freunden getrunken, neue Frau kennengelernt.«

»Er lässt nicht 4.900 Euro in der Küche liegen.«

»Hektik. Er musste schnell los.«

»Lassen Sie die Kameras in der Eifel kontrollieren. Da bei Hürtgen stehen Radarkameras, irgendwo bei Simmerath und vor allem an der Himmelsleiter.«

Fetts Telefon klingelte. Heuwer war am Apparat.

»Wir haben Oliver Pohle.« Er wartete einen Moment, um die Überraschung auszukosten.

»Wo war er?«

»Er schwimmt noch.«

»Tot?«

»Wie ein Fisch an Land.«

»Wo?«

»*Beach Club Eschauel*. Hängt an einer Boje. Der Besitzer hat ihn entdeckt.«

»Wir schicken die Kriminaltechnik und kommen wieder raus. Danke.« Fett legte auf, blickte zu Conti. »Pohle kann uns nichts mehr sagen. Mausetot im Rursee. Wir fahren wieder in die Eifel.«

Sie brachen erneut auf, brauchten diesmal 15 Minuten länger, um von Schmidt aus über den Eschaueler Weg bis zum *Beach Club* zu gelangen. Heuwer war vor Ort und führte Fett und Conti zu einem Tretboot, mit dem sie bis zur Leiche an der Boje fuhren. Dort saß Grimm in einem Ruderboot und hielt den Toten an der Boje fest. Drei Polizisten in Tret- und Ruderboot und ein Toter.

»Hat denn niemand DLRG in Woffelsbach informiert?« Fett fragte verärgert Grimm, der das Gesicht verzog. Er hatte es vergessen.

»Die sind doch nur am Wochenende da, und die Feuerwehr Nideggen ist im Einsatz«, fiel Heuwer gerade noch ein.

»Dann eben den Bootsverleiher in Schwammenauel. Wir werden die Leiche nicht mit dem Tretboot an Land bringen.«

Die Kriminaltechnik traf ein, Elke Unsleber stand am Strand und schüttelte den Kopf.

»Eh wir in Schwammenauel jemanden erreichen, löst der sich im Wasser auf«, Conti sprach vom rechten Tretbootsitz.

»Was schlägt die italienische Rettungsschwimmerin vor?« Fett wurde ungehalten.

»Er muss zu Grimm ins Ruderboot. Dann ans Ufer zu Unsleber.«

Derweil telefonierte Heuwer mit der Rursee Schifffahrt, aber die hatte auch kein Motorboot zur Hand, um rasch nach Eschauel zu kommen.

»Schöne Bescherung.« Fett sah sich bereits prustend im Wasser.

»Wir können ihn ans Ufer schleppen«, sagte er zu Conti und Grimm.

»Ich kann ihm Handschellen anlegen und dann mit einem Seil befestigen.« Grimm zeigte auf seine Handschellen. Mit der anderen Hand hielt er Oliver Pohle fest.

»Haben Sie ein Seil?« Fett wurde immer gereizter.

»Wir brauchen ein Seil. Frau Unsleber, nehmen Sie ein Tretboot und bringen Sie uns ein Seil«, rief er zur Kollegin am Ufer.

Unsleber schüttelte den Kopf, tat wie befohlen. Der Pächter des *Beach Clubs* holte aus seinem Schuppen eine Schnur. Von einem Seil konnte keine Rede sein. Dann trat Unsleber mit dem Kollegen Rosarius in die Pedale des leuchtend gelben Tretbootes.

»Wir können froh sein, wenn die Zeitungen nicht über uns schreiben«, meinte Unsleber zu Fett.

»Grimm, die Handschellen, ich halte den Toten!« Fett hielt Pohle am Kragen der Jacke, Grimm legte ihm die Handschellen eng an, befestigte die Schnur mit einem doppelten Knoten, band das andere Ende an eine Öse von Fetts Tretboot. Conti kletterte hinter ihren Sitz und zog den Knoten fest.

»Ahoi, Käpten Fett, dann mal los. Ans Ufer mit der Leiche.«

Fett trat in die Pedale, das Boot schaukelte, Oliver Pohle dümpelte, Unsleber und Grimm gaben Begleit-schutz. So gelangten sie mit der Leiche an das Ufer des *Beach Clubs*. Der Rest war Routine.

»Keine Spuren eines Kampfes, der liegt noch nicht lange im Wasser. Mehr nach der Obduktion vom Doc.« Unsleber fasste sich kurz. Doktor Schunkert war mitt-lerweile auch eingetroffen. Er untersuchte am Strand den Toten und kam zum selben Ergebnis.

»Der liegt seit gestern im Wasser. Sieht nach Tod durch Ertrinken aus. Ich nehme ihn mit.« Der schwarze Lei-chenwagen des *Bestattungshauses Jean Haas* aus Düren parkte bereits am *Beach Club*.

Fett betrachtete den toten Pohle. Er trug einen alten Armeeparka, verschlissene Jeans, alte Turnschuhe, eine billige Armbanduhr. Papiere und Brieftasche steckten im Parka. Kein Handy in den Taschen. Eine aufgeweichte Packung *Marlboro*, ein Reklame-Kugelschreiber vom *CHIO*, keine Autoschlüssel. Irgendwo stand der Land Rover, irgendwo am Rursee.

Zwei Tote innerhalb einer Woche. Eine ehemalige Bankerin, die früher Romanistik studiert hatte. Ein Aussteiger, der Romanistik und Informatik ohne Abschluss studierte und 4.900 Euro bar in seiner Bruchbude liegen hatte. Spuren zum Reitsport, eine mysteriöse Erpressung, zehn Seiten eines Manuskripts, in dem das erste Opfer, Fett und Kalumba auftauchen. Daraus soll ein Bestseller werden. Fett blickte auf den Rursee, sah die *Aachen* in Richtung Schwammenauel gleiten, ein Schwarm Krähen zog vorüber, eine Forelle sprang kurz aus dem Wasser, tauchte ab. Er ging zum *Beach Club*. Der ausländische Besitzer stellte ihm eine Tasse Kaffee hin, lächelte ihn an.

»Letztes Jahr Hochwasser und Corona. Heute ein Toter. Kann nur besser werden.«

»Ja«, sagte Fett, »danke für den Kaffee. Ist Ihnen etwas aufgefallen?«

»Nein. Als ich mittags kam, sah ich den Mann an der Boje. Da habe ich direkt die Polizei gerufen.«

»Sehr gut. Sie können gleich wieder alles öffnen. Wird schon. Der Platz hier ist wunderschön. Es gibt nicht viele Stellen, wo man schwimmen kann. Sie haben das toll gemacht. Ich wünsche Ihnen viel Erfolg.«

»Danke. Kommen Sie ruhig mal vorbei. Auch ohne einen Toten.« Beide lächelten.

Der Land Rover von Oliver Pohle stand auf dem großen Parkplatz in Schwammenauel am Seeufer. Am Montag fiel dem Hausmeister des Hotels der Wagen auf. Über Nacht parkten nur Gäste auf dem Platz, und die parkten direkt am Hotel. Hausmeister Martin Lutter beschloss, noch einen Tag zu warten. Am Dienstag würde er der Rezeption Bescheid geben.

28
HEUWERS ENTDECKUNG

Hugo Heuwers Kegelabend fiel aus: Corona. Seine Ehefrau hatte mehr Glück. Der Damenchor von Simmerath probte am Montagabend in der Kirche auf der Hauptstraße »Großer Gott, wir loben dich«. Heuwer griff zu Georges Simenon *Maigret und der Treidler der Providence*. Er las selten. Die Tageszeitung, freitags die Beilage *Prisma*, die *GdP-Nachrichten*, das Zentralorgan der Gewerkschaft der Polizei. Für Bücher hatte er keine Zeit, glaubte er. Hugo Heuwer tauchte in diesen Krimi von Georges Simenon ab, wartete auf die Provence und war etwas enttäuscht, als er merkte, dass der Krimi im Nordosten Frankreichs spielte, im Department Marne, im Milieu der Flussschiffer, der Kanäle, der Treidler, der billigen Spelunken und Pinten. Bis er auf die Tote stieß. Eine aparte Frau liegt erwürgt im Pferdestall beim Schleusenwärter. Pferdestall? Erwürgte Frau? Hugo Heuwer las die Stelle mehrmals. Das ist ja wie im Reitstall in der Soers. Von Gegenwehr war nicht die Rede, weder im Krimi von Simenon noch in der Soers. Hugo Heuwer wurde unruhig, er blickte auf die Uhr, 19.30 Uhr, eigentlich Zeit für *Lokalstudio Aachen* vom *WDR* Fernsehen. Er kam nicht los von diesem Kriminalroman und von Kommissar Maigret. Hugo Heuwer glaubte, eine Spur gefunden zu haben, die in direktem Zusammenhang mit dem Fall von Kommissar Fett stand. Er holte sich ein paar Cornichons zum Abendbrot mit Ardenner Schinken, setzte schwarzen Tee auf, er wollte wach bleiben, lesen, den Täter herausfinden. Als Astrid gegen 21 Uhr von der Chorprobe kam, lag Hugo schlafend auf dem Sofa, der Krimi auf dem Fußboden, ein Cornichon schlummerte auf seinem Hemd.

»Ich muss morgen Kommissar Fett anrufen. Es ist wichtig. Es geht um den Kriminalroman«, murmelte er schlaftrunken, als ihn Astrid ins Schlafzimmer bugsierte.

»Alles gut, Hugo. Es geht immer um Kriminalfälle. Schlaf dich aus. Ich erinnere dich morgen daran.« Astrid half ihm aus dem karierten Hemd, rettete das schlafende Cornichon, kippte den Rest Tee in die Spüle und klappte den Krimi zu. Leider hatte Hugo das Lesezeichen vergessen. Er schleppte sich ins Bad, putzte die Zähne und wankte dann erneut ins Schlafzimmer. Da hatte er bereits den *Treidler der Providence* nicht mehr im Kopf.

Am Dienstagmorgen dachte Hugo Heuwer zunächst an den Toten von Eschauel, dann an die Cornichons und zuletzt an den Kriminalroman.

»Herr Fett, wie soll ich sagen, also, ich lese eigentlich selten Krimis, aber, nun ja, der Mord ist so wie der Mord in der Soers.« Heuwer saß in seinem Büro in Simmerath.

Fett griff zur Tasse Kaffee, wartete einige Sekunden und sagte nur: »Noch mal von vorne. Alles ist wichtig.«

Und Hugo Heuwer schilderte ihm die Passagen des Krimis, er las sogar Teile daraus vor.

»Wo haben Sie den Krimi gekauft?«

»In der *Buchhandlung Backhaus* in Simmerath.«

»Wer hat Ihnen diesen Fall empfohlen?«

»Der lag auf dem Tisch mit neuen Krimis. Ich habe mich verguckt. Ich dachte, er spielt in der Provence. Pustekuchen. Irgendwo im Norden von Frankreich.«

»Danke, Kollege Heuwer. Vielen Dank. Wir prüfen das. Sie hören von uns.« Fett legte auf, informierte Conti, die ihr E-Book zückte und den Titel sofort aufspielte.

»*Maigret und der Treidler der Providence*, in der Tat, so wie Heuwer es sagte.« Conti blätterte durch die elektronische Ausgabe, Fett las im Internet alles über den Fall.

»Was sagt uns das, Frau Conti?«

»Nachahmung, ähnliche Motivlage, Mord aus Leidenschaft, keine Gegenwehr, alte Verbindung.«

»Stopp! Was haben Sie gerade gesagt?«

»Alte Verbindung. Der Treidler war früher der Ehemann der Ermordeten, war Arzt, wurde in einem Indizienprozess zu Zuchthaus verurteilt, nahm einen anderen Namen an.«

»Alte Verbindung, Conti. Da ist wieder Mark Neuschloss. Bei Oliver Pohle sehe ich kein Motiv, wenn die Erpressung und der Mord zusammenhängen. Außerdem ist der auch tot. Ob Selbstmord, Unfall oder Mord wissen wir noch nicht.«

»Mörder möchten oft im Rampenlicht stehen, sich wichtigmachen. Geld als Motiv. Bei Pohle durchaus möglich.«

»Und dann ertrinken? Nein, Pohle war ein Helfer, Frau Conti. Pohle hängt mit dem Fall zusammen. Fragen Sie nach, ob die Untersuchung seines Computers etwas ergeben hat.«

Conti rief Elke Unsleber an und hörte überrascht zu.

»Elke, also Frau Unsleber, sagt, mit dem Rechner seien komplexe Vorgänge durchgeführt worden. Wenn ich sie richtig verstanden habe, befindet sich Steuerungssoftware für die Verkehrsanlagen der Stadt Lüttich auf dem Rechner. Außerdem sei von diesem Rechner aus in das TESLA-System eingegriffen worden, als ob jemand die Autosoftware manipulieren wollte.«

Fett horchte auf. »Sehr gut. Das ist unser Mann. Und der, den Chantal sucht.« Er griff zum Hörer.

»Chantal, wir haben den Mann, der eure Software manipuliert hat. Ja, nein, tot. Er ist tot, ertrunken. Mord? Können wir noch nicht sagen. Auch den TESLA von diesem Kühlschrankvertreter hat er anscheinend manipuliert. Wie? Keine Kühlschränke, Verlagsvertreter?« Er stellte laut.

»Was für ein Verlag? Literatur. *Pleiade*? Die französische Klassikerreihe.«

Chantal merkte, dass es einen Zusammenhang zur Erpressung in Sachen Georges Simenon gab. Beide schwiegen einen Moment am Telefon.

»Wie heißt der Mann, der Vertreter?« Fett machte Conti ein Zeichen, um den Namen oben auf die Tafel zu schreiben.

»Er hieß Oswald Durand.«

Conti schrieb ihn ganz oben:

Oswald Durand
Louise Buchsbaum

Annette Stenten
Friedrich G. Hartenstein

Sie wollte gerade *Oliver Pohle* darunter schreiben, als Fett wieder »Stopp!« rief.

»Danke, Chantal, wir melden uns.« Er legte auf. »Sehen Sie die ersten Buchstaben der Vornamen?«

»Bin ich blind? O, L, A, F. Man könnte auch Olaf lesen. Wie das Europäische Amt für Betrugsbekämpfung.«

»Wieder ein Bezug zu Simenon.« Fett sagte es ruhig und betont.

»Olaf?« Conti konnte sich keinen Reim darauf machen.

»So hieß der Hund von Georges Simenon. Eine dänische Dogge.«

Conti schüttelte den Kopf. »Eine dänische Dogge? Kann alles Zufall sein.«

»Alles Zufall? Der Mord wie im Krimi von Simenon, die Drohung für das Jubiläum, das Manuskript mit einem Titel, der an Krimis von Simenon erinnert. Alles Zufall? Und nun der Name des Hundes, der Simenon auf seinem Schiff mit seiner ersten Frau und der Haushälterin, die zugleich die Geliebte von Simenon war, begleitete.«

»Woher wissen Sie das alles? Haben Sie über Simenon geforscht?«

»Er stammt aus Lüttich und ist der erfolgreichste Kriminalschriftsteller. Maigret hat mich seit meiner Jugend fasziniert. Die Verfilmungen mit Jean Renoir werde ich nie vergessen, Heinz Rühmann als Maigret schon. Dazu noch all die Romane, von denen einige ebenfalls hervorragend verfilmt wurden. *Die Phantome des Hutmachers* zum Beispiel.«

Conti staunte, und die Zweifel waren gesät.

Elke Unsleber stand in der Tür. »Wir haben ein Detail, das für Sie wichtig sein könnte.« Sie lächelte Conti an, Fett grübelte noch über den Hund. »Unter den Fingernägeln der rechten Hand von Pohle haben wir Lackreste gefunden. Das ist Schiffslack. Der Doc sagt, er sei ertrunken. Wasser vom Rursee und Alkoholspuren. Keine Gegenwehr. Ich wage die These, dass er von Bord gegangen ist. Entweder ein Unfall oder er wurde gestoßen. Er wollte wieder hoch, kratzte am Lack des Bootes, aber zu spät.«

»Wieder Simenon.« Fett sprach mehr zu sich als zu den beiden Kolleginnen.

»Was meinen Sie?« Unsleber verstand die Bemerkung nicht.

»Wir haben Spuren, die auf Simenon hinweisen, also nicht auf Georges, der ist längst tot, aber auf jemanden, der Spuren in diese Richtung legt: das Manuskript, der Titel, der Name von Simenons Hund, das Boot; Simenon fuhr monatelang mit einem Boot über Kanäle.«

»In der Eifel gibt es keine Kanäle. Nur den Rursee. Da fahren Segelboote.« Unsleber blickte fragend zu Conti.

»Dann müssen wir die Boote am Rursee überprüfen. Dort könnte ein Boot liegen, von dem Oliver Pohle in den Rursee gefallen ist. Was wollte er dort? Das Boot hängt mit dem Mordfall Buchsbaum zusammen. Vielleicht hat Pohle einen Auftrag ausgeführt.«

»Moment mal. Pohle bringt die Buchsbaum um und platziert sie im Pferdestall, so wie in dem Krimi von Simenon?« Conti dachte nach. Unsleber verabschiedete sich.

»Wir müssen diesen Mark Neuschloss finden. Er ist der Schlüssel zu diesem Fall.« Fett ging nicht auf Contis Frage ein. »Prüfen Sie, ob am Rursee ein Segelboot unter Neuschloss angemeldet ist. Checken Sie auch, ob es dort ein Boot mit dem Namen *Ostrogoth* gibt. So hieß die kleine Segeljacht von Simenon.«

»Was heißt *Ostrogoth*?«

»Ostgoten. Fragen Sie mich nicht, warum das Boot so hieß. Finden Sie es am Rursee. Ich fahre nach Simmerath zur *Buchhandlung Backhaus*, wo Heuwer den Krimi gekauft hat. Nehmen Sie Verstärkung mit: Kollegin Laufenberg und den Kollegen Bartholomy. Und bestellen Sie den Verleger ein, diesen Hartenstein.«

29

DIE VERRATENEN

Um die Mittagszeit erreichte Fett Simmerath. Die Sonne brach durch die Wolken, keine Spur von Regen. Er musste sich beeilen. In wenigen Tagen würde Conti zum Leitungsstab für die Karlspreisverleihung versetzt werden. Er betrat die Buchhandlung und atmete den Geruch von Papier ein. Der Buchhändler, Eric Burgbrander, kam aus dem Hintergrund lächelnd auf ihn zu.

»Guten Tag, was kann ich für Sie tun?«

»Fett, Kriminalpolizei Aachen. Sie haben meinem Kollegen Heuwer einen Simenon verkauft.«

»Ja. Ist das strafbar?« Burgbrander schaute aufmerksam.

»Nein, schon okay. Er war letzte Woche hier und hat danach gefragt, ob Ihnen an der Telefonzelle etwas aufgefallen sei.«

»Stimmt. Die Telefonzelle. Nein, nichts. Habe ich ihm auch gesagt. Alles in Ordnung. Er hat den Krimi entdeckt. Es war *Maigret und der Treidler der Providence*. Ich gestehe, er hat Provence gelesen. Aber es ist kein Fehler, einen Maigret zu lesen. Sie werden alle gerade neu übersetzt und herausgegeben. Ich hoffe, es war keine Ordnungswidrigkeit, ihn ein wenig zu täuschen. Wenn er wiederkommt, empfehle ich einen Krimi aus der Provence.«

»Nein, nein. Im Gegenteil. Sie haben uns geholfen. Gibt es sonst noch Simenon-Käufer in Simmerath?«

Burgbrander dachte nach. »Klar, ja. Ein Mann kauft alle neuen Übersetzungen. Fällt das unter Datenschutz?«

»Nein, alles in Ordnung. Nur Routine.« Er tat so, als ob es ihn im Grunde nicht interessiere. »Kennen Sie den Kunden?«

»Castelnuovo. Ein italienischer Name. Ich vermute Künstler. Jedenfalls kommt der jeden Monat und kauft die neu übersetzten Simenons.«

»Hat er einen Vornamen, eine Adresse?«

»Nein, brauchen wir nicht. Er wollte es auch nicht.«

»Wie sieht er aus?«

»So groß wie Sie, ich schätze über 60, dunkelblonde Haare, Mittelscheitel, Oberlippenbart, selbsttönende Brille. Meist trägt er eine Lederjacke und Jeans. Für sein Alter sieht er sportlich aus. Etwas hängende Schultern. Und nervös, der lässt mich selten aussprechen und weiß alles besser. Ist manchmal anstrengend mit ihm. Als ob er unter Redemangel leiden würde.«

»Haben Sie sich gut gemerkt, Herr …«

»Burgbrander. So viele auffällige Kunden haben wir nicht. Sie und Heuwer vielleicht. Sie lassen mich auch ausreden.« Er lachte.

»Wann erscheint der nächste Simenon?«

»Anfang Mai. Der Verlag wird wohl die gesamte Edition zum 120. Geburtstag abschließen.«

»Anfang Mai.« So lange wollte Fett nicht warten. Er konnte Heuwer nicht tagelang in die Buchhandlung setzen, bis endlich dieser Castelnuovo auftaucht. Castelnuovo – na klar: Neuschloss auf Italienisch. Castelnuovo – ein Künstlername. Neuschloss lebt, er lebt irgendwo hier in der Eifel rund um Simmerath, Roetgen, den Rursee.

»Darf ich Ihnen einen Kaffee anbieten, Herr Kommissar?«

Fett war zerstreut. Alles verdichtete sich. »Nein danke, sehr freundlich von Ihnen. Welchen Krimi empfehlen Sie einem alten Kommissar?«

»Giorgio Scerbanenco *Die Verratenen*. Eine Wiederentdeckung aus Italien.« Die Empfehlung kam wie aus der Pistole geschossen. Er reichte Fett den Krimi.

»Den nehme ich. Danke für die Empfehlung. Ich gebe eine Rückmeldung.«

»Sehr gerne, Herr Kommissar. Macht acht Euro.«

»Packen Sie ihn als Geschenk ein.« Fett hatte es sich anders überlegt. Er wollte Conti überraschen. Aus dem Auto rief er sie an und informierte sie über den Namen Castelnuovo. Ein Segelboot könnte auch unter diesem Besitzer angemeldet sein. Sie gab es an die Kollegen weiter.

Als Fett ins Büro zurückkehrte, saß Conti mit Friedrich G. Hartenstein am Tisch. Er war soeben eingetroffen und knetete seine feuchten Hände. Laufenberg und Bartholomy saßen im Nebenraum und telefonierten mit der Rursee Schifffahrt, den Jachtklubs, dem Wasserverband Eifel-Rur. Fett nickte, gab Conti ein Zeichen, sie konnte mit dem Gespräch fortfahren.

»Sie werden also erpresst?«

»Nun ja, also ich hielt es zunächst für einen schlechten Scherz.«

»Zerstochene Reifen, Drohanrufe und dann das Manuskript. Alles nur ein Scherz?«

»Also am Ende nicht.«

»Warum haben Sie uns nicht informiert?«

»Weil der Erpresser es so wollte. Ja, ich habe auch etwas Angst bekommen. Ich gebe das zu.«

»Frau Stenten haben Sie nicht ernst genommen?«

»Diese Mauz-Geschichte. Ich bitte Sie. Katzen laufen immer weg. Da habe ich mir nicht den Kopf drüber zerbrochen. Später kam alles zusammen.«

»Kennen Sie einen Mark Neuschloss?«

»Neuschloss? Woher? Sagt mir nichts.«

»Romanistik.«

»Ach ja. Da gab es so einen Überflieger. Wir hatten keine gemeinsamen Seminare. Aber der lief da rum, und die Mädchen schauten ihm nach. Der war immer auf dem letzten Stand der Diskussion. Was hat er damit zu tun?«

»Überlassen Sie die Fragen ruhig der Polizei.«

»Bin ich etwa verdächtig?«

»Nein. Wir helfen Ihnen. Wenn Sie der Erpressung nachgeben und den Krimi drucken, dann wird es anders sein. Aber noch helfen Sie uns.«

»Was soll ich nun machen?«

»Wir überwachen Ihr Telefon, Sie gehen weiter auf die Forderung ein, informieren uns, sobald etwas verdächtig ist. Und noch etwas: Seien Sie vorsichtig. Hier geht es um Mord. Informieren Sie auch Ihre Ehefrau.« Conti stand auf, blickte zu Fett, der nickte kurz.

»Wer war denn die ermordete Frau?« Hartenstein stellte die Frage, während er aufstand.

»Louise Buchsbaum.«

»Was???«

»Ja.« Conti versuchte, seine Reaktion zu deuten.

Hartenstein war überrascht. Alles rauschte durch seinen Kopf. Er wiederholte nur »Louise Buchsbaum. Mein Gott.« Er hielt kurz inne. »Sie war damals auch in manchen Seminaren.«

»Und?«

»Nichts, nichts. Jetzt kommen die Erinnerungen. Habe sie seit dem Studium nie mehr gesehen.«

»Sie können gehen, Herr Doktor Hartenstein.« Fett zeigte auf die Tür.

»Danke.« Er gab beiden die Hand, auch wenn es mittlerweile unüblich geworden war. Er war verwirrt. Neuschloss, dieser Angeber, der staubte im Studium die besten Girls ab. Ob er der Erpresser war? Gabilein informieren? Die hätte das Thema des Monats – und ruck-zuck wüsste nicht nur der Steppenberg alles, sondern die ganze Stadt. Louise Buchsbaum. Das gibt es doch nicht.

Am Abend überraschte Fett seine Kollegin mit dem italienischen Krimi. »Grazie.« Conti war berührt. Sie wurde aus Fett nicht schlau.

30
DER MANN MIT
DEN ZWEI NAMEN

Mark Neuschloss saß am Dienstagnachmittag in der Kajüte seines Segelbootes, das an einem Ankerplatz zwischen Eschauel und Schwammenauel lag. Sanft klatschten die Wellen gegen den Rumpf, die Sonne schien aus Richtung Vogelsang auf den Rursee, er öffnete eine Konserve Corned Beef und schnitt zwei dicke Scheiben ab. In seinem Segelboot der Klasse V, Segelfläche 45 Quadratmeter, lebte er im Sommer. Im Winter zog er in sein Wochenendhaus am Ortsrand von Oberbaumach, dort, wo schmale Wanderwege nach Kallerbend führen. Das Haus stammte von einem wohlhabenden Onkel, der es ihm als Motivation für die Doktorarbeit geschenkt hatte. Eine Doktorarbeit, die nie geschrieben wurde. Der Onkel starb. Mark Neuschloss erbte. Das Boot konnte er 2008 günstig erwerben. Mark Neuschloss hatte rechtzeitig vor der Bankenpleite Aktien mit großem Gewinn verkauft. Der Schiffseigner damals nicht. Er brauchte dringend Bargeld, und Mark Neuschloss griff zu. Dort, in der Ruhe und Einsamkeit des Ankerplatzes am Rursee, schrieb er seine Krimis – die nie veröffentlicht wurden. Das Erbe der Eltern ermöglichte ihm ein sparsames, aber sorgenfreies Leben.

Er hatte sich mit Gelegenheitsjobs durchgeschlagen. Mal als freier Journalist, als Statist beim Film, als Touristenführer, als Reiseleiter. Dazwischen immer lange Phasen der Arbeitslosigkeit. Er dachte an Oliver Pohle, den er in Heimbach an der *ARAL*-Tankstelle getroffen hatte, als er, Vorbereitungen für den schlimmsten Fall treffend, seinen Vorrat an Propangasflaschen auffüllte. Plötzlich stand da Pohle mit dem alten Land Rover, Feldjacke, abgewetzte Jeans. Sie tranken einen Kaffee, sprachen über alte Zeiten. Zwei Aussteiger, die ihr eigenes Leben abseits des Establishments lebten. Pohle erzählte von der Rangerausbildung, der Arbeit in den Pferdeställen. Neuschloss, der Überflieger, spürte, dass er genauso wie Pohle am Rande der Gesellschaft sein Dasein fristete. Pohle fragte nach Veröffentlichungen, Büchern. Neuschloss zuckte mit den Schultern. Eine offene Wunde. Wie viele Verlage hatte er angeschrieben? Wie viele Versuche hatte er gestartet? Keine Antworten. Die Verlage antworteten nicht. Monatelang wartete er. Keine Eingangsbestätigung, kein Hinweis, keine Reaktion. Als ob sein Name auf einer schwarzen Liste stünde. »Der Schlangenbiss des literarischen Ehrgeizes hinterlässt oft tiefe, unheilbare Wunden ...« Dieses Zitat aus Dostojewskis Roman *Das Gut Stepantschikowo und seine Bewohner* trug Neuschloss wie eine Monstranz vor sich her. Allerdings unterschlug er stets den Rest des Zitats: »... besonders bei kleinlichen und beschränkten Leuten.«

Sein Ehrgeiz wuchs mit den Jahren, verbissen versuchte er alles, um ein erfolgreicher Schriftsteller zu werden, nachdem die Tür der akademischen Laufbahn für immer verschlossen blieb. Seine Doktorarbeit war nicht angenommen worden, weil sein Doktorvater und der Zweitgutachter Zweifel an der wissenschaftlichen Redlichkeit hegten. Neuschloss hatte abgeschrieben, die Quellen nicht exakt angegeben, fremde Gedanken als eigene Gedanken ausgegeben. Ohne Doktorarbeit keine akademische Laufbahn. So entstand der Wunsch, als Schriftsteller Lob und Anerkennung zu ernten, es allen an der Hochschule zu zeigen. Nun also ein letzter Versuch. Seit einigen Jahren erlebte der Kriminalroman einen regelrechten Boom. Selbst seriöse Literaturverlage publizierten plötzlich Krimis. Daneben explodierte der Markt für Regionalkrimis. Immer mehr selbst ernannte Autorinnen und Autoren drängten in die Buchhandlungen. Mark Neuschloss sah eine letzte Chance. Er vertiefte sich in das Leben von Georges Simenon, den erfolgreichsten Krimiautor aller Zeiten. Neuschloss fuhr nach Lüttich und wanderte auf den Spuren von Simenon, las alle Maigret-Romane, die Non-Maigrets, die Biografien. Er wollte es allen zeigen, er: Mark Neuschloss. 2019 besuchte er die *Criminale* in Aachen, ein Festival der deutschsprachigen Kriminalschriftsteller. Wieder versuchte er, Kontakte zu knüpfen. Alles vergeblich. Aber er wurde auf den 120. Geburtstag von Georges Simenon im Jahr 2023 aufmerksam. Das war der Beginn. Der Beginn einer langen Planung, bei der ihm nun Oliver Pohle helfen sollte, denn Oliver Pohle war fit in Informatik und brauchte stets Geld. Zugleich entschied sich Neuschloss, alle Vorbereitungen in den Krimi einfließen zu lassen, quasi einen Real-Krimi zu schreiben, der 2023 wie eine

Bombe einschlagen sollte. Neuschloss verfolgte alle Kriminalfälle der Region, stieß in den Zeitungen auf Kommissar Fett und erfand Kommissar Gras. Er hatte auch an Gros gedacht, aber Gras gefiel ihm besser. Er steigerte sich in eine Euphorie, die von keinem Rückschlag gebremst werden konnte, bis er Louise Buchsbaum traf und sein Projekt eine Wendung nahm.

Louise Buchsbaum war seine große Liebe, damals an der Uni, an der RWTH Aachen. Sie war bezaubernd, voller Humor, schlagfertig, sexy und lebenspraktisch. Sie konnte mit Geld umgehen, kaufte Aktien, kam hervorragend über die Runden. Mit Annette Stenten diskutierte Neuschloss die Neuerscheinungen, die Theorien der Avantgarde, die Thesen der Professoren. Mit Louise ging er ins Bett, fuhr in die Eifel. Diese Null, dieser Hartenstein, auch er hatte ein Auge auf Louise geworfen. Ein fauler Hund, verwöhnt, machte nur das Nötigste. Die Haperscheidt schaute nach einer guten Partie. Etwas Bildung kann nicht schaden, sagte sie immer und ließ sich von Mark die Hausarbeiten schreiben. Pohle, der packte es nicht. Der hatte schon im Studium ein Alkoholproblem. Er taumelte in das Aachener Nachtleben, verkehrte am Schlachthof, am Steffensplatz, auf der Pontstraße und im Südviertel. Er kannte alle Kneipen und Diskotheken, hatte den ersten Computer und verdiente als DJ ein paar Mark hinzu. Pohle mischte Endlosmusik ab für die Einkaufszentren, die damals anfingen, die Kunden zu beschallen. Die Romanistik gab Pohle bald auf. Lachen konnte man mit ihm, dem Außenseiter aus einer Kleinbürgerfamilie. Und er, Mark Neuschloss, Abitur und erstes Kind in der Familie auf einer Universität? Alles stand ihm offen, er war belesen, sprach fließend Französisch dank des Leistungskurses und Sprachreisen nach Bordeaux und Lausanne. Er redete und diskutierte ohne Ende, während um ihn herum alle den Abschluss schafften oder als Studienabbrecher in Wirtschaft, Verwaltung, Politik verschwanden. Er nahm alle Diskussionen und Theorien so furchtbar wichtig. Nichts war wichtiger als seine Themen. Darum, darum hatte ihn Louise Buchsbaum verlassen. Sie fürchtete sich vor seinen Obsessionen, den Dauerschleifen über die Theorien der Autoren Lacan, Foucault, Baudrillard, Deleuze. Er hatte sie an den Amerikaner verloren, den Muskelmann aus dem Ruder-Achter. Ja, irgendwann würde er es dem Achter heimzahlen. Immer, wenn er mit seinem Segelboot den *Wildenhof* passierte, schmerzte diese Wunde. Jetzt hatte er es ihnen heimgezahlt. Das Boot war Schrott. Er war stolz auf sich. Wie ein Indianer war er durch den Rursee geschwommen. Runter vom Segelboot, rein ins Wasser, das Kampfmesser am Gürtel. Wie ein Indianer in den Westernfilmen der 60er-Jahre war er zum Bootshaus am *Wildenhof* geglitten. Er tauchte aus dem Wasser auf wie ein Apache, ein Sioux, ein Komantsche. Alles ging leichter und schneller als gedacht. Dann hatte Pohle anonym die Drohung gepostet. Neuschloss liebte es, Unsicherheit zu verbreiten, Angst zu schüren, Macht auszuüben.

Warum nur war Pohle so hinter dem Geld her? Reichten ihm die 10.000 Euro von dem belgischen Verlagsvertreter nicht? Nein, sie reichten ihm nicht. Pohle hatte Spielschulden. War ja klar. Er pokerte, verzockte alles.

Dann machte er Druck. Louise Buchsbaum sollte helfen, Neuschloss wollte sie anpumpen. Mark Neuschloss rief sie am Montag aus der Telefonzelle in Simmerath an. Sie war überrascht. Ein Wiedersehen nach drei Ehen, warum nicht? Vergangenheit erzählen. Neuschloss lud sie in sein Wochenendhaus bei Obermaubach ein. Er holte sie am Dürener Bahnhof ab, versprach, sie wieder nach Aachen zurückzubringen. Was dann auch geschah. Aber als Leiche. Vorher lachten sie noch, scherzten. Er erzählte dann von seinen Manuskripten und von dem Krimi, an dem er arbeitete, und da schlug die Stimmung um, bevor er auf den Kredit zu sprechen kam. Louise wollte doch auch einen Krimi schreiben. Bereits als Studentin. Mark Neuschloss erzählte ihr von seinem Plan, zum Simenon-Jubiläum einen Bestseller auf den Markt zu bringen. Sie lachte ihn aus. Sie, die Simenon-Expertin, lachte so laut, dass die Eichhörnchen draußen vor der Tür erschraken. Diese Kränkung war zu groß. Neuschloss rastete aus, alles kam hoch, der Ruderheini, die Trennung und nun die Demütigung. Neuschloss drückte erbarmungslos zu. Sie wehrte sich nicht. Sie lächelte ihn sogar noch an. Eine Stunde überlegte er, was zu tun sei. Dann dachte er an *Maigret und den Treidler der Providence*. Er rief Pohle an. Der holte die Leiche ab und legte sie am Dienstagmorgen mit Handtasche und Schmuck unter das Stroh. Das musste so sein. Dafür stellte Neuschloss einen finanziellen Bonus in Aussicht. Während Pohle entsorgte, saß Neuschloss am Manuskript und schrieb die Realität des Mordes an Louise Buchsbaum in seinen Krimi. Er war überzeugt, dass die Erpressung von Lüttich durch den

Mord an Louise Buchsbaum ernster genommen würde. Ein realer Mord, eine reale Erpressung, ein Kriminalroman mit blutigem Hintergrund.

Am Sonntag tauchte Pohle am Bootssteg auf. Er brauche Geld, sofort. Mord sei kein Spaß, er forderte 20.000 Euro. Warum nur bekam Pohle sein Leben nicht in den Griff? Neuschloss lud ihn auf einen Drink ein. Kein Regen, leichte Brise, ideal, um einen kleinen Ausflug mit dem Segelboot zu machen. Pohle trank den Cognac wie Wasser. Als der Wind auffrischte, wurde ihm übel, er hing über der Reling. Es bedurfte nur eines kleinen Stoßes, und Pohle, der Nichtschwimmer, landete an einer schwer einsehbaren Stelle im Rursee. Er kratzte noch am Schiffsrumpf, aber seine Feldjacke, die schweren Schuhe, der Krempel in seinen Jackentaschen, alles zog ihn nach unten. Die *Ostrogoth II* segelte langsam weiter. Pohle tauchte erst am nächsten Tag an der Boje des *Beach Clubs* bei Eschauel auf. Selber schuld, dachte Neuschloss. Idiot. Bekam den Hals nicht voll. Der hatte gar nicht verstanden, worum es ging.

Nun waren alle Bälle in der Luft. In Lüttich, bei Stenten, Hartenstein. Den Vorlauf für den Druck seines Buches hatte er genau kalkuliert. Erscheinungstermin Februar 2023: *Kommissar Gras und das Jubiläum*.

Bei Pohle würde niemand Spuren von ihm finden. Wie sollte die Polizei auf ihn kommen? Er würde unerkannt bleiben. Trotzdem bereitete er sich vor. Er fuhr am Montagmorgen nach Heimbach zur *ARAL*-Tankstelle und nach Gemünd zur *ARAL*-Tankstelle und kaufte weitere zehn Propangasflaschen.

31
OSTROGOTH II –
DAS TOTENSCHIFF

»*Ostrogoth II*. Ein Segelboot mit dem Namen liegt zwischen Eschauel und Schwammenauel. Eigentümer: Marco Castelnuovo, wohnhaft bei Obermaubach.« Marion Laufenberg kam mit der Info direkt aus ihrem Büro. »Info kommt vom Wasserverband Eifel-Rur. Liegt da seit 14 Jahren, immer bezahlt, keine Auffälligkeiten. Gehört zu den größten Pötten auf dem Rursee.«

»Das ist unser Mann.«

»Wie kommen wir an den ran? Sie erreichen den Liegeplatz nur über den Ruruferweg.« Laufenberg warf einen Blick auf die Karte und zeigte auf den Uferweg entlang des Rursees.

Conti las noch den Bericht des Rechtsmediziners. »Info vom Doc, Pohle hatte ordentlich geladen. Cognac. Der konnte nicht mehr schwimmen, war blau wie die Donau.« Conti rief es Fett zu, der nach seinem Sakko griff.

»Wir müssen Kosslowski informieren und brauchen Verstärkung. Schwammenauel gehört zur Kreispolizeibehörde Düren. Da müssen wir unseren Aufmarsch ankündigen.«

»Aufmarsch?«

»Was würden Sie tun, Frau Conti, wenn Sie als Mörder auf einem Boot am Rursee leben? Keine Vorsichtsmaßnahmen? Kameras, Fallen? Wenn er uns nicht entkommen soll, müssen wir uns etwas einfallen lassen.«

»Er kann uns nicht entkommen. Das ist ein See, Herr Fett. Wir holen Verstärkung von der Wasserschutzpolizei, blockieren das Boot, er muss rauskommen, und wir haben ihn: Endstation Rursee.«

»Auf dem See gibt es keine Wasserschutzpolizei. Am Wochenende DLRG. Sonst schippert die *Weiße Flotte* hin und her.«

»Die *Ostrogoth II* hat Elektroantrieb für Flaute. Hat der Wasserverband mitgeteilt. Alles legal.« Marion Laufenberg warf es in die Runde. »Bartholomy hat ein Wochenendhaus auf seinen Namen bei Obermaubach entdeckt. Liegt am Ortsausgang von Obermaubach Richtung Kallerbend im Wald. Da kommt man nur über einen schmalen Feldweg hin.«

»Zwei mögliche Aufenthaltsorte. Wo schlagen wir zu?« Fett blickte zu Conti.

»Zeitgleich bei beiden.«

»Haben wir genug Einsatzkräfte?«

»Ich fürchte nein.«

»Wo würden Sie sich aufhalten, um fliehen zu können?«

»An Land natürlich.«

»Dann fangen wir dort an. SEK aus Köln und Einheiten aus Düren.«

»Ich kümmere mich darum.«

Am Dienstagabend tagte im Polizeipräsidium Aachen der Krisenstab. Fett erläuterte den Fall, die Informationen und die Gefahren. Kriminalrat Kosslowski leitete die Runde, er würde dem Polizeipräsidenten Bericht erstatten. Das SEK in Köln wurde angefordert, der Leiter der Einsatzhundertschaft erhielt präzise Infos zur Lage in Obermaubach, die Kreispolizeibehörde Düren wurde informiert, die Leitung lag beim Polizeipräsidium Aachen.

»Wir gehen von zwei Seiten vor. Hauptangriff aus Richtung Obermaubach. Sicherung aus Richtung Kallerbend, damit er uns nicht über die Wanderwege Richtung Bergstein, Kallerbend und Nideggen entkommt. Die beiden Brücken über die Rur müssen gesichert werden, ein Trupp auf der anderen Seite des Stausees, falls er mit einem Boot übersetzen möchte. Zwei Züge Einsatzhundertschaft reichen für beide Uferseiten aus, SEK öffnet Haus, Rettungswagen in Obermaubach, Absperrung ab Kreuzung Bergsteiner Straße mit Rödderweg. Seine Hütte liegt In der Federbend, Maschendrahtzaun, vergitterte Fenster, abschüssige Zufahrt. Für Mittwochmorgen sind keine Wanderungen geplant, wir haben Osterferien, keine Schulklassen, höchstens Gassigeher. Die fangen wir ab. Alle auf Position am Mittwoch um 06.00 Uhr. Sonnenaufgang 06.31 Uhr. SEK öffnet Hütte 06.25 Uhr. Falls er entkommt, wird uns der Sonnenaufgang helfen, und wir können zur Not Helikopter einsetzen. Der steht auf dem Fliegerhorst Nörvenich in Bereitschaft.«

Die Frauen und Männer hatten keine Fragen. Die Maschinerie lief mit der Präzision eines Uhrwerks an.

In Köln bereitete sich das SEK-Team 1 auf den Einsatz vor, studierte die Karten, googelte die Umgebung, prüfte die Waffen, die Fahrzeuge und die Funkverbindung. Zwei Züge der Aachener Einsatzhundertschaft erhielten alle erforderlichen Informationen, die Aufgaben wurden verteilt. Die Kreispolizeibehörde Düren richtete einen eigenen Stab ein. Zivilwagen der Aachener Behörde waren nach Obermaubach unterwegs, um den Einsatzort zu sichern. Unbekannte Bauarbeiten, Straßensperrungen, Busumleitungen – alles war möglich. Sie fanden aber nichts. In Obermaubach gingen nach 22 Uhr die Lichter aus. In der Hütte von Neuschloss blieb es dunkel.

Die Frühaufsteher in Obermaubach trauten am Mittwochmorgen ihren Augen nicht. Auf dem Parkplatz an der Staumauer standen sechs Mercedes Sprinter der Einsatzhundertschaft, zwei Polizistinnen kontrollierten den Weg über die Staumauer, *Café Flink* war noch geschlossen, überall Polizeimotorräder und schwarze Mercedes Kleinbusse, die von Polizisten mit Sturmhaube gefahren wurden. Die Einsatzzentrale befand sich in der Grundschule, die wegen der Osterferien nicht gebraucht wurde. Dort standen die Monitore, auf denen Kosslowski und Reinhard Fuchs, Leiter der Einsatzhundertschaft, zusammen mit Staatsanwältin Regauer den Einsatz verfolgten.

Fett erwartete auf dem Parkplatz vor der Grundschule das SEK-Team, informierte über die Lage und ließ sie vorfahren. Alles basierte auf dem Überraschungsmoment.

»Uhrenvergleich: 06.15 Uhr.«

Die Kollegen aus Köln nickten. Hauptkommissar Ahlrichs, Leiter des Teams, besprach mit Fett die letzten Einzelheiten. Sie wussten, dass der Weg bis zur Hütte für die beiden Mercedes Busse geeignet war, sonst hätten sie Geländewagen eingesetzt.

Um 6.20 Uhr schossen beide Busse los. Fett und Conti folgten ihnen im zivilen VW Passat. Sie rasten über die Bergsteiner Straße, vorbei am Bildstock für Judas Thaddäus mit dem Spruch »ORA PRO NOBIS«, der Weg wurde uneben, aber befahrbar, erste Hütten linker Hand am Seeufer, Tore, Zäune, Steine flogen, Hasen jagten ins Unterholz, Vögel stoben auf, Eichhörnchen blickten erschrocken auf die drei rasenden Wagen, ein Fuchs schlich ins hohe Gras. Scharf bremsten die Fahrer an der abschüssigen Zufahrt zur Hütte, die Seitentüren wurden aufgerissen, die Polizisten sprangen heraus, sicherten nach allen Seiten, der Kollege mit dem Rammbock sprintete zum Eingang, begleitet von zwei SEK-Kollegen mit Maschinenpistole im Anschlag. Fett und Conti liefen zum Zaun. Ahlrichs gab das Zeichen, der Rammbock krachte gegen die Tür, die aufflog wie aus Pappe, zwei, drei, vier SEK-Polizisten stürmten in die Bude, riefen Warnungen aus, checkten die beiden Zimmer, die Küche, das Bad, den Ausgang in Richtung Stausee: negativ.

»Negativ. Keiner drin.« Ahlrichs berichtete Fett und Conti und befahl Abzug des Teams. Kosslowski, Fuchs und Regauer atmeten auf. Kosslowski war in Gedanken bereits bei dem Segelboot auf dem Rursee, er blickte zur

Staatsanwältin und sagte nur: »Das Boot wird schwieriger.«

»Fett schafft das.« Regauer verließ die Grundschule und fuhr zurück in ihr Büro nach Aachen.

Fett und Conti steckten ihre Waffen ins Holster und schauten sich um. Elke Unsleber rückte mit der Kriminaltechnik an, musste aber noch warten, bis das SEK den Rückzug angetreten hatte.

»Bücher, alle Wände voll mit Büchern. Krimis.« Fett schaute auf die Wand voller Taschenbücher, gebundener Bücher.

»Französische und englische Originalausgaben«, sagte Conti. »Der las Simenon und Chandler im Original.« Sie blickte zur Decke und entdeckte die kleine Kamera. Sie stieß Fett an und zeigte mit dem Daumen nach draußen. »Der hat wahrscheinlich alles verfolgt. Da sind Kameras drin. Er weiß nun, dass wir kommen.«

»Uns bleibt nicht viel Zeit. Wir müssen sofort zur *Ostrogoth*.« Fett winkte Unsleber, machte sie auf die Kameras aufmerksam und befahl, sie abzuklemmen.

»Zurück zu Kosslowski.«

»Wir müssen sofort am Rursee zuschlagen, ansonsten ist Neuschloss weg.« Fett berichtete von den Kameras, den Krimis. Kosslowski überlegte nicht lange.

»Fuchs, Sie nehmen die zwei Züge Einsatzhundertschaft. Ein Zug von Schwammenauel aus Richtung Eschauel. Der zweite Zug von Schmidt aus runter nach Eschauel und dann in Richtung Schwammenauel. Das SEK vorneweg. Die Rursee Schifffahrt informieren. Heute kein Schiffsverkehr. Der Heuwer in Simmerath kennt die Ansprechpartner. Wir müssen sofort losschlagen, sonst ist es zu spät.«

Es folgte die Lagebesprechung mit den Einsatzkräften, die Karten wurden runtergeladen, die Anfahrtswege besprochen und das Vorgehen abgestimmt. Der Helikopter in Nörvenich wurde instruiert und sollte weiter in Bereitschaft bleiben.

Niemand in der Grundschule in Obermaubach wusste, dass es um 7.45 Uhr am Mittwoch vor Gründonnerstag bereits zu spät war.

32
WIR HABEN EIN PROBLEM

Der 484 PS starke Dieselmotor der *Stella Maris* brummte, die 250 Angestellten der Sparkasse Aachen waren pünktlich um 8 Uhr am Anleger Rurberg, denn heute stand der Tagesausflug der Eifelfilialen auf dem Programm. Fahrt nach Schwammenauel, Gabelfrühstück im Hotel *Der Seehof*, von dort mit der *Stella Maris* über den Rursee zurück zur Bedarfshaltestelle Kermeterufer, Wanderung entlang des Rursees nach Rurberg über den Paulushofdamm. Kapitän Heinrich Nepomuck und seine Crew begrüßten mit einem herzlichen »Ahoi! Willkommen auf dem Amazonas der Eifel« die Frauen und Männer aus den Filialen Eschweiler, Herzogenrath, Monschau, Roetgen, Simmerath, Stolberg und Würselen. Pünktlich um 8 Uhr ertönte das Horn der *Stella Maris*, die Leinen wurden eingeholt, und das Prachtstück der Rursee Schifffahrt brummte los in Richtung Woffelsbach. Gegen 9 Uhr war die Ankunft in Schwammenauel geplant, denn die *Stella Maris* sollte langsam über den Rursee fahren, damit genug Zeit für Fotos blieb, die umgehend via *Facebook* und *Instagram* in die Welt flogen.

Zu dem Zeitpunkt hatte Mark Neuschloss sein Segelboot auf Kurs gebracht, hörte von *T-Rex* »Children of the Revolution« und fuhr, angetrieben vom Elektromotor, in Richtung Eschauel. Er hatte durch die Videoüberwachung gesehen, wie seine Hütte in Obermaubach gestürmt wurde. Sie waren schneller gewesen, als er gedacht hatte. Seinen Kriminalroman hatte er in der Nacht aktualisiert, jetzt würde er auf dem See weiterschreiben. Alles hielt er fest, er schrieb, plante, schrieb, sicherte die Datei und war von sich so überzeugt, dass er mehrfach *T-Rex* »Children of the Revolution« hörte, während die *Ostrogoth II* gemächlich in die zentrale Fahrrinne einbog. Seinen finalen Plan würde er vielleicht heute umsetzen müssen. Vielleicht. Er war bereit.

Von Rurberg aus kommend, tuckerte die *Stella Maris* in Richtung Woffelsbach. Erste Pikkolöchen gingen über die Theke der Bordbar, die Damen der Privatkundenberatung Simmerath lachten über einen Seemannswitz, die Herren der Kreditabteilung aus Monschau fachsimpelten über die Hochwasserkatastrophe, die mögliche Erhöhung des Leitzinses durch die EZB, aber vor allem über *Alemannia Aachen*. Frauen lachten öfter, auch über sich selbst. Die Männer trugen Funktionskleidung, manche, die Nichtschwimmer, blickten verstohlen zu den Rettungsringen, Heinrich Nepomuck summte am Steuer »Einmal am Rhein, und dann zu zweit alleine sein«. Er griff zu seinem *Zeiss*-Fernglas und erblickte in weiter Ferne am frühen Morgen noch nichts, denn die *Ostrogoth II*, die ohne gesetztes Segel langsam ebenfalls in Richtung Woffelsbach steuerte, war noch vor Eschauel und nahm Kurs auf die Liebesinsel, um dann die Richtung zu ändern.

Das SEK-Team sowie Fett und Conti trafen nach der Entscheidung zum Soforteinsatz gegen 8.30 Uhr in Schwammenauel an der Staumauer ein. Ein Zug der Einsatzhundertschaft folgte, der zweite Zug raste über Schmidt in Richtung Eschauel.

Heuwer erreichte niemanden. Die Geschäftsstelle der Rursee Schifffahrt war noch nicht besetzt, der Anrufbeantworter lief, eine Mobilnummer von Nepomuck besaß er nicht. Dann eben nicht, dachte er. Die fahren mit den Amazonas-Dampfern eh erst später los. Heuwer wusste nichts von der Sonderfahrt für die Sparkasse Aachen.

Die *Stella Maris* dampfte gemächlich an Woffelsbach vorbei, die Stimmung war ausgelassen, die Sonne kroch aus Richtung Mariawald über die Bäume, während die Vorräte an Piccolo dahinschmolzen. An der Biegung beim RWTH-Gelände *Wildenhof* lag die *Ostrogoth II* in der Fahrrinne der *Stella Maris*. Nepomuck reduzierte die Geschwindigkeit, griff zum Fernglas, wunderte sich und betätigte das Horn. Er sah Mark Neuschloss auf dem Boot, das sich querstellte. Neuschloss winkte so, als ob er einen Notfall hätte. Nepomuck fuhr noch langsamer. Schließlich befahl er »Maschinen Stopp!«. Langsam glitt die *Stella Maris* auf die *Ostrogoth II* zu. Die Fahrrinne war eng, der Wasserstand niedrig, es gab kein Vorbeikommen für das Fahrgastschiff, dessen Tiefgang zu groß war. Die *Ostrogoth II* hätte ausweichen müssen, so lautete die Regel. Aber Mark Neuschloss blieb in der Fahrrinne, winkte Nepomuck zu und hielt ein Schild mit einer Mobilfunknummer in die Höhe. Nepomuck rief den Auszubildenden Petru Irimia, gebürtig aus Rumänien, zu sich. Petru, ein aufgeweckter Junge, der mit seiner Familie in Heinsberg wohnte, wollte schon als Kind zur rumänischen Schwarzmeerflotte. Dann zogen seine Eltern nach Heinsberg, stiegen ins Baugewerbe ein, und Petru fand eine Lehrerin, die seinen Wunsch respektierte. Sie machte ihn auf das Stellenangebot der Rursee Schifffahrt aufmerksam, und so kam es, das Petru Irimia die Handynummer von Mark Neuschloss notierte, die Kapitän Nepomuck ihm diktierte.

»Was soll der Mist denn?« Nepomuck griff zu seinem Handy, Petru Irimia stand auf der Brücke und blickte auf das Segelboot.

»Hallo, hier Kapitän Nepomuck, *Stella Maris,* machen Sie die Fahrrinne frei. Sie kennen doch die Regeln.«

»Hier *Ostrogoth II.* Werfen Sie Anker. Das Boot ist mit Propangasflaschen gefüllt. Bleiben Sie, wo Sie sind. Sonst gibt es ein Unglück.«

Nepomuck glaubte, er habe sich verhört. Mittlerweile lagen nur noch 50 Meter zwischen den Schiffen. Er sah, wie Mark Neuschloss eine Propangasflasche neben sich stellte und darauf zeigte.

»Was wollen Sie?«

»Verhandeln mit der Polizei. Geben Sie meine Nummer weiter. Bleiben Sie liegen. Dann passiert Ihnen nichts.«

Gegen 8.45 Uhr rief Kapitän Nepomuck die 110 an und wurde mit der Leitstelle in Düren verbunden. Dort wusste man von dem Einsatz am Rursee und leitete ihn weiter zu Fett, der gemeinsam mit Conti dem SEK-Team aus Köln folgte.

»Fett, Mordkommission.«

»Nepomuck, Kapitän der *Stella Maris*. Wir haben ein Problem.«

33
GROSSLAGE AM RURSEE

Fett informierte umgehend Kosslowski, das SEK-Team und den Einsatzhundertschaftsführer. Sie luden die Karte vom gesamten Rursee hoch auf ihre *iPads* und markierten die Absperrungen. Über Funk schlug Fett vor: »Wir brauchen sofort einen Verhandler aus Köln, die Absperrung aller Uferwege, die komplette Einstellung der Schifffahrt und die Räumung des *Wildenhofs*. Das wird unsere Einsatzzentrale.«

»Kosslowski an alle. Fett hat Entscheidungsbefugnis vor Ort bis Ständiger Stab Polizeipräsidium Köln übernimmt. Verhandler einfliegen. Präzisionsschützenkommando aus Köln und zweites SEK-Team sofort anfordern. Information an Polizeipräsident Aachen, Köln und Ständiges Lagezentrum Innenministerium Düsseldorf. Sofort. Verstanden?«

Fett und Conti bejahten ebenso wie die Kollegen vom SEK und der Einsatzhundertschaft. Kosslowski wusste, dass die Zeit lief, 250 Menschen in Gefahr waren und in spätestens einer Stunde Spezialisten aus Köln und Aachen am *Wildenhof* eintreffen würden. Er sprach direkt mit Fett.

»Nehmen Sie Kontakt auf. Deeskalation. Schutz der *Stella Maris* hat oberste Priorität. Noch ist nichts passiert.«

»Ich weiß. Mal sehen, wie er auf mich reagiert. Zur Not könnte Conti mit ihm sprechen.«

Conti hörte mit und nickte.

»Zur Not, Fett. Machen Sie sich so schnell es geht auf den Weg zum *Wildenhof*. Wir brauchen auch Polizeitaucher, Schnellboote und genügend Notärzte und Rettungswagen. Das werde ich von unterwegs anfordern. Verstanden?«

»Wir sind unterwegs. Verstanden.«

Conti programmierte im Navi *Wildenhof* und wurde blass, als 30 Minuten Fahrtzeit angegeben wurde. »Schnallen Sie sich an. Ich muss auf meine BKA-Fahrkenntnisse zurückgreifen.«

Fett wusste, was das bedeutete. »Lampe an, Martinshorn aus. Ich muss unterwegs vielleicht mit Neuschloss Kontakt aufnehmen und ihn hinhalten.«

»Okay. Dann los.« Conti legte den ersten Gang ein, die Reifen qualmten, das Blaulicht klebte auf dem Dach, und sie flog in Richtung Schmidt wie ein Blitz.

Fett rief Kapitän Nepomuck an. »Ich nehme Kontakt mit dem Mann auf. Wir wissen, wer er ist. Beruhigen Sie alle Gäste. Wir haben die Situation im Griff. Sie sind der wichtigste Mann an Bord. Holen Sie den Sparkassenchef in die Kabine, sagen Sie ihm, was los ist. Spielen Sie meinetwegen etwas Musik. Passen Sie auf, dass niemand über Bord springt, um ans Ufer zu schwimmen. Das könnte den Mann irritieren. Wir wissen nicht, ob er blufft. Rettungswesten verteilen, Rettungsboote klarmachen. Verstanden?«

»Alles verstanden. Hab' mir so was schon gedacht.«

Nepomuck schaute zum Auszubildenden Petru Irimia. Der Junge hat sein Leben noch vor sich. Dieser Arsch da vorne, der wird ihm das nicht versauen, eher ramme ich den Idioten auf den Grund des Rursees. Doch das sprach Heinrich Nepomuck nicht aus.

Fett rief die Leitstelle des Ständigen Stabs in Köln an, in dem mittlerweile Vollalarm ausgelöst worden war. »Jemand soll die Tankstellen und Verkaufsstellen rund um den Rursee anrufen. Verkauf von Propangas in größeren Mengen an eine bestimmte Person.«

Piontek, Köln, Leiter Ständiger Stab, schaltete sich auf. »Verhandler und Präzisionsschützen kommen mit Helikopter nach Rurberg, Polizeitaucher haben keine blasenfreien Atemgeräte. Wer ist der Mann?«

»Mark Neuschloss, vermutlich zweifacher Mörder, plant Sabotageakt, möchte Bestsellerautor werden. Wenn wir ihm heute die Show vermasseln, könnte es aus sein mit seinem Traum.«

»Hört sich nach Psycho an. Wie ist die Lage?«

»Er blockiert in der Fahrrinne des Rursees ein Ausflugsschiff mit 250 Gästen, droht mit Explosion. Fahrgastschiff liegt etwa 30 bis 50 Meter vor ihm. Kapitän ist ein besonnener Mann. Noch keine Panik unter den Passagieren.«

Piontek erhielt einen Zettel aus der Telefonzentrale des Ständigen Stabs: In den *ARAL*-Tankstellen in Heimbach und Gemünd seien in den letzten zwei Wochen von einer Person ungefähr 15 Propangasflaschen gekauft worden. Personenbeschreibung jeweils identisch. Piontek informierte Fett, der sich mit der rechten Hand am

Haltegriff festhielt, denn Conti raste die Serpentinen nach Woffelsbach hinunter. 15 Propangasflaschen, das reicht für Rursee in Flammen, dachte Fett.

»Sie müssen jetzt mit Neuschloss sprechen. Unser Verhandler fliegt mit dem Präzisionsschützenkommando gerade über die Zülpicher Börde, um aus Richtung Vogelsang zu kommen. Sie werden in Rurberg landen, zwei Präzisionsschützen müssen in Richtung Kermeter auf die rechte Uferseite flussabwärts, zwei Präzisionsschützen zum *Wildenhof*. Sind Sie sicher, dass der Mann alleine ist?«

»99 Prozent. Sein Helfer ist tot. Keine Anzeichen von weiteren Personen, weder in der Hütte noch auf dem Boot. Verstanden. Ende.«

»Ende«, sagte Piontek und rief Kriminalrat Zacharias, zuständig für die Abstimmung mit Bundeswehr, GSG 9 und US-Streitkräften in Deutschland, an. »Unsere Taucher können nichts ausrichten, die werden entdeckt, die haben keine blasenfreie Taucherausrüstung. Nehmen Sie Kontakt zum Innenminister auf. Wir brauchen Kampfschwimmer aus Eckernförde.«

»Kampfschwimmer? Die Bundeswehr darf doch nicht ...« Weiter kam Zacharias nicht.

»Sie verbinden mich. Ich nehme das auf meine Kappe.«

Nach zwei Minuten hatte Piontek den persönlichen Referenten des Innenministers am Ohr.

»250 Menschen?«

»Ja, akute Bedrohungslage, zweifacher Mörder, er droht mit Sprengung mitten auf dem Rursee. Wir haben keine Kräfte vor Ort, die unbemerkt an das Boot rankommen. Das kann nur das Kommando Spezialkräfte der Marine, die Kampfschwimmer aus Eckernförde.«

»Reul. Tag, Herr Piontek.«

»Herr Innenminister, wir brauchen Amtshilfe nach Artikel 35 Absatz 1 Grundgesetz durch die Bundeswehr. Technische Unterstützung durch die Kampfschwimmer aus Eckernförde. Polizei NRW und Nachbarländer haben keine entsprechende Ausrüstung.«

»Herr Piontek, Sie wissen, was Sie verlangen?«

»Ja, Herr Innenminister. Wir hatten technischen Austausch mit Kampfschwimmer-Kompanie aus Eckernförde. Nur die können das.«

»Was?«

»Unter Wasser und ohne Sauerstoffblasen an der Wasseroberfläche an Entführer ran, Boot abdrängen, *Stella Maris* mit voller Kraft zurück, dann Zugriff.«

»Zugriff durch wen?«

»SEK-Köln, Präzisionsschützen.«

»Okay. Ich spreche mit der Verteidigungsministerin. Geben Sie mir zwei Minuten.«

Herbert Reul erreichte die Verteidigungsministerin bei einem Truppenbesuch in Fürstenfeldbruck. Sie zögerte einen Moment, beriet sich mit dem Generalinspekteur der Bundeswehr, dachte an ihre Presse der letzten Wochen und gab schließlich grünes Licht.

»Herr Reul, das Territoriale Führungskommando ist im Umbau und wird erst im Oktober voll funktionsfähig sein. Ihr Ansprechpartner ist das Einsatzführungskommando in Potsdam, Oberst Adamy, zuständig für Kommando Spezialkräfte Marine und Kommando Spezialkräfte. Die Nummer erhalten Sie per SMS. Das alles läuft unter technische Amtshilfe. So werde ich es im Verteidigungsausschuss darstellen. Sie verstehen mich? Keine Parteipolitik. Ich werde den Kanzler informieren.«

»Wir verstehen uns, Frau Ministerin. Danke. Sie erhalten Rückendeckung von unserem Ministerpräsidenten.«

Reul gab alle Infos an Piontek weiter, der sofort Oberst Adamy kontaktierte und die Lage schilderte. Nach zehn Minuten stand das weitere Vorgehen fest: Eine Gruppe des zweiten Zugs der Kampfschwimmerkompanie unter Oberleutnant Alpha bekam sofort eine Alarmmeldung mit dem deutlichen Hinweis: »No exercise! No exercise! Keine Übung!« Ein *Airbus* A400M in Wunstorf erhielt einen Alarmstartbefehl, zwei Unterwasser-Scooter sowie blasenfreie Tauchausrüstung wurden umgehend zur Schnellverlegung nach Wunstorf transportiert. Die Gruppe von Oberleutnant Alpha, alle sprachen sich ab sofort nur noch mit Tarnnamen an, wurde aus der Schwimmhalle geholt und bekam ein Briefing durch Piontek und Adamy via *ZOOM*.

»Lage: Geiselnehmer bedroht 250 Passagiere mit Explosion durch Propangas auf Segelboot *Ostrogoth II* im Rursee auf der Höhe *Wildenhof*. Wassertiefe ausreichend für Annäherung unter Wasser, Sicht ein Meter höchstens, Fließgeschwindigkeit sehr langsam, wir lassen Ablaufgeschwindigkeit an Talsperre Schwammenauel reduzieren. Aufgabe: Unterwasserannäherung, gegebenenfalls Kappung Ankerseil, Abdrängen des Boots von *Stella Maris* in sichere Entfernung, danach Zugriff durch Präzisionsschützen und SEK aus Köln. Zwei Unterwasser-Scooter mit je zwei Mann, zwei Mann Sicherung, Leitung Oberleutnant Alpha. Verbringung über zwei Lastenhubschrauber via Wunstorf und A400M nach Nörvenich, Umstieg in *H-47 Chinook Lastenhubschrauber* US Army aus Bitburg, da wir kein Material in der Nähe haben. Anflug von Südwesten. Landezone Rurberg. Feldjägerregiment 6 aus Bonn und Hilden stellt Sicherung vor Ort bei Rurberg her. Kampfschwimmer beteiligen sich nicht aktiv an Enterung des Bootes. Das ist ein Befehl. Uhrenvergleich. Ziel: Landung *A400* in Nörvenich um elf null, danach sofortige Verladung und Verlegung nach Rurberg mit *Chinook*.« Adamy hatte mit Piontek den Plan entworfen.

»Noch Fragen?« Niemand hatte Fragen.

In Hilden und Bonn wurde bei den Feldjägern Vollalarm ausgelöst. Alle erhielten die Nachricht: »NE! No Exercise!« Keine Übung. Ernstfall. Aus jedem Standort brachen drei VW-Bullis mit einem Zug Feldjäger in Richtung Rurberg auf. In Wunstorf wurde die Alarmstaffel informiert. Eine Besatzung unter Hauptmann Otten wurde zur Maschine gebracht, eine *A400M*, vollgetankt, startklar, Lademeister Wosch an Bord, bereits informiert über die Fracht, die aus Eckernförde mit zwei Hubschraubern landen würde.

In der Rureifel wurden die Feuerwehren durch das Lagezentrum Stockheim und das Lagezentrum Simmerath informiert. Sollte die *Ostrogoth II* explodieren, sei die Rettung der Passagiere vorrangig, allerdings könnte es auch zu Waldbränden auf dem Kermeter-Ufer kommen. Sämtliche Zufahrtsstraßen nach Woffelsbach,

Rurberg und Einruhr wurden kontrolliert und manche dichtgemacht, um den Einsatz der Rettungskräfte, der Bundeswehr, der Polizei, der Bundespolizei und des Technischen Hilfswerks zu ermöglichen. Die THW-Kräfte in den Eifelgemeinden rund um den Rursee wurden in Bereitschaft versetzt.

Captain Kurtz erhielt gegen 10 Uhr die Information über den Einsatz am Rursee. Zusammen mit seinem Copiloten Lieutenant Kilgore programmierte er die Daten für den Anflug auf Rurberg, den Landeplatz in der Nähe des Nationalparktors. Das Training mit dem Door Gunner wurde abgebrochen. Kurtz informierte seinen Lademeister und ließ den schweren Lastenhubschrauber mit je einem Rotor vorne und hinten volltanken. »Showtime, Kilgore.« Kilgore lächelte. Beide hatten Erfahrung aus Afghanistan und dem Irak. Immer dort, wo vorne war, mussten sie die Navy-SEALS und Ranger absetzen. Der heutige Einsatz war eine willkommene Abwechslung: Tiefflug von Bitburg nach Nörvenich, Aufnahme der deutschen Kampfschwimmer, Flug Richtung Zülpicher Börde, Schlenker Richtung Südeifel und Anflug auf Gemünd, Tiefflug über die Urfttalsperre, Sprung über die Staumauer und in Kniehöhe über den Obersee nach Rurberg. Die Landezone würde von deutschen Feldjägern gesichert. Auf einen German Kaffee freuten sich beide: Captain Kurtz aus St. Cloud in Minnesota und Leutnant Kilgore aus Richmond, Virginia. Sie checkten ihren Hubschrauber, während in Eckernförde Oberleutnant Alpha seine Gruppe transportbereit meldete. Zwei *NH-90 Sea Lion* Hubschrauber aus

Nordholz standen auf dem Gelände der Kampfschwimmer in Eckernförde abflugbereit. Jeder Hubschrauber transportierte einen Unterwasser-Scooter sowie drei oder vier Mann mit kompletter Ausrüstung. Oberleutnant Alpha meldete startklar. Die beiden Hubschrauber hoben zeitgleich ab und donnerten im Tiefflug Richtung Wunstorf. Die *A400M* Besatzung wartete, Captain Kurtz verließ Bitburg und flog in 800 Metern Höhe über Hillesheim Richtung Nörvenich. Dort waren der Kommodore und der Tower informiert. Der Trainingsbetrieb mit dem *Eurofighter* wurde unterbrochen, die Umladezone von der *A400M* in den *Chinook* war frei. Alles lief präzise ab. Nur war es diesmal keine Übung.

Von Aachen aus informierte der Polizeipräsident den Landrat von Düren und den Städteregionspräsidenten aus Aachen über die besondere Lage am Rursee. Beide Kreise waren betroffen, zudem wurden die lokalen Feuerwehren, das Technische Hilfswerk und die Krankenhäuser benötigt. Für den schlimmsten Fall. Beide versprachen Vertraulichkeit und informierten nur ihre eigenen Krisenstäbe.

34
DIE FORDERUNG

Fett wählte noch aus dem Auto die Nummer von Neuschloss.

»Wurde Zeit.«

»Fett, Kripo Aachen. Herr Neuschloss, wie geht es Ihnen?«

»Reden Sie keinen Schmäh. Lassen Sie uns einfach die Basics klären.«

»Gerne, Herr Neuschloss.«

»Hören Sie auf mit Ihrem Herr Neuschloss.«

»Kein Problem. Wie soll es weitergehen?«

»Sie werden dafür sorgen, dass mein Manuskript in Frankreich und in Deutschland bei einem Verlag landet. Sie werden heute noch die Medien über meine Forderung informieren. Keine Geheimnistuerei. Klare Ansage, der Geiselnehmer hat einen Kriminalroman geschrieben, er fordert den Druck des Romans und dessen Verkauf anlässlich des 120. Geburtstages von Georges Simenon. Verstanden?«

»Das habe ich verstanden. Ob wir so schnell die Zusage eines Verlages bekommen, kann ich natürlich nicht versprechen, das wissen Sie doch. Hartenstein wird Ihr Buch auf jeden Fall drucken. Annette Stenten ist ganz begeistert. Auch die Literaturwissenschaftler in

Lüttich loben Ihr Manuskript.« Fett packte ihn bei der Ehre, lobte ihn.

»Hartenstein ist eine Klitsche. Diese Null hat keine Ahnung von Literatur, aber ein Businessmodell entwickelt. Er ist nur Plan B. Ich will einen Premiumverlag.«

»Das wird schwierig, das wissen Sie.«

»Sobald ein Premiumverlag anruft, bekommt der den Zuschlag. Ist doch klar. Die letzten Seiten maile ich heute.«

»Geben Sie uns auch ein Zeichen der Kooperation. Lassen Sie die alten Sparkassenmitarbeiter, die Frauen und die Auszubildenden von Bord. Es wird heiß, der Stress, nicht alle sind gesund. Das wäre ein tolles Signal.«

»Hören Sie mal genau zu. Ich habe hier 15 nagelneue Propangasflaschen. Schauen Sie durch Ihr Fernglas, dann sehen Sie, dass ich den Zünder in der Hand halte. Ein Schuss von Ihren Präzisionsschützen, und der ganze Laden hier fliegt mit der *Stella Maris* in die Luft. Dann haben Sie Rursee in Flammen schon vor Ostern. Keiner geht von Bord. Die sind erst zwei Stunden unterwegs. Ich will, dass Sie eine Pressekonferenz geben und meine Forderung erklären. Ist ja wohl kein Problem. Wie bei dem Knasti Burkhard Driest. Der wurde auch Auflagenmillionär mit seinem Roman *Die Verrohung des Franz Blum*.«

»Ich erinnere mich. Er saß auch in Talkshows. Das können Sie auch haben, dafür wäre es ganz gut, ein Signal der Kooperation zu bekommen.«

»Hören Sie auf mit dem Quatsch. Denken Sie an Louise Buchsbaum. Oliver war ein Unfall. Die Buchsbaum, das war eine Ausnahmesituation. Ich war außer mir. Das war kein heimtückischer Mord. Sie werden es lesen.«

»Ich glaube es. Darum sind ja nicht alle Brücken abgebaut. Aber 250 Geiseln auf der *Stella Maris*, das ist ein dicker Hund. Ich kann mich an keinen Krimi von Simenon erinnern, in dem so eine Großlage Thema war.«

»Simenon! Simenon! Sie verstehen nichts. Sie sind ein einfacher Polizist, wahrscheinlich lesen Sie die dünnen Groschenromane vom Bahnhofskiosk. Wollen Sie mich einseifen, oder was?«

»Ich will Sie nicht einseifen. Aber Sie sollten einsehen, dass Sie auf einem See sitzen, von dem Sie nicht runterkommen. Sie entscheiden über das Leben vieler Menschen, die dann, wenn Sie sie laufenlassen, alle Ihr Buch kaufen werden. Ist doch klar. Alle hier in der Region werden Ihr Buch kaufen. Das wird ein Renner. So einen Marketingcoup gab es noch nie.«

»Dann halten Sie jetzt die Klappe und kümmern Sie sich um die Pressekonferenz zum Fall. Schleppen Sie die Journalisten von Woffelsbach mit einem Bus zum *Wildenhof*. Ich will um 11.30 Uhr die Pressekonferenz live verfolgen, ansonsten gibt es einen Riesenknall. Ende.«

Neuschloss legte auf. Fett traf mit Conti am *Wildenhof* ein. Der SEK-Führer und Kollegen des Ständigen Stabs Köln hatten mitgehört und mitgeschnitten.

Kosslowski ergriff das Wort. »Gut gemacht, Fett. Sie bleiben der Verhandler. Uhrenvergleich: 10.10 Uhr. Wir haben noch 80 Minuten bis zum PK-Termin. Standleitung zum Innenministerium, Piontek in Köln hört mit, Ansprechpartner beim *WDR* sofort ermitteln. Die Techniker sollen checken, ob wir dem eine Fake-Pressekonferenz aufs Handy spielen können. Wir brauchen Entscheidung zur Einladung der Medien. Was machen die Spezialkräfte vom Bund?«

»Kampfschwimmer auf dem Weg. Nörvenich ist vorbereitet. Feldjäger unterwegs. Rettungsdienste, THW und Feuerwehr einsatzbereit. US-Helikopter hat Freigabe.« Zacharias aus Köln gab das durch.

»Wann sind die einsatzbereit?«

»Zielzeit: 11.30 Uhr ab Rurberg.«

»Dann wie folgt: Wir planen die PK ab 11.30 Uhr mit Verzögerung und ziehen sie in die Länge. Neuschloss wird zuschauen. Währenddessen sollen die Kampfschwimmer ran. Verstanden?« Kosslowski blickte in die Runde und auf den Bildschirm.

»Sehr guter Plan. Wir steuern von Köln aus. Konzentrieren Sie sich auf Neuschloss. Fett macht den Verhandler. Haben Sie gut gemacht.« Piontek, Leiter Ständiger Stab im Polizeipräsidium Köln, hob den Daumen.

»Danke, bleibt nur die Frage, was Neuschloss nach der PK vorhat?« Fett machte sich darüber Sorgen. »Er lässt sich nicht auf einen Fluchtplan ein.«

»Der will die Aufmerksamkeit, und irgendein Verlag wird sofort zugreifen. Neuschloss wandert in den Knast, Mord im Affekt und Unfall, gute Führung, dann kommt er nach zehn Jahren raus und ist ein Medienstar.« Piontek erinnerte sich an ähnliche Fälle.

»Ich hoffe, Sie liegen richtig.«

»Fett, der will Aufmerksamkeit, der will den Rummel um seine Person. Kann er haben, aber nur bis 12 Uhr.«

Auf der *Stella Maris* wuchs die Unruhe. Das Schiff lag fast eine Stunde vor dem Segelboot, die Sonne kroch über die Wälder, der Pikkolovorrat schrumpfte enorm. Kapitän Nepomuck griff zum Mikrofon: »Liebe Gäste, genießen Sie den Blick auf den Rursee und die Wälder. Vor uns liegt ein Segelboot, das die Fahrrinne blockiert und nicht von der Stelle kommt. Ich stehe in Kontakt mit dem Kapitän, aber es wird noch eine Weile dauern. Ich habe die Wasserwacht informiert. Könnte sein, dass der Kapitän des Segelboots nicht ganz handlungsfähig ist. Wegen der geringen Wassertiefe können wir nicht ausweichen. Entschuldigen Sie die Verzögerung. Greifen Sie bei den Getränken und den Snacks zu. Alles kostenfrei.« Nepomuck schluckte. Robert Loufen, Chef der Sparkasse, stand mit Schweißtropfen auf der Stirn neben ihm.

»Noch können wir das durchziehen. Unser Personal ist geschult für Banküberfälle und sogar Geiselnahmen. Aber hier auf dem See, das halten wir ohne Information nicht ewig durch. Die Kollegen werden sich fragen, warum wir nicht umdrehen.«

»Schon klar. Aber wollen Sie jetzt schon Unruhe oder Panik an Bord? Der Text ist mit der Polizei abgesprochen. Der Wind steht so, dass der Typ auf dem Segelboot nichts hören konnte. Ich lasse Musik laufen, und Sie beruhigen die Leute. Alle Getränke, alle Snacks kostenlos, sämtliche Rettungswesten griffbereit. Wir kriegen das zusammen hin, das habe ich im Gefühl.«

»Na dann. Wenn Sie es im Gefühl haben.« Loufen verließ die Brücke und begab sich auf das offene Hinterdeck.

In Rurberg trafen die Feldjäger ein. Die Militärpolizisten räumten blitzschnell den Landebereich am Nationalparktor, sperrten sämtliche Zufahrten ab, kontrollierten den Paulushofdamm und errichteten einen Militärischen Sicherheitsbereich, den sie schwer bewaffnet und mit Diensthunden kontrollierten. Anlieger und Touristen bekamen auf ihre Fragen stets die Antwort: »Militärische Übung. Mehr können wir nicht dazu sagen.«

Der *Airbus A400M* mit den Kampfschwimmern bereitete den Landeanflug auf Nörvenich vor, der *Chinook* mit Captain Willard war bereits eingetroffen, Feuerwehren, Rettungswagen, THW waren in Bereitschaft.

Erste Staus bildeten sich auf den Landstraßen in Richtung Woffelsbach, Eschauel und Schwammenauel. Die massive Präsenz von Polizei, Militärpolizei und Rettungsdiensten führte zu Anrufen in den Leitstellen und den Redaktionsstuben der regionalen Medien.

»Nachrichtensperre!« Piontek verordnete sie bis zur Einladung für die Pressekonferenz um 11.30 Uhr.

»Was sagt die Technik zu einer Fake-Pressekonferenz?«

»Unmöglich.« Beate Kröger, Leiterin Technische Dienste, hatte alle Szenarien durchgespielt. »Wenn nirgendwo über die Pressekonferenz berichtet wird, merkt er das. Zu gefährlich.«

»Danke!« Piontek wählte Fett an.

»Wir müssen die PK durchführen, er muss sich in Sicherheit wiegen.«

»Verstanden. Wir haben hier im *Wildenhof* einen Gemeinschaftsraum. Ihre Leute von der Pressestelle müssen das einfädeln. Mit mehreren Minibussen ab Woffelsbach könnten die Presseleute gebracht werden.«

»Machen wir.«

35

RURSEE IN FLAMMEN

Die Pressestelle des Polizeipräsidiums Köln übernahm Information und Einladung von Medienvertre-
tern. Nichts war bisher durchgesickert. Fernsehteams
des *WDR*, der privaten Sender, Redakteure der Aachener und Kölner Zeitungen, Journalisten aus Düsseldorf,
dazu Radio und Internetsender, sie alle trafen abgehetzt
gegen 11 Uhr in Woffelsbach an der Kreuzung Wen-
delinusstraße und Randweg ein. In drei VW-Bullis der
Einsatzhundertschaft wurden sie, eskortiert von Krad-
fahrern der Polizei Aachen, in einem Affenzahn zum
Wildenhof gefahren, von Polizisten in den Gemein-
schaftssaal geführt, wo sie ihr Equipment aufbauten:
Scheinwerfer, Kameras, Mikrofone.

11.15 Uhr. Fett, Kosslowski, Piontek, zugeschaltet
über Bildschirm, und der Pressesprecher der Aachener Polizei begrüßten gemeinsam mit Staatsanwältin
Regauer die anwesenden Journalisten.

»Meine Damen und Herren, wir informieren Sie nun
über eine Geiselnahme und bitten um Sperrfrist bis zum
Beginn der Pressekonferenz. Diese Pressekonferenz
wird von einem Geiselnehmer gefordert, der mit seinem Segelboot vor der *Stella Maris* dort drüben liegt. Er
droht mit Sprengung seines Bootes durch Propangasfla-

schen. Die *Stella Maris* hat 250 Passagiere an Bord. Es handelt sich um Mitarbeiterinnen und Mitarbeiter der Sparkasse Aachen. Seine Forderung lautet: Wir kommunizieren seine Absicht, einen Bestseller zu veröffentlichen, über Sie, die Medienvertreter. Dieses Buch, ein Kriminalroman, handelt von dem, was gerade passiert.« Fett machte ein Pause. Ein Raunen ging durch den Raum. »Ja, auch Sie alle werden Teil dieses Krimis sein, den der Geiselnehmer auf dem Boot schreibt. Wir haben Grund zu der Annahme, dass er für zwei Morde verantwortlich ist. Was er zudem noch fordert, wie er von dem See runterkommen will, das steht noch in den Sternen. Aus Gründen der Deeskalation kooperieren wir mit ihm. Bitte kooperieren Sie nun mit uns. Die Bedrohung ist konkret. Das Propangas ist an Bord, den Zünder hält er in der Hand.« Fett gab ein Signal, und alle Fenster und Vorhänge wurden verschlossen. Er hörte den tief anfliegenden *Chinook*. Dies brauchten die Journalisten nicht zu hören.

Captain Willard steuerte den Hubschrauber, wie andere Fahrrad fuhren: sicher, souverän, ruhig, konzentriert. Lieutenant Kilgore machte die Durchsage. Noch 60 Sekunden bis touch down, Bodenberührung und Landung. Oberleutnant Alpha hob den Daumen. Seine Männer nickten. Alle waren einsatzbereit. Der *Chinook* überquerte im Tiefflug den Stausee der Urft, sprang nur wenige Meter über das Ausflugslokal *Urfttalsperre* von Bernd Hilger, Sonnenschirme, Brötchen und Bockwürste einer Radfahrergruppe aus Birkesdorf flogen in Richtung Überlaufbecken, der Hubschrauber tauchte auf den Obersee ab und flog knapp über der Wasseroberfläche in Richtung Paulushofdamm. Er setzte auf dem Parkplatz am Nationalparktor sanft auf. Kartenständer kippten um, Kartons flogen durch die Gegend, Feldjäger hielten ihre Waffen im Anschlag, Schäferhunde bellten. Niemand gelangte in die Nähe des Hubschraubers, nur eine Person erwartete Oberleutnant Alpha und die Kampfschwimmer: Daniela Conti.

Fett hatte sie mit der Einweisung der Kampfschwimmer beauftragt. Ihr Job war es, für die Abstimmung zwischen Lagezentrum *Wildenhof*, Lagezentrum Ständiger Einsatzstab und dem Einsatz der Kampfschwimmer zu sorgen.

»Conti, Mordkommission Aachen.«

»Oberleutnant Alpha, Kampfschwimmerkompanie Eckernförde. Melde Einsatzbereitschaft.«

»Danke, Oberleutnant.« Sie legte die Karte des Nationalparks auf den Boden und kniete sich hin, die Kampfschwimmer machten einen Kreis um sie und hörten genau zu. »Zwei *Zodiac* Schlauchboote der Wasserschutzpolizei Köln stehen für Sie bereit. Fahren Sie am Kermeter vorbei, eng am rechten Ufer bis auf die Höhe von Woffelsbach entlang. Der Geiselnehmer hat bis dort keine Sicht. Sie tauchen mit Ihren Unterwasser-Scootern bis zur *Ostrogoth II*. Die Pressekonferenz beginnt pünktlich um 11.30 Uhr. Sie wird mindestens 30 Minuten dauern. Das ist die Zeit, in der Sie das Segelboot von der *Stella Maris* entfernen müssen. Nach unserer Erkenntnis hat das Segelboot Anker geworfen. Wir glauben, ein Seil, keine Kette. Alles muss schnell gehen. Der Kapitän der *Stella Maris* wird volle Kraft zurückgehen, sobald der Sicherheitsabstand gewachsen ist und Sie uns das Signal geben, dass Sie in Sicherheit sind. Sie müssen mit Ihren Männern aus der Gefahrenzone, falls es zur Explosion kommt.«

»Haben wir so durchgespielt.«

»Dann los.«

Die Kampfschwimmer trugen gemeinsam mit Militärpolizisten die Unterwasser-Scooter in die *Zodiacs* der Wasserschutzpolizei Köln. Sie waren zusammen mit den Präzisionsschützen und dem zweiten SEK-Team vom Rhein zur Rur gekommen. Die Kampfschwimmer übernahmen die Boote und starteten, als die beiden Unterwasser-Scooter an Bord waren.

Als die Pressekonferenz begann, waren die Kampfschwimmer bereits unter Wasser auf dem Weg zur *Ostrogoth II*. Die Sicht war schlechter als erwartet: trübes grünes Wasser. Über Seile verständigten sie sich. Alpha hielt die Uhr im Blick. Um 11.35 Uhr gab er das Signal zur Annäherung. Luftblasen stiegen keine auf. Sie tauchten mit der modernsten Ausrüstung der Bundeswehr. Sieben Kampfschwimmer, die Elite der Bundeswehr, Berufssoldaten, seit Jahren im Dienst, alle durchtrainiert, erprobt und bei manchem Wettbewerb besser als die NAVY-SEALS der US-Streitkräfte. Die beiden Unterwasser-Scooter näherten sich langsam dem Kiel der *Ostrogoth*. Hauptfeldwebel Bravo kappte mit seinem Kampfschwimmermesser das Seil des Ankers, die Unterwasser-Scooter dockten sanft an den Rumpf, ein

Zeichen von Oberleutnant Alpha – und die Stabsfeldwebel Mike und Lima erhöhten den Druck auf die *Ostrogoth II*.

Um 11.35 Uhr erschien Kosslowski zur Pressekonferenz. Neben ihm saßen Fett, der Pressesprecher der Polizei Aachen und Staatsanwältin Regauer.

Der Pressesprecher eröffnete die Konferenz, stellte die Teilnehmer am Tisch vor und gab Kosslowski das Wort. Polizeipräsident Krämer war per *ZOOM* zugeschaltet, ebenso sein Kollege aus Köln und Piontek, Leiter Ständiger Einsatzstab.

»Meine Damen und Herren, wir informieren Sie über eine Geiselnahme hier am Rursee, die momentan stattfindet und in der gesamten Region um den Rursee zu erheblichen Einschränkungen führt. Die Fahrrinne des Rursees wird von einer Segeljacht blockiert, die dort drüben vor der *Stella Maris* liegt ...«

Während Kosslowski möglichst langatmig Hintergründe erwähnte, kippte die Stimmung auf der *Stella Maris* langsam um. Mehrere Azubis hatten über die sozialen Medien von dem Polizeiaufgebot in Rurberg und Woffelsbach erfahren. Sie verfolgten die Pressekonferenz, und die Information über ihr Schicksal verbreitete sich wie ein Lauffeuer unter den Passagieren an Bord. Noch verfolgten alle atemlos die Ausführungen von Kosslowski, erste Frauen brachen in Tränen aus, tippten auf ihren Mobiltelefonen rum, rauften sich die Haare. Männer wurden blass. Kapitän Nepomuck befahl das Anlegen der Schwimmwesten. Aktivität verdrängt die Angst. Wenigstens für einen Moment.

Glücklicherweise holte Kosslowski lange aus, bevor die Journalisten Fragen stellen konnten.

Extrem angespannt stand Kapitän Nepomuck im Steuerstand. Er wusste, dass er blitzschnell »volle Kraft zurück« eingeben musste. Es würde einen starken Ruck geben, aber das war unvermeidbar.

Mark Neuschloss saß unter Deck. Der Zünder, den er mit Knopfdruck betätigen musste, lag neben ihm. Sein Laptop stand vor ihm. Er verfolgte die Pressekonferenz und schrieb gleichzeitig mit. Das letzte Kapitel seines Krimis, mit dem er weltberühmt werden würde. Ein Real-Krimi, so nannte er ihn. Er verfolgte Kosslowskis Äußerungen, sah Fett und Regauer mit steinerner Miene vor den Mikros sitzen. Er wartete auf seine Forderung, wo bleibt meine Forderung? Druck des Kriminalromans. Dann Freilassung der Geiseln. Er würde sich stellen. Der Mord an der Buchsbaum geschah im Affekt, Oliver Pohle war ein Unfall. Bei guter Führung zehn Jahre Bau, dann ein neues Leben als gefragter Krimiautor. Im Knast würde er weitere Krimis schreiben, Fanpost beantworten, Interviews geben. Die Buchsbaum war ein Glücksfall. Futter für die Medien, eine Granatenstory, besser als irgendein Anschlag in Lüttich beim Jubiläum für Simenon. Klar, eine Übersetzung ins Französische würde es auch geben. Ein realer Krimi zum Jubiläum von Simenon. Alles wirbelte in seinem Kopf durcheinander, er starrte auf den Bildschirm, wartete wie ein Junkie auf den Schuss darauf, dass endlich über seinen Kriminalroman gesprochen wurde. Endlich, endlich: Kosslowski erwähnte die Forderung und damit den Aufruf an die Verlage! Mark Neuschloss lächelte und tippte die Worte von Kosslowski ins Manuskript.

Er bemerkte nicht, dass das Ankerseil gekappt wurde, ein sanfter und stetiger Druck die *Ostrogoth II* in Richtung Eschauel/Schwammenauel driften ließ. Mark Neuschloss hörte fasziniert zu, schrieb, wartete darauf, dass sein Name fiel, sah sich auf den Titelseiten der Zeitungen, auf den Kulturseiten, in den Literaturmagazinen.

Die Kampfschwimmer erhöhten den Druck, die Distanz zur *Stella Maris* wuchs auf 80 Meter. Der Stabsfeldwebel mit dem Tarnnamen Mike blockierte die Schiffsschraube der *Ostrogoth II* mit einem speziellen Eisen. Diese Schraube würde sich nie mehr drehen, sondern letztlich den Elektromotor überhitzen. Oberleutnant Alpha zog dreimal an beiden Leinen: voller Schub für zehn Sekunden und dann ab in Richtung *Wildenhof*, raus aus der Gefahrenzone.

11.45 Uhr. Piontek übernahm die Lage. Er erhielt ständig die Angaben über die Distanz zwischen den Booten. Beate Kröger, Leiterin Technische Dienste, stand in Kontakt mit den Mobilfunkanbietern. 100 Meter Abstand zwischen den Booten.

Piontek blickte zu seinem Team. Alle waren auf Position. Die Präzisionsschützen hatten die *Ostrogoth* von beiden Uferseiten aus im Visier, Kapitän Nepomuck hörte zu, es fehlte noch das Signal von Oberleutnant Alpha.

11.47 Uhr. Alpha tauchte mit seinen Männern in der Nähe des *Wildenhofs* auf und gab das Signal an Piontek. Piontek befahl volle Kraft zurück, Nepomuck zog die Hebel für die Maschine nach hinten, der Motor brüllte auf, die Passagiere kippten um, Wasser rauschte, die *Stella Maris* machte einen Satz und fuhr volle Kraft zurück in Richtung Schilsbachtal.

»Abschalten!«, befahl Piontek, und Kröger gab das Signal. Sämtliche Mobilfunkleitungen in der Region waren tot. Das WLAN brach zusammen.

Mark Neuschloss speicherte den Text ab und wollte ihn gerade an die bekanntesten deutschen Verlage senden. »Betreff: Real-Krimi – Der Bestseller des Frühjahrs 2023«. Er spürte den Wellengang, hörte den heulenden Motor der *Stella Maris*, lud die Datei mit dem Krimi hoch und drückte auf »Senden«. Nichts tat sich. Kein Netz. Die Übertragung war abgebrochen. Er griff zum Zünder und stürmte an Deck. Die *Stella Maris* war weg, sein Boot trieb davon, seine Träume auch, ihm wurde schwindlig, alles raste durch seinen Kopf, er stolperte, sah die Spiegelung des Zielfernrohrs eines Präzisionsschützengewehrs aus Richtung *Wildenhof*, stürzte die Kajütentreppe hinunter, der Zünder, den ihm Pohle gebastelt hatte, sprang aus seiner Hand und schlug mit dem roten Druckkopf auf. Dann versank alles um Mark Neuschloss: ein Strudel aus Finsternis, Blitzen, Lärm, Qualm.

Die Explosion war gewaltig. Nichts blieb von der *Ostrogoth II* übrig. Teile flogen bis auf beide Uferseiten. Ein Trümmerfeld bedeckte den Rursee und trieb langsam auf beide Ufer zu. Die Feuerwehren rasten los, um Waldbrände zu löschen, doch die Bäume und die Wiesen waren zu nass, nichts brannte.

Oberleutnant Alpha und seine Männer waren weit genug entfernt. Sie gelangten ans Ufer des *Wildenhofs* und wurden dort sofort von Feldjägern abgeschirmt. Die *Stella Maris* fuhr noch rückwärts in Richtung Schilsbachtal, bevor Nepomuck die Maschinen stoppte und auf »Volle Kraft voraus« umschaltete. Die Wellen der Explosion erreichten sie kaum. Kapitän Nepomuck griff zum Mikrofon und beruhigte die Passagiere. Nun sei alles vorbei. Er würde zurückkehren nach Rurberg. Alles sei gut. Er danke für ihre Ruhe und Disziplin. Petru Irimia, sein Auszubildender, lächelte ihn vom Vordeck an und winkte ihm zu. Heinz Nepomuck lächelte zurück und hob erschöpft die rechte Hand. Robert Loufen umarmte einige Mitarbeiterinnen, dankte für die Besonnenheit und war stolz auf sein Personal.

Die Kamerateams der Fernsehsender liefen ans Ufer. Sie filmten die Reste des Schiffes, die Trümmerteile, die Journalisten bedrängten Kosslowski und Regauer.

Fett stand am Ufer, ging zu den Feldjägern, zeigte seinen Ausweis, Alpha nickte, die Feldjäger ließen Fett passieren, er reichte Alpha die Hand. »Danke!«, sagte Fett. Alpha salutierte kurz, dann erfolgte ein kräftiger Händedruck.

Conti traf am *Wildenhof* ein, sie sah Fett bei den Kampfschwimmern, winkte Regauer und Kosslowski zu, die eine improvisierte Pressekonferenz gaben.

Die beiden *Zodiacs* rauschten herbei und dockten am *Wildenhof* an. Zwei Wasserschutzpolizisten hatten sie bei Kermeter übernommen, die Kampfschwimmer sprangen an Bord und rasten zurück nach Rurberg, wo

Captain Kurtz für den Rücktransport nach Nörvenich bereits die Triebwerke startete. Ein letzter Schluck German Kaffee.

Das THW ließ Boote zu Wasser, um mit Elke Unsleber und Kollegen der Kriminaltechnik die Reste der *Ostrogoth II* auf dem Rursee einzusammeln. Auch Taucher des THW waren an Bord. Sie sollten versuchen, den Computer von Neuschloss zu finden. Der lag, zerlegt in Einzelteile, auf dem Grund des Rursees. Von Mark Neuschloss war nichts übrig geblieben.

»Rursee in Flammen am Mittwoch vor Ostern. Wer hätte das gedacht.« Fett stand neben Conti und blickte nachdenklich auf den See.

»Und ein Kriminalroman, der nie gedruckt wird. Den können die Fische lesen, wenn sie die Datei geöffnet bekommen. – Sie sollten Chantal anrufen. Ich werde Hartenstein und Stenten erlösen. Der König kann zum Jubiläum von Simenon nach Lüttich kommen.«

»Ja, gute Idee«, sagte Fett und schaute auf den See, der so ruhig vor ihm lag, als wäre nichts geschehen.

*

Gründonnerstag traf Conti im Krisenstab für die Karlspreisverleihung 2022 ein. Fett begann mit dem Bericht über den Mordfall Louise Buchsbaum und die Vorkommnisse des Mittwochs.

Zeitungen und Fernsehen berichteten ausführlich über den Mord, die Erpressung und die Geiselnahme auf dem Rursee.

Am Donnerstag trafen per Mail die Anfragen von mehreren Verlagen nach dem Manuskript von Neuschloss ein. Auch Hartenstein war daran interessiert. Fett antwortete allen mit dem Hinweis, dass es kein Manuskript gebe, sondern nur zehn Seiten, die in Abstimmung mit den Lütticher Kollegen als Beweismaterial im Mordfall Buchsbaum beschlagnahmt wurden.

Der Einsatz der Bundeswehr-Kampfschwimmer blieb genauso geheim wie die Amtshilfe der US-Army. Oberleutnant Alpha trainierte mit seinen Männern bereits am Gründonnerstag wieder in Eckernförde für besondere Einsätze in der Ostsee. Innenminister Reul dankte Verteidigungsministerin Lambrecht für die Unterstützung.

Die Vorbereitungen für das Aachener Reitturnier im Sommer 2022 wurden fortgesetzt. Es fand wieder mit großem Publikum statt. Ein Pferd kam zu Tode.

Die lange Trockenheit des Sommers begann kurz nach Ostern, und Russland setzte seinen Angriffskrieg gegen die Ukraine fort.

In Lüttich wurde weiter an den Vorbereitungen für den Festakt zum 120. Geburtstag von Georges Simenon gearbeitet. Es sollte eine würdige Feier im Frühjahr 2023 werden. Sie verlief ohne Störungen unter dem Titel »Le printemps Simenon«, »Der Simenon-Frühling«.

ENDE

Alle Bücher von Olaf Müller:

GMEINER SPANNUNG

WWW.GMEINER-VERLAG.DE
Wir machen's spannend

Thomas Maria Claßen
Felgenkiller
Kriminalroman
288 Seiten, 12,5 x 20,5 cm,
Paperback
ISBN 978-3-8392-0588-4

Manfred »Manni« Hanraths lebt in der Großstadt
Grawenhorst am schönen Niederrhein. Jede Woche
führt er eine sportliche Abendradtour durch Wald
und Feld. An diesem Mittwoch fährt ein Neuer mit –
und stirbt nach einem mysteriösen Unfall auf einem
schmalen Waldpfad. In den Tagen danach kommen
weitere Menschen ums Leben – immer waren sie mit
dem Rad unterwegs. Dezimiert ein Wahnsinniger
die Fahrradfahrer der Stadt? Die Kriminalpolizei
ermittelt in alle Richtungen. Auch Manfred wird
verdächtigt.

GMEINER SPANNUNG

WWW.GMEINER-VERLAG.DE
Wir machen's spannend